KB083824

일본어라는 이향異鄕

이광수의 이언어 창작

지은이

하타노 세츠코(波田野節子, Hatano Setsuko)_니가타 현립대학 명예교수. 1950년 일본 니가타시(新潟市)에서 태어났다. 아오야마학원대학(青山学院大学) 문학부 일본문학과를 졸업하고, 니가타대학 프랑스어 비상근 강사를 거쳐 1992년부터 현립 니가타여자단기대학 한국어 전임교원, 2009년부터 2014년까지 니가타 현립대학 교수로 재직했다. 한국어 저서에 『『무정』을 읽는다』(2008), 『일본 유학생 작가 연구』(2010), 『이광수, 일본을 만나다』(2016)가 있고, 편서에 『이광수 초기 문장집』 I · II(2015), 『이광수 후기 문장집』 I · II(2017 · 2018), 『이광수 친필 시첩 〈내 노래〉, 〈내 노래 上〉』(2017)이 있으며, 일본어 역서에 『無情』(2005), 『夜のゲーム』(2010), 『金東仁作品集』(2011) 등이 있다.

옮긴이

최주한(崔珠瀚, Choi Juhan)_숙명여자대학교 화학과를 졸업하고 서강대학교 국어국문학과 대학원을 졸업했다. 2014년부터 서강대학교 인문과학연구소에서 연구교수로 재직했고, 현재 동 연구소 책임연구원으로 재직 중이다. 저서에 『제국 권력에의 야망과 반감 사이에서—소설을 통해 본 식민지 지식인 이광수의 초상』(2005), 『이광수와 식민지 문학의 윤리』(2014)가 있고, 역서에 『근대일본사상사』(2006), 『『무정』을 읽는다』(2008), 『일본 유학생 작가 연구』(2010), 『이광수, 일본을 만나다』(2016)가 있으며, 편서에 『이광수 초기 문장집』 I · II(2015), 『이광수 후기 문장집』 I · II(2017 · 2018), 이광수전집 소재 『허생전』(2019), 『사랑』(2019) 등이 있다.

일본어라는 이향異鄕—이광수의 이언어 창작

초판 인쇄 2019년 7월 10일 **초판 발행** 2019년 7월 17일
지은이 하타노 세츠코 **옮긴이** 최주한
펴낸이 박성모 **펴낸곳** 소명출판 **출판등록** 제13-522호
주소 서울시 서초구 서초중앙로6길 15, 1층
전화 02-585-7840 **팩스** 02-585-7848 **전자우편** somyungbooks@daum.net **홈페이지** www.somyong.co.kr

값 21,000원

ISBN 979-11-5905-413-6 93810

이 책은 2016년 서강대학교 인문과학연구소의 연구비를 지원받았음

일본어라는 이향
異鄕

이광수의 이언어 창작

Japanese as a Strange Land Yi Gwangsu's Writing through 2 Languages

하타노 세츠코 지음 | 최주한 옮김

소명출판

저자 서문

이 책에는 저자가 2011년부터 2018년까지 발표한 11편의 논문을 5부 11장으로 수록했다. 제1부에서 제4부까지는 창작된 시대 순서에 따라 배열했고, 여기에 속하지 않는 것은 제5부는 '기타'에 넣었다. 이 책을 읽는 독자를 위해 각 장에 대해서 간단히 설명해 둔다.

제1부는 이광수의 중학 시절에 관한 것이다. 제1장 '야마사키 토시오라는 '이향''에서는 이광수의 첫 소설인 「사랑인가」에 등장하는 인물의 모델이었던 야마사키 토시오와의 관계를 그들의 사후까지 시야에 넣고 고찰했다. 두 사람의 교류에 관해서는 이전에 몇 편의 논문을 썼으나 만족스럽지 않았고, 이 글을 쓰고서야 겨우 내 나름으로 납득할 수 있게 되었다. 이 글은 원래 『'이향'으로서의 일본－동아시아의 유학생이 본 근대'異郷'としての日本－東アジアの留学生がみた近代』(勉誠出版, 2017)라는 일본과 타이완, 중국 연구자의 합동연구 논문집에 발표된 것인데, '이향'이라는 단어가 마음에 들어 이 책의 제목으로 차용했다. 이광수에게 일본어는 최후까지 '이향'의 언어Language of a Strange Land였다고 생각하기 때문이다. 이에 대해서는 마지막에 다시 언급하기로 한다.

제2장은 중학 시절에 이광수가 친구들과 함께 낸 등사판 비밀잡지 『신한자유종』을 소개・분석하고 있다. 해방 후에 쓴 『나의 고백』(1948)에서 이광수는 이 잡지에 대해 회상하고 있는데, 금세기에 들어 그 사본

이 기적적으로 현존하고 있는 것을 알게 되었다. 한일병합을 앞두고 인심의 동향을 파악하기 위해 당국이 작성한 자료인 만큼 당시 유학생들의 사고가 잘 드러나 있고 이광수의 개인적인 경력과 언어 환경도 엿볼 수 있다.

제2부는 대학 시절에 관한 것이다. 와세다대학 재학 중에 장편 『무정』을 발표한 이광수는 이어서 『경성일보』와 『매일신보』에 각각 일본어와 조선어로 기행문 「오도답파여행」을 연재했다. 두 지면 모두 경성을 떠나고 나서 연재가 시작되었음에도 불구하고 이광수는 자신이 전주에서부터 일본어로 쓰기 시작했다고 회상하고 있다. 그러면 전주까지의 일본어 연재 5회를 누가 썼는지, 이를 탐색한 것이 제1장 '이언어 기행문 「오도답파여행」 — 일본어판은 누가 썼는가'이다. 이 이언어 기행문은 나중에 이광수의 이언어 창작의 원형이 된다. 한쪽의 언어로 쓰고 그것을 다른 쪽의 언어로 번역하는 것이 아니라, 그 언어로 읽게 될 독자의 반응을 염두에 두면서 각각의 언어로 쓰는 것이 이광수의 이언어 창작이었다. 그가 자신의 소설을 결코 스스로 번역하지 않았던 것도 이 창작법과 관련이 있는 것으로 보인다.

제3부 제1장의 '일본과의 관계 — 문단을 중심으로'는 이 책에 수록된 글 중 가장 먼저 쓴 것이다. 1919년 와세다대학 유학 중에 상하이로 망명하여 임시정부에 참가한 이광수는 20년 후 대일협력자로서 일본어 소설을 쓰게 된다. 이들 작품을 정확히 이해하기 위해서는 거기에 이르기까지의 경위를 정리할 필요가 있다고 생각하고 기초적인 준비 작업으로 이 논문을 썼다.

제4부는 황민화 시대에 관한 것이다. 제1장 '「만 영감의 죽음」에서

『마음이 서로 닿아서야말로』까지'에서는 일중전쟁 직전에 일어난 동우회사건이 이광수에게 '전향'을 강요했고, 그 결과 그의 일본어 창작의 의미가 변질되었음을 서술했다. 1936년 「만 영감의 죽음」을 일본어로 쓴 것이 '개인적 취미'의 문제였다면 1939년 『마음이 서로 닿아서야말로』를 일본어로 쓴 것은 '민족을 위해서'였다. 차별을 허용하지 않는 '내선일체'를 지향하는 이 장편이 3회 만에 중단된 것은 창작 내부의 문제 외에도 외부의 요인이 있다. 조선인을 대일협력으로 몰아세울 방편에 불과했던 '내선일체'를 그토록 진지하게 주장하는 것은 총독부의 허용 한도를 넘어섰던 것이다. 그 뒤에 쓴 『그들의 사랑』, 『봄의 노래』에 대해서도 동일하게 말할 수 있다.

제2장에서 논하는 「카가와 교장」과 「파리」는 이광수의 본격적인 일본어 창작이 시작되는 1943년 10월에 발표된 작품이다. 이 두 작품의 배경이 되는 시골이 어디인지 저자에게는 오랫동안 수수께끼였다. 이 의문이 풀린 것은 2014년에 한 인물을 인터뷰한 덕분이다. 소년 시절 효자동에 거주했고 이광수와 가족 모두의 교류가 있었던 그분의 이야기를 단서로 1943년 봄 이광수의 가정에 일어난 일을 알게 되어 두 작품의 배경을 이해할 수 있었다. 그 만남이 아니었다면 이 논문은 쓰이지 못했을 것이다. 2019년 재차 방문했을 때 그분은 이미 당시의 일을 이야기할 수 있는 형편이 아니었다. 식민지 시대의 기억을 가진 최후의 세대가 퇴장하는 시기가 오고 있음을 통감했다.

제3장 '「대동아」에 보이는 '대동아공영권''은 저자가 근무했던 대학에서 '아시아 공동체'에 관한 강의를 들었던 학생들에게 읽히기 위해 썼다. '대동아공영권'이라는 말을 알지 못한 채 동일한 지역을 대상으

로 '아시아 공동체'의 필요성을 배우는 학생에게 이 지역의 과거 역사를 알게 하고 싶었기 때문이다.

제5부 '기타'의 제1장 '홍명희의 일본어 글 「유서」'는 야마사키 토시오 관련 문헌을 조사하던 중에 발견하게 된 홍명희의 일본어 글을 소개한 것이다. 일한병합 이듬해에 홍명희가 일본어 문장을 쓰고 있는 데 놀랐지만, 이광수를 이어 『신한자유종』의 편집을 맡은 학생기자의 말에서도 알 수 있듯이 당시 젊은이들에게 일본어 창작에 대한 거부감은 없었다. 그래서 이광수도 홍명희도 일본어로 썼던 것이다.

제2장 '이광수가 만난 세 사람의 일본인'에서는 아베 미츠이에, 나카무라 켄타로, 토쿠토미 소호 등 『매일신보』를 매개로 하여 알게 된 세 사람과의 교류에 관해 서술했다. 원래의 논문 제목에는 야마사키 토시오도 들어 있어 '네 사람의 일본인'이었지만, 대부분의 내용이 제1장의 논문과 중복되므로 삭제하여 '세 사람'이 되었다.

제3장에는 상하이에서 귀국한 이광수가 조선 총독인 사이토 마코토에게 제출한 건의서에 대해 소개했다. 이 책의 역자인 최주한 씨의 의뢰로 국회도서관 헌정자료실에 가서 이 자료를 조사하던 중 점차 의문이 생겨서 결국 이 글을 쓰게 되었다. 설령 활자화되어 서적에 들어 있는 자료라도 자신의 눈으로 직접 확인하는 것이 중요함을 통감했다.

제4장 '동아시아의 근대문학과 일본어소설'은 이 책에 수록된 글 중 가장 마지막에 쓰인 것이다. 저자는 2016년부터 일본학술진흥회의 연구비를 받아 '일본어 창작을 통해 본 동아시아 3국 문학의 관련 양상'이라는 주제로 연구를 시작했다. 주된 목적은 일본의 또 하나의 식민지였던 타이완의 일본어 문학을 조선의 일본어 문학과 비교하는 것이다.

이 연구를 통해 조선과 타이완의 가장 큰 차이점이 언어 환경에 있음을 깨닫고 조선 근대문학에서 한글의 역할을 재인식하게 되었다.

1943년 11월 학병 지원을 권유하기 위해 토쿄에 갔던 이광수는 동행한 최남선, 토쿄에 거주하고 있던 마해송 등과 대담을 했다(『朝鮮画報』, 1944.1). 그때 그는 자기가 처음 쓴 소설이 일본어로 쓴 「사랑인가」였다고 회상하면서 "어떻게 써야 할지 몰랐기 때문이지요"라고 언급하고 있다. 조선어로 된 근대소설이 존재하지 않아 어떻게 써야 좋을지 모르겠어서 일본어로 썼다는 것이다. 당시 이광수에게 일본어 창작은 즐거운 모험이었다고 생각한다. 곧이어 조선어 단편 「무정」을 쓰면서 조선어 문체의 창출을 위해 노력했던 그에게 일본어의 다양한 어휘와 문학적인 표현은 조선어의 가능성을 확장시켰을 것이다. 그때 일본어는 '이향'이 아니라 친구이자 협력자였다. 그러나 일본어가 '국어'가 되고, 일본어 창작이 강요되자 일본어는 '이향'의 언어가 되었다.

대담의 마지막에서 이광수는 일본어로 쓰기의 어려움을 토로하면서 "외국인이 그 흉내내기가 가능할지 어떨지에 대해서는 근본적으로 의문을 갖고 있습니다"라고 털어놓는다. 일본어로 쓰는 것을 '흉내내기'라고 표현한 말은 그의 일본어 소설에서 느껴지는 기이한 감각이 어디서 오는지 그 일단을 밝혀주는 듯하다. 모국어가 아닌 '이향'의 언어를 '흉내내기'하고 있다는 의식이 작품에 기이한 감각을 낳고 있는 것은 아닐까. 그의 일본어 소설에서는 세심하게 묘사된 등장인물들이 어딘가 현실성을 결여하고 있고, 그 행동이 진지하면 할수록 '골계'나 '어긋남', '균열'을 일으키게 된다.

이 책을 내기까지 서강대학교의 최기영 선생과 연세대학교의 김영민 선생에게 큰 신세를 졌다. 간행을 쾌히 승낙해 준 소명출판의 박성모 사장에게 진심으로 감사드린다. 번역은 이번에도 최주한 선생에게 부탁했다. 이광수에 관해서라면 나보다 상세한 그녀에게 계속해서 번역을 부탁할 수 있었던 것은 운이 좋은 덕분이라고 생각한다. 진심으로 감사드린다. 또 나의 연구를 항상 따뜻하게 지켜봐 주시는 김재용 선생, 오무라 마스오 선생, 와타나베 나오키 선생을 중심으로 한 인문평론연구회의 멤버들과 이곳에 드나드는 많은 한국연구자들에게도 감사드린다.

2019년 7월

하타노 세츠코

차례

제1부 —— 중학 시절의 일본어 창작

제1장 「사랑인가」—야마사키 토시오라는 '이향異鄕' —— 15

1. 야마사키 토시오山崎俊夫 15
2. 「사랑인가」 17
3. 야마사키 토시오의 「성탄제 전야」 21
4. 이광수의 「크리스마슷밤」 26
5. '공상의 날개'와 『마음이 서로 닿아서야말로』 29

제2장 극비 잡지 『신한자유종』 —— 33

1. 자료 33
2. 해설 45

제2부 —— 대학 시절의 일본어 창작

제1장 이언어 기행문 「오도답파 여행」—일본어판은 누가 썼는가 —— 55

1. 시작하며 55
2. 공주·부여 58
3. 전주·목포 68
4. 다도해 70
5. 진주·통영 71
6. 경주 75
7. 마치며 77

제3부 —— 일본과의 관계

제1장 일본과의 관계—문단을 중심으로 —— 83
1. 시작하며 83
2. 1924년—일본 여행 86
3. 1932년—일본 여행 90
4. 1935·1936년—장기 체류 94
5. 1942년—제1회 대동아문학자대회 참석 102
6. 1943년—학도병 권유 106
7. 마치며 111

제4부 —— 황민화 시대의 일본어 창작

제1장 「만 영감의 죽음」에서 『마음이 서로 닿아서야말로』까지 —— 115
1. 시작하며 115
2. 「만 영감의 죽음」 120
3. 『마음이 서로 닿아서야말로』 128
4. 마치며 151

제2장 「카가와 교장」과 「파리」 —— 153
1. 시작하며 153
2. 「카가와 교장」 156
3. 「파리」 165
4. 마치며 186

제3장 「대동아」에 보이는 '대동아공영권' — 189
1. 시작하며 189
2. 소설 「대동아」 읽기 191
3. 소설 「대동아」에 대한 고찰 203
4. 마치며 217

제5부 — 기타

제1장 홍명희의 일본어 글 「유서」 — 221

제2장 이광수가 만난 세 사람의 일본인
아베 미츠이에·나카무라 켄타로·토쿠토미 소호 — 237
1. 시작하며 237
2. 아베 미츠이에 — '조선애'의 한계 238
3. 나카무라 켄타로 — 『무정』의 실무 담당자가 남긴 것 244
4. 토쿠토미 소호 — 14통의 편지 248
5. 마치며 253

제3장 사이토 마코토에게 보내는 건의서 — 254
1. 사이토 문서에 대하여 254
2. 「건의서」와 「규약」의 자료 소개 방식에 대하여 257
3. 「건의서」에 대하여 261

제4장 동아시아 근대문학과 일본어 소설 269
1. 시작하며 269
2. 일본–'식민지적' 문학 270
3. 조선–한글 표기의 길 273
4. 타이완–다양한 언어 279
5. 마치며 285

초출 일람 288
역자 후기 289

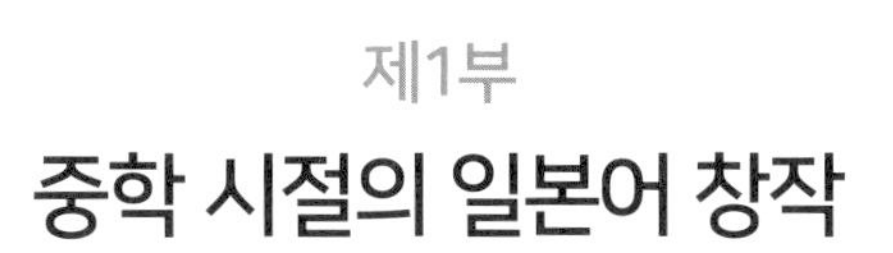

제1부

중학 시절의 일본어 창작

제1장

「사랑인가」

야마사키 토시오라는 '이항異鄕'

제2장

극비 잡지 『신한자유종』

제1장

「사랑인가」

야마사키 토시오라는 '이향異鄕'*

1. 야마사키 토시오山崎俊夫

이광수(1892~1950?)가 동학의 유학생으로 일본에 간 것은 일러전쟁 끝 무렵인 1905년의 여름이다. 이듬해 봄 칸다神田 미사키초三崎町의 타이세이중학大成中學에 입학했지만 동학 교단의 내분으로 학비가 중단되어 1학기만에 귀국했으며, 다행히 관비官費 유학생으로 다시 일본에 가서 1907년 2학기부터 메이지학원明治學院 보통학부 3학년에 편입학했다. 이 메이지학원에서 그는 문학과 만났다. 졸업을 앞둔 1909년 11월 18일(목

* 이 글은 和田博文・徐靜波・俞在眞・横路啓子編, 『〈異鄕〉としての日本ー東アジアの留學生がみた近代』(勉誠出版, 2017)에 수록된 글로 편집 방침에 따라 각주를 달지 않았다.

요일)의 일기에 이렇게 쓰고 있다. "밤에 「愛か」를 完結하다. 日文으로 쓴 短篇小說. 내가 作品을 完結한 것은 이것이 처음이다."[1] 이 작품은 하급생에 대한 사랑에 좌절하여 자살하려 하는 유학생을 주인공으로 하는 소설이었다. 이광수의 첫 소설 「사랑인가」는 다음 달 메이지학원의 동창회지 『시로가네학보白金學報』에 게재되었다.

〈그림 1〉 1928년 4월의 야마사키 토시오, 제국극장에서. 야마사키는 1920년 배우가 되지만 성공하지는 못했다.(『美童一山崎俊夫作品集上巻』 수록)

이광수에게는 이 무렵 야마사키 토시오山崎俊夫(1891~1979)라는 친구가 있었다. 이광수의 회고에 의하면 "실로 단아하고 청교도적인 인물"(「다난한 반생의 도정」, 1936)로, 졸업 후에는 게이오대학慶應大學 문과에 진학하고 『테이코쿠문학帝國文學』 등에 단편을 발표하여 문사文士가 되었다고 한다. 1936년, 『조선일보』에 연재된 『그의 자서전』에는 방과후 '나'와 함께 운동장 구석에서 성서나 톨스토이 이야기에 열중하는 M학교 시절의 친구 '야마사끼'가 등장한다. 또 1940년에는 일본잡지 『모던니폰 조선판モダン日本

1 최주한·하타노 세츠코 편, 『이광수 초기 문장집』 I, 소나무, 2015, 36쪽. 이하 『초기 문장집』으로 적는다.

朝鮮版』에 발표한 「나의 교우록我が交友録」에는 "(야마사키는—인용자) 톨스토이를 좋아하고 또 별을 좋아했습니다. 밤에는 별이 뜬 하늘을 바라보며 울기도 했습니다" "왠지 첫사랑처럼 평생 잊히지 않고", 최근 소식도 알게 된 터라 "이번에 도쿄에 가면 제일 먼저 찾아갈까 생각하고 있습니다"라고 쓰고 있다.

그러나 이런 회상에서 떠오르는 경건하고 청교도적인 이미지는 야마사키가 이광수를 모델로 쓴 단편 「성탄제 전야耶蘇降誕祭前夜」(『帝國文學』, 1914)을 읽으면 완전히 달라진다. 이 작품에 묘사되어 있는 것은 미션스쿨에서 펼쳐지는 '나'와 이보경(이광수의 아명. 메이지학원 재학 중에는 이 아명을 사용했다)의 배신적인 사랑 이야기이기 때문이다. 도대체 야마사키 토시오는 어떤 인물이고, 「사랑인가」와 「성탄제 전야」는 어떤 관계에 있었던 것일까. 이 글에서는 이광수와 야마사키 토시오의 시공을 초월한 교우관계에 대해 서술하기로 한다.

2. 「사랑인가」

「사랑인가」의 주인공 '문길(분키치文吉)'은 어릴 때 고아가 된 유학생으로, 이광수 자신이 모델이다. 고독에 번민하는 문길은 운동회에서 본 "천사의 미소"를 가진 소년 미사오에게 첫눈에 반해 편지를 보내고, 미사오에게서도 좋아한다는 답장을 받는다. 그런데 문길은 그의 과묵함

〈그림 2〉 1926년 『동아일보』 편집국장 시절의 이광수. 병을 앓으면서도 신문소설을 연재하여 바쁜 나날을 보냈다.

을 냉담하게 여겨 번민한 끝에 미사오에게 혈서를 보내고 시부야澁谷에 있는 미사오의 하숙을 방문하는데, 얼굴도 내밀지 않는 그의 태도에 절망하여 철도에 드러눕는다는 이야기이다.

한국의 유학생이 소설을 쓴 것이 화제가 되어 하쿠분칸博文館의 잡지 『츄가쿠세카이中學世界』의 기자가 하숙에 취재하러 와서 「사랑인가」의 일부도 옮겨 수록했다. 기자는 "이것이 일본인이면 몰라도 한인韓人의 작품이라니 실로 놀랍지 않은가"라고 평하고 있다.[2] 「사랑인가」에는 주인공의 심리가 박진감 있게 묘사되어 있지만, 그를 거절하는 미사오 측의 심리는 묘사되어 있지 않다. 또 당시는 조선인 차별이 일반적이었음에도 불구하고 이에 대한 언급은 전혀 없다.

그런데 소년애를 그린 소설이 기독교 학교 교지에 게재된 것 자체가 당시의 사회적 분위기를 잘 보여주고 있다. 이 해 『묘성スバル』에 발표되어 발매금지된 모리 오가이森鷗外의 「위타·섹슈얼리스ヰタ・セクスアリス(性的 生活)」에 묘사되어 있듯이, 메이지 시대의 남학교에서는 선배와

2 위의 책, 386쪽.

후배의 친밀한 관계가 드물지 않았다. 『츄가쿠세카이』의 독자란에는 친구끼리의 키스 이야기가 실려 있을 정도였다(1909.9). 이광수가 「사랑인가」를 학교 교지에 투고할 것을 주저하지 않았던 것은 이러한 풍조 때문이었을 것이다. 그러나 「사랑인가」라는 의문형의 제목은 이 감정이 정말 '사랑인지' 어떤지 작자 자신은 의문을 품고 있었음을 보여 준다.

야마사키는 중학을 졸업하고 나서 30년 가까이 지나 쓴 「나쁜 친구惡友」라는 수필에서 혼혈아라는 소문 때문에 따돌림 받게 된 푸른 눈의 금발 유학생 이보옥李寶玉에 관한 추억을 이야기하고 있다. 이것은 이광수에 관한 이야기라고 해도 좋다.

> 내가 이보옥의 단 한 사람의 친구였다. 자연히 무슨 일이 있어도 이보옥이 나를 곁에서 떼어놓고 싶어하지 않아서 결국에는 내 쪽에서 짜증을 내게 된 적이 있다. 그러나 이보옥의 입장에서는 견딜 수 없는 적막함이었을 것을 잘 알았다.

즉 야마사키는 자신에 대한 그의 집착의 정체를 동성애가 아니라 "견딜 수 없는 적막함"이었다고 간주하고 있었던 것이다. 어려서 고아가 된 이광수는 남보다 갑절이나 애정에 민감한 소년이었다. 한국의 어느 연구자는 일본 유학 시절의 이광수를 '애정기갈 증후군'이었다고 평하고 있다. '적막과 고독'에 번민하는 문길과 마찬가지로, 이향異鄕에서 적막하여 견딜 수 없었던 이광수는 야마사키에 대한 집착에 괴로워하며 이것이 '사랑인가' 하고 자문했을 것이다. 물론 이광수는 '푸른 눈의 금발'도 아니고 혼혈아도 아니다. 후술하겠지만 그것은 야마사키가 나중에 「사랑인가」에서 착상을 얻어 창작한 「성탄제 전야」의 주인공이

68

ンチで、並ぶ令孃の姿に恍惚としながらも口に讃香の祈禱を吐く輩の多い今日、此事をきいて、曾て楡の樹影で默禱に耽つたと云ふ。メリケンピユーリタンの徒を偲ばずには居られなかつた。

夕日は國境の山の端に沈んで、聖心女學院の夕鐘が憩を告げる、私は若き詩人に別れて寄宿舍を出ると恰度夕塋の鐘が響いて居た。折しも聞ゆる讃美歌の聲——

——みむれかしこみ、いそしめる身に、
いこいを告る、夕のかれ、——。

平和のメロデーは天國の樣なる、白金の空に消てゆく——

終に尾崎君の詠歌を二三首照會して置く。

○こすもすはいかなればさは笑むを得と且へど語らず笑みてのみゐて
○山茶花の蕊は卒かないくひらの紅さす唇にかこまれて居ぬ
○ふと夜半に醒めば胸手す命ありと知ればふたゝびやすらかに寢る

李寶鏡君（韓國留學生）

都下各學校に韓國留學生は幾百と云ふであらう。然し乍ら、李君の如きは果して五本の指を屈する程もあらうか。撰まれて官費生となり來つて學院の五年に籍を置いて居る。英數學に最も秀で、邦人と同等の試驗を受くるにかゝはらず、直ほ常に一二三番の席次を爭つて居る。日本語演説は又君の非常に得意とする所で曾て院の文藝會に於て韓人の演説を邦語に譯した事があるところが本物よりも通譯の方が優つて居たので非常な評判になつたさうだ。

白金今里町に同君を訪ふたのは空の星さえ吹き落されはしまいかと思ふ程木枯の強く吹く夜であつた。東京と云つても、白金邊は淋しい處で、家々は門を固く閉して聞ふに由なし、幾度か同じ處を行つたり來たりした。ふと兒を脊負うた女に逢つて、七十七番地をたづねると、女は私を異國の人と間違ひて居た。

門に狂瀾舍と札の懸つた新らしい家、戸内では哀つぽい讃美歌の聲が聞えて居た。案内をこうと出て來たのは、やはり異國の少年であつた。刺を通じて李君にと云へば、やがて暄爽しく、昼しまりたる青年は出て來られた。私は來意を告げた。次の室では韓語の會話が、聲高らかに始まつた。

「生れましたのは平安道の定州です——日露戰争の有つた處です——、十一の時に父母を失いました。日本に來たのは六年以前です。勉強——私は勉強は少しもしませぬよ、優等生でもなんでも有りませぬ、試驗は僥倖ですからね。いつもつまらぬ小説ばかし讀んで居ます。」君の日本語は私よりも流暢であつた。次の室で何か囁いた。障子に大きい影が映つた。日本の學生に對する要求と云ふ樣な事は——、とお尋ねすると

「今少し打解けて貰いたいです。其は然うしても國家と云ふ樣な觀念があるからでも有りませうが、餘りに私達に對する態度が冷淡ぢやあるまいかとも思ひます。」

這うして學院に來て居れば、先生初め生徒は勿論、校舍、樹木、道の礫までも懷かしい氣がするのに、心を語る友がない樣では悲しくなるではないか、と李君は晞とラムプを睇めた。瞳の落る邊、ラムプのかさには何か長詩が書いてある、懷郷の詩篇であらう。異郷の人の寂寞——吾人には到底わかるまい。談は更に現今の宗教問題に轉じた。李君は云ふ今日本に於て行はれて居るのは、眞のキリスト教ではあるまい、と。

談は更に其れから其れにと花な咲かしたが、餘り長座するのもと思つて辭して去らうとすると、

「何に、僕な訪問したら、机の上に本が散ばつて居た、と只其れだけ書けば充分です。」

終りに李君の作にかゝる小説「愛か」の一節を白金學報から拔粹して此處に揭げて置く、これが日本人なら兎も角も、韓人の作として見る時に實に驚くではないか。

69

愛か　李寶鏡

文吉は操を澁谷に訪ふた。無限の喜と懼と望とは彼の胸に漲るのであつた。夜は更け途は濘んで居るが其にも頓着せず文吉は操を訪問したのである。——中略——

井戸端に出ると汗はダラ〳〵と全身に流れて小倉の上服はさも水に浸した樣である。彼はホツト溜息を洩らすと裏の夜風は輕く赤熱せる彼が頰を冷めた。彼の足は進まなかつた。彼は今度は裏から廻つて見たが、矢張雨戸は閉つて、ランプの光が微に闇を漏れるのみであつた。モウ最後である、彼の手頼は盡きたのである。彼は二三度蹌めいた。半許下りかけたが、彼は何と思つてかハタと立ち止つた。前なる道の電柱の先に淋しく瞬いて居る赤い電燈は、夏の夜の靜けさな増すのであつた。——中略——東の方のレールな枕に仰向けになつて次の汽車の來るのを今か〳〵と待ちつゝ、雲間を漏れる、星の光を見詰めて居た。あゝ十八年間の我が命は此が終焉なのである、何卒死んで後は消えて了へ、さもなくば無感覺なものとなれ、あゝ此が我が最後である、少さ腦に抱いて居た理想は今何處ぞ、あゝこれが我が最後である、あゝ淋しい、一度でも好いから誰かに抱かれて見度い。あゝたつた一度でもいゝから——」以下略す。

藤井忠一君

藤井君は現今同校四年級の首席である、英語數學は君の最も長ずるところであつて、殊に記すべき事は君が苦學生である。君は今白金拝波

〈그림 3〉 한국인 유학생 이보경을 소개하고 「사랑인가」의 일부를 옮겨 실은 기사(『中學世界』, 1910.2)

지닌 용모이다.

「사랑인가」가 실린 『시로가네학보』의 같은 지면에는 야마사키의 「별에 미친 사람星狂人」이라는 글이 실려 있는데, 별을 보고 눈물을 흘리는 친구 '쿠마가야 상熊谷さん'의 모델은 이광수이다. 이렇게 서로를 등장시킨 작품을 모교의 교지에 남기고, 1910년 봄 이광수와 야마사키는 각자의 길을 걷기 시작했다.

3. 야마사키 토시오의 「성탄제 전야」

메이지학원을 졸업한 이광수는 귀국하여 고향에서 교원이 되었다. 한편 야마사키는 게이오기주쿠慶應義塾의 불문과에 진학하여 나가이 가후永井荷風에게 사사하고 그의 추천을 받아 1913년 『미타문학三田文學』에 특이한 소설을 잇달아 발표한다. 두 소년이 서로 사랑하여 동반자살하는 이야기인 「저녁 화장夕化粧」, 나병에 걸린 미소년의 죽음을 동성 친구의 눈에서 묘사한 「울금앵鬱金櫻」, 게이 소년의 슬픔을 이야기한 「동정童貞」 등이 그것이다. 에도江戶 정서가 남아 있는 시타마치下町를 무대로 한 농후한 서양 취미 넘치는 일련의 소설에 당시 교토제대京都帝大의 학생이었던 키쿠치 칸菊池寬은 매료되어 다음과 같은 글을 지방신문에 썼다. "그의 세계는 요염한 나방과 같은 기분을 띤 세계이고, 울금앵의 세계이며, 가부키歌舞伎의 미동美童 배우, 카톨릭 신부의 세계이다. 호모에로틱한 세계이고 환상의 세계이다. 나 역시 이상의 세계를 꿈꾸는 사람의 하나이다."[3] 키쿠치는 편지를 써서 야마사키를 만나러 갈 정도로 열렬한 팬이었다.

야마사키의 단편 「성탄제 전야」가 『테이코쿠문학』에 실린 것은 1914년 1월이다. 주인공 '나'는 시로가네의 미션스쿨에 다니는 학생으로 금발에 푸른 눈을 가진 키가 큰 혼혈아라는 소문이 있는 조선인 유학생 이보경과 친해진다. 어느 날 '나'는 선교사의 집에 있는 '오한나 상おはんなさん'이

---

3 「文士の印象」, 『中外日報』, 1914.8.27. 키쿠치는 이 글을 쿠사다 모리타로(草田杜太郎)라는 필명으로 썼다.

(106)

耶蘇降誕祭前夜

山崎俊夫

——みなしごよ。心のままにところさだめぬさすらひの身となれる李賓鏡よ。おんみは知れりやかの若き日の謂れもなき戰慄を。かの過ぎし日のあわただしき感傷を。またわけもなき憂鬱を。さはれ、はや、さすらひのおんみはいとど哀しく情なくはた醜くなりはてぬらむ。なりはてぬらむ——

ある羅曼底な事情からわたしが白金の宗教學院に通ふ事になつたのは、まだわたしの父母が伴天連の妖術とか、嬰兒の磔殺とか、異教伽藍の密禱とかいふやうな、傳說時代の迷信を抱いて居る頃であつた。さうした荒唐無稽な空氣が屋敷いつぱいに漂つて居る家に生れた兒としては、わたしはあまりに異國情調を慕ひ憧憬れ過ぎる兒であつた、といふところから、わたしの感情生活や肉體生活の上に投げかけられた陰影は、飽くまで異常な、神秘な、さうしてまた病的な色彩を帶びて居ないわけにはゆかなかつた。

臆病で意氣地なしで神經質なわたしは、生れながらにして人づきの惡い方だつたので、つひにこれといふ仲よしをつくらなかつた。さうしてまた勿論わたしも、あらくれだつた人間達にまじつて、親の眼を偸んでまで安價な煙草をくゆらしたり、あら

(107)

れもない言葉遣ひて無遠慮に女の品定めをしたりするやうな羞澁するわたしにとつては出來さうもない技術を、無理耶理に强ひられるよりは、むしろさびしくつても、ひとりぼつちの方がましだと考へて居た。

校庭の西側にたつて居る古ぼけた木馬は、さうした偏窟なわたしの無二の仲よしであつた、と言はねばなるまい。その木馬は一本の胡桃の樹の下に、何時でもふさぎがちな、陰鬱な眼つきをしたわたしが、たつたひとりで凭りかかりに來るのをしよんぼりと待つて居る。わたしもまた木馬に待たれて居るやうな心持で、毎日缺かさずやつて來ては、背中に跨つたり、腰掛けたり、または靠れたりしながら、あらぬことを思ひつめてみたり、口の中で自分の好きな文句や、きいたばかりでも胸のすつきりするやうな感じのいい言葉ばかりを連ねて、それがさもさも靈魂の底の底からこみあげてくる祈禱のやうに、唇を顫はして低く呟いてみたりする。さうしてもし灯の點き初めたヘボン館から、夕餐の合圖を告げる點鐘でもきこえて來ると、わけもなく感傷しきつた心のどよみを、すこしでもうち消すまいとするかのやうに、そのまま其處へ木馬の上に突伏してしまつたりする。同じ年輩の少年達が白い運動着を着て、花のやうな頰べたを赤い夕日に染めながら、手を携へてヘボン館の方へ歸つて行く快活な後姿を見送つても、すぐある不快な聯想に捕へられて、おれのあんな時代は過ぎ去つてしまつた、もう二度とあんな時代には戻れない、と涙ぐみながら眼を背けてしま

〈그림 4〉『帝國文學』(1914.1)에 실린 야마사키 토시오의 단편 「성탄제 전야(耶蘇降誕祭前夜)」

그에게 연애편지를 건네려 했다는 이야기를 듣고 사실이냐고 묻는다. 이보경은 강하게 부정하고 반대로 '나'에게 사랑을 고백한다. 이보경이 혼혈아이기를 바라는 '나'는 그것이 사실임을 인정하도록 그를 다그친다. 성탄절 전날 밤 이보경은 혼혈아임을 끝까지 부정하면서 '나'의 무릎에 얼굴을 대고 "노예가 폭군에게 탄원할 때처럼" 눈 위에 무릎을 꿇는다.

야마사키의 「성탄제 전야」에는 이광수의 「사랑인가」에는 존재하지 않는 두 가지 의식이 보인다. 인종의 계층성에 기초한 차별의식이 그 하나이고, 동성애를 금기시하는 죄의식이 다른 하나이다.

「사랑인가」에서는 미사오가 문길을 거절하는 이유가 인종차별과는 관계가 없었다. 그런데 「성탄제 전야」에서는 '나'의 친구가 극히 자연스레 입에 올리는 말—"조선인에다가 혼혈아라고?"—이 보여주듯 차별의식이 전면에 드러나 있다. 마찬가지로 「사랑인가」에 없었던 동성애에 대한 죄의식이 「성탄제 전야」에는 보인다. 이 작품에서 이보경이 부르는 "망국의 노래"가 가리키는 '나라'는 조선이 아니다. 아득한 옛날에 물밑에 가라앉은 '멸망한 도시', 즉 신의 노여움으로 멸망된 배신의 도시 소돔이다. 여기에는 분명히 동성애자에 대한 유럽적인 죄의식이 있다.

「성탄제 전야」에는 이 두 가지 의식이 도착倒錯의 전제로 존재한다. 일본인 밑에 있는 조선인, 그보다 더 아래 위치하는 혼혈아, 그것도 이성이 아닌 동성인 이보경을 사랑하는 것은 '나'에게 3중의 도착감을 안겨준다. 조선인이면서, 인종 계층의 정점에 있는 백인종과 같은 푸른 눈에 금발, 그리고 흰 살갗을 가진 이보경은 "평소에 조선인과 말을 섞는 것조차 불쾌한 일처럼 생각했던 나"에게 "오히려 자신의 추접스런 누런 피부가 부끄럽게 여겨지도록" 만들어 인종의 계층을 전도시키고, 아찔한 도착의 세계로 유혹하는 것이다.

실제의 야마사키 토시오는 당시의 일본에서는 드물 정도로 차별의식이 희박한 인간이었다. 모리오카盛岡에서 태어나 중학 1학년 때 부친의 일 때문에 상경한 그는 토호쿠東北 지방에서 자란 병약한 소년이었다. 어쩌면 그의 말에는 토호쿠 방언이 섞여 있었고, 그런 점이 마이너에 속한 존재에게 친숙함을 느끼는 성향을 낳았을 것이다. 도쿄에서 처음 다닌 칸다의 타이세이 중학에서는 조선인 홍명희(1888~1968, 나중에 역사

소설『임꺽정』을 쓰고 해방 후에는 북조선의 부수상이 된다)와 친하게 지냈고, 메이지학원으로 전학하고 나서는 홍명희의 친구이기도 했던 이광수의 친구가 되었다. 아시아인에 대한 멸시가 일반적이었던 당시에 조선인 친구를 집에 불러 가족에게 소개한 야마사키는 보기 드문 존재였다. 그러나 졸업하여 이광수와 헤어진 무렵부터 그런 그에게도 일본 사회의 통념이었던 차별의식은 뿌리를 뻗어 「성탄제 전야」에서는 도착의 전제가 되었던 것이다.

〈그림 5〉 야마사키 토시오 작품 작품집 (상) 『美童』(奢灞都館, 1986) 표지. 2002년까지 16년에 걸쳐 전 5권이 간행되었다.

그러면 야마사키는 동성애가 죄라는 의식을 어디서 얻었던 것일까. 일본에는 유럽처럼 남색男色에 대한 종교적 금기는 없었지만, 1910년대에 접어들면 서구의 정신의학의 영향으로 동성 간의 관계를 질병으로 취급하는 사고방식이 생기고, 동성애를 '변태성욕'으로 간주하는 경향이 생겼다고 한다.[4] 그러나 야마사키의 경우 극히 문학적인 죄의식은 스승인 나가이 가후의 영향이 아닐까 생각된다. 가후는 1910년부터 1916년까지 게이오대학 문학부 주임교수를 지냈다. 그가 게이오를 사

4 風間孝・河口和世, 『同性愛と異性愛』, 岩波新書, 2010.

직한 해에 졸업한 야마사키는 가후의 마지막 문하생이라는 사실을 죽을 때까지 자랑으로 여겼다. 야마사키가 재학 중이던 1913년에 가후는 번역 시집 『산호집珊瑚集』을 간행했는데, 이 번역 시집에는 랭보의 시와 함께 베를렌느가 랭보와의 사랑과 이별을 노래한 시가 수록되어 있다. 불문과 학생이었던 야마사키는 가후의 강의에서 그들의 사랑 이야기를 접하고 깊은 감명을 받았을 것이다. 『야마사키 토시오 작품집 보권補卷 2－밤의 머리카락夜の髪』(耆瀛都館, 2002)에 수록된 1912년과 1913년의 「대학 과제물」에는 베를렌느와 랭보의 이름이 빈번하게 보이며 "멸망한 도시 소돔의 전설"이라는 구절도 보인다.

문학으로 승화된 동성애의 아름다움에 매료된 야마사키 앞에 수년 전 「사랑인가」를 남기고 간 이광수가 이전과 다른 의미를 띠고 모습을 드러냈던 것은 아닐까. 「대학 과제물」에 나오는 "아름다운 연인"에게 바쳐진 글에는 "누가 내 품에서 너를 빼앗아 가는가"라는 구절이 있다. 30년 뒤 이광수와 연락이 닿았을 때, 야마사키가 그에게 보내는 편지에 "너는 다시 한번 내 품으로 돌아왔다"고 쓴 것은 이 구절을 염두에 둔 것이었다고 생각된다. 랭보와 베를렌느의 동성애에 매혹되었던 야마사키에게 이보경은 "품에서 빼앗긴 새"가 되고, 그 이미지는 "공상의 날개"를 타고 비상하여 실체를 벗어나 마침내 「성탄제 전야」에서 랭보와 같은 푸른 눈의 금발 소년이 되었던 것이다.

4. 이광수의 「크리스마슷밤」

1915년 여름, 이광수는 재차 일본으로 유학을 떠났다. 이 시기 그는 『매일신보』에 많은 논설을 발표하여 각광을 받는다. 그리고 1917년 한국 최초의 근대 장편소설 『무정』을 연재하고, 1919년에는 「2·8독립선언서」를 기초하고 상하이로 망명하게 된다. 이 바쁜 시기에 이광수가 야마사키와 만난 흔적은 없다. 그러나 야마사키의 「성탄제 전야」를 읽은 것은 분명하다. 왜냐하면 도쿄에 간 이듬해 이광수는 이 소설에 응답이라도 하듯 「크리스마슷밤」(『學之光』, 1916.3)이라는 조선어 단편을 발표하고 있기 때문이다.

크리스마스 밤에 친구와 교회당에 간 주인공 김경화金京華는 피아노 연주자가 7년 전 자기가 사랑한 O양이라는 사실을 알고 놀란다. 그녀와 만났을 무렵, 김경화는 톨스토이의 제자를 자임하는 청교도적인 소년이었다. 그녀에게 보낸 편지가 그녀의 오빠 눈에 띄어 노여움을 사게 되어 경화는 시부야澁谷에서 철도자살까지 시도하고 귀국하며, 오랜 방랑을 거쳐 재차 도쿄로 유학갔던 것이다. 여기까지 회상을 마친 경화는 시를 쓰는데, 그것은 다음과 같이 끝나고 있다.

> 그나 내낫間에 어린 제 지낫스니
>
> 숫곱지 달싸한 맛볼 길이 업건마는
>
> 다만지 큰일 이루어 소리로나 듯과저

마지막 행에는 이 무렵 정치적 활동에 분주했던 이광수의 기세가 표현되어 있다. 이 작품을 쓸 무렵 이광수는 여자미술학교의 서양화과 학생인 나혜석에게 마음이 끌렸으나 그녀 오빠의 반대로 단념한 참이었다. 나혜석의 모습을 O양에게 투영하면서 이광수는 야마사키에 대한 마음을 노래하고 있는 것인데, 이는 「성탄제 전야」를 의식한 「크리스마슷밤」이라는 제목으로 보아도 분명하다.

교회당에 온 사람들은 서양 음악을 이해하지 못하고 O양의 피아노 연주를 진지하게 듣지 않는다. 전혀 모르겠다고 투덜대는 친구에게 경화가 그중에는 알아듣는 사람도 있을 것이라고 말하자, 친구는 "안다 해도 우리가 신문명 아는 모양으로 썹더기나 알겟지오"[5]라고 코웃음을 친다. 이것이 「성탄제 전야」에 묘사된 유럽적인 동성애에 대한 이광수의 감상이었을 것이다.

이광수는 자기가 푸른 눈의 금발 혼혈아로 묘사되어 있는 것보다도 야마사키가 드러낸 차별의식에 충격을 받은 것이 틀림없다. 그가 「사랑인가」에서 미사오와 문길 사이에 있는 민족의 벽을 굳이 무시한 것은 야마사키의 우정을 믿고자 했기 때문이다. 설령 "견딜 수 없는 적막함"에서 비롯된 집착이었다고 해도 죽음에 이를 정도의 격렬한 정념은 민족의 벽을 넘어선다고 이광수는 믿었고, 그것이 '사랑'이라고 생각했다. 그 야마사키가 이제는 인종적 편견을 성적 도착감을 고양시키는 도구로 삼고 있다. 경화는 피아노를 치는 O양을 보면서 "변했다"고 중얼거린다. 그것은 「성탄제 전야」를 읽은 이광수가 야마사키에게 품은 감

5 『초기 문장집』 II, 28쪽.

개였을 것이다.

그 후 결핵이 발병한 이광수는 죽음을 의식하고 허무와 적막에 괴로워하면서 「사랑인가」의 연장이라고도 할 수 있는 「윤광호」(『靑春』 13, 1918)를 쓴다. 그러나 이 작품에서 윤광호가 사랑하는 동성은 이제 일본인이 아니다. 구애를 거절당하고 윤광호를 자살로 몰아넣은 청년의 이름 이니셜은 일본의 성에는 존재하지 않는 'P'이다. 「성탄제 전야」를 읽은 이광수는 윤광호에게 민족의 벽을 넘어서게 할 수 없었던 것이다. 윤광호의 선배인 김준원이 사랑을 거절하여 파멸시키는 남성이 일본인이라는 설정에 「사랑인가」의 흔적이 보일 뿐이다.

1916년에 야마사키는 대학을 졸업하고 생애 단 한 권의 단행본인 『동정童貞』을 간행한 후 스승의 궤적을 좇아 극장에 취직했다. 그리고 그 후 기괴한 단편 「뱀집골목蛇屋横町」과 『미타문학三田文學』을 발매금지시킨 카니발리즘 소설 「사미승雛僧」 등을 발표하지만, 나가이 가후라는 거대한 작가와의 만남으로 피어난 야마사키의 특이한 재능은 스승과 이별하자 고갈되었다. 1919년 상하이로 망명한 이광수가 임시정부 수립에 참여하고 2년 후 귀국하여 온건한 실력양성운동을 모색하며 수양동우회 활동을 시작하던 무렵, 야마사키는 무대에 매료되어 배우가 되지만 성공하지는 못했다. 창조력을 잃은 그는 붓도 무대도 버리고 1930년대 후반에는 쇼치쿠가극단松竹歌劇團에 근무하며 편집일을 하게 된다. 키쿠치 칸은 『미타문학』 1937년 8월호에 「야마사키 토시오 군의 일山崎俊夫君の事」이라는 글을 기고하여 그의 재능을 아까워했다.

5. '공상의 날개'와 『마음이 서로 닿아서야말로』

1936년 『카이조改造』 8월호에 이광수의 일본어 소설 「만 영감의 죽음萬爺の死」이 실렸다. 그것을 본 야마사키는 이듬해 조선에 편지와 사진을 보내지만 답장은 없었다. 이광수가 동우회 사건으로 검거되어 감옥에 있던 무렵의 일이다. 얼마 지나지 않아 이광수는 대일협력의 길을 걷게 된다. 1941년 야마사키에게 출판사로부터 '카야마 미츠로香山光郎'라고 창씨개명한 이광수의 번역서가 왔다. 야마사키가 "너는 다시 한번 내 품으로 돌아왔다"는 편지를 보낸 것은 바로 이때의 일이다.

이듬해 1942년 11월, 도쿄에서 제1회 대동아문학자대회가 열렸을 때 두 사람은 재회했다. 신문을 보고 이광수가 일본에 온 사실을 안 야마사키가 연락을 취하여 대회 첫날 아침 두 사람은 32년 만에 얼굴을 마주했다. 야마사키는 그날 밤 곧장 이광수의 호텔방에 밀어닥쳤고, 이틀째 저녁에는 그를 데리고 나와 유명한 비프스테이크 식당 스에히로スエヒロ에서 함께 식사를 했다. 도쿄에서의 마지막날 밤에는 자택에 불러 전시하戰時下의 검소한 저녁을 대접하고, 이튿날 아침에도 도쿄역에서 그를 전송하는 등 그들은 5일간 다섯 번이나 만났다. 이때 이광수는 낮에는 회의, 저녁에는 만찬회나 좌담회라는 빽빽한 일정을 소화하는 외에 키쿠치 칸과 하야시 후사오林房雄, 코바야시 히데오小林秀雄 등의 문사들과 술 마시며 돌아다녔던 터라 어떻게 이런 시간이 났는지 불가사의할 정도이다.

조선에 돌아온 이광수는 『분가쿠카이文學界』에 기행문 「삼경인상기三京印象記」를 써서 대동아문학자대회 때 일본 문사들과 교류한 일을 언급했는데,[6] 야마사키에 대해서는 전혀 언급하지 않았다. 야마사키의 회상이 없었다면, 우리는 두 사람이 재회한 사실을 알 수 없었을 것이다.[7]

전후戰後 야마사키는 이광수와 홍명희를 회상한 2편의 글을 썼다. 1956년의 「경성의 하늘 아래京城の空の下」(『食味評論』 4월호)와 1968년의 「경멸けいべつ」(『政界往來』 5월호)이 그것이다. 12년을 사이에 두고 쓰인 이 두 편의 회상기에는 이해하기 어려운 차이가 있다. 스에히로에서 식사하면서 「성탄제 전야」에 대해 이야기하려는 야마사키를 향해 이광수가 한 말이 약간 달라져 있는 것이다. 「경성의 하늘 아래」에서는 이렇게 되어 있다.

> 나에 대해 자네가 어떤 공상을 품든 그것은 자네 자유이지만, 그러나 인간이란 **공상의 날개**를 갖고 있을 때가 꽃이다. **공상의 날개**를 빼앗겨 버리면 이미 모든 게 끝이다.
>
> 그는 다만 이렇게 말하며 웃을 뿐이었다.(강조는 인용자)

그런데 12년 후의 「경멸」에서는 이렇게 되어 있다.

> 나에 대해 자네가 어떤 공상을 품든 그것은 자네 자유이지만, 그러나 사람에게 가장 중요한 것은 사람과 사람 사이의 **마음의 접촉**이 아닐까.
>
> 그는 다만 이렇게 말하며 나의 손을 잡았다.(강조는 인용자)

---

6 『文學界』, 1943.1.

7 이 문제에 대해서는 하타노의 「이광수와 야마사키 토시오, 그리고 기쿠치 칸―「삼경인상기」에 쓰여 있지 않은 것」(『사이』 11, 국제한국문학문화학회, 2011, 9~30쪽) 참조.

전반부는 전혀 바뀌지 않았는데 후반부는 왜 일부러 바꾼 것일까. 도대체 이광수가 실제로 입에 올린 말은 어느 쪽일까.

결론부터 말하자면 후자였을 것이다. 왜냐하면 두 사람이 재회하기 두 해 전 이광수는 재조일본인 잡지인 『록기綠旗』에 『마음이 서로 닿아서야말로心相觸れてこそ』(1940)라는 일본어 소설을 연재했고, '마음의 접촉'은 이 무렵 이광수가 자주 사용한 말이었기 때문이다. 창씨개명이 실시되고 신문에서 조선어가 사라지는 등 황민화정책의 광풍이 몰아치는 가운데 이광수는 일본어로 쓴 내선 연애소설 『마음이 서로 닿아서야말로』를 연재했다. 누구를 위해 일본어로 쓴 것일까. 당시의 일본어 보급 상태, 발표 매체 그리고 무엇보다도 그 내용으로 보아 이광수가 이때 독자로 상정한 것은 조선에 있는 일본인, 즉 재조선 일본인이었다. 중학 시절부터 민족의 벽을 넘어서는 '사랑'을 바라왔던 그는 총독부의 정책에 진지하게 협력하면서 표면상의 방침이 아니라 진짜 '내선일체'를 재조선 일본인에게 호소하기 위해 일본인 오누이와 조선인 오누이 두 쌍의 연인 간 사랑을 그린 것이다.

"가장 중요한 것은 사람과 사람 사이의 마음의 접촉이 아닐까"라고 말하며 야마사키의 손을 잡은 이광수의 마음에는 친구의 마음을 잠식한 차별의식에 대한 슬픔과 민족을 초월하는 사랑에 대한 갈구가 있었을 것이다. 그러나 이때 야마사키에게 이광수는 "품으로 돌아온 새"일 뿐이었다. 자기의 "공상의 날개를 빼앗겨 버린" 것에만 마음을 쓰고 있던 야마사키에게 이광수의 슬픔은 느껴지지 않았고, 「경성의 하늘 아래」를 쓴 1956년에도 이 상태는 달라지지 않았다. 그런데 그로부터 12년이 지나 1968년에 「경멸」을 쓸 무렵에는 야마사키의 마음에 변화가 일어났던 것이다.

"일본인이 조선인을 경멸하기 시작한 것은 언제부터였을까"라는 질문으로 야마사키는 이 글을 쓰기 시작한다. "인종적 차별, 이것은 어떻게 해석하면 좋은 것일까. 인류가 존재하는 한 우리는 이 진흙탕 같은 숙명에서 벗어날 수 없는 것일까." 사람의 마음에 잠재하는 무서운 차별의식과 조선에 있는 친구 이광수와 홍명희를 생각하면서 이광수와의 재회 장면을 다시 한번 회상했을 때, 야마사키가 떠올린 것은 '공상의 날개'가 아니라 '마음의 접촉'이라는 말이었다. 그리고 그는 "같은 동양인이면서 왜 우리들은 손을 맞잡지 않았던 것일까. 그건 그렇다 치더라도 남을 경멸하면 자기도 경멸받게 된다는 것을 우리는 명심해야 할 것이다"라고 이 글을 끝맺는다.

전후戰後 23년이 지나면서 인권사상이 차츰 사람들 사이에 뿌리내리기 시작하고 있던 1968년, 야마사키는 꿈에서 깬 듯이 자신과 이보경 사이의 마음의 접촉을 방해하고 있던 인종차별의 벽을 깨달았다. 이때 야마사키는 더 이상 이광수의 '이향異鄕'이 아니었던 것이다. 1950년 이광수가 한국전쟁의 와중에 북한으로 끌려간 지 18년이 지난 시점이었고, 바로 이 해 홍명희는 북한에서 사망한다. 그런 친구들의 소식을 알지 못한 채 야마사키는 1979년에 타계했다.

제2장

극비 잡지 『신한자유종』

1. 자료

이광수는 해방 후에 쓴 『나의 고백』(1948)에서 중학 시절에 펴낸 회람잡지에 대해 다음과 같이 회상하고 있다.

> 국내에서는 각지에 의병이 일어나서 일병과 싸우고 있었다. 나도 뛰어 나가서 의병이 될까 하는 생각도 났다. 뉘게서 들은 말은 아니나 무슨 비밀 결사를 만들어야 할 것도 같아서, 나 또래 칠팔 인이 '소년회'라는 것을 조직하고 회람잡지를 만들었다. 회원이 이십 명쯤 되었다. 모두 십칠팔 세의 소년들이었다. 잡지도 등사판에 박았다. 그 내용은 비분강개한 애국적인 시 · 소설 · 논문 · 감상문 등이었으나 셋째 호인가 넷째 호 적에 벌써 일본 관헌의 눈에 띄

어서 우리는 경시청에 불려 야단을 만났다. 설유 방송으로 끝은 났으나 그로부터 우리는 주의 인물이 되었다. 우리는 우리의 전도가 일본 관헌의 주의 밑에 있을 것임을 분명히 인식하였고, 그와 동시에 우리의 존재라는 것은 일종의 자부심을 가지고 인식할 수가 있었다.[1]

메이지학원 보통부의 한국인 유학생들과 몰래 만든 회람잡지가 압수되어 주의인물이 된 이광수는 자신의 행동이 앞으로 일본 관헌의 감시를 받게 될 것임을 각오하고 거기에 자부심까지 품었던 것이다. 그 후 항상 검열을 의식하면서 글쓰기를 하게 될 이광수에게 최초의 경험이었다. 그런데 이광수는 이때 압수된 잡지가 어떤 운명을 걷게 될지 상상도 못 했을 것이다. 이 잡지는 당대 한국 내부 경무국에 의해 일본어로 번역되어 조선 언론계의 논조와 민심을 조사하기 위한 자료가 되었고, 현재까지 보존자료로 남아 있다.

한일병합까지의 3년간 한국 내부 경무국장을 역임하고 그 후에도 경찰계에 커다란 영향을 준 마츠이 시게루松井茂(1866~1945)라는 인물이 있다. 사후 그의 장서와 문서들은 '마츠이 박사 기념문고'로 정리되어 오랫동안 경찰대학교에 보관되었다가 2001년 국립공문서관으로 이관되었다. 2005년 유마니서방ゆまに書房에서는 그 가운데 마츠이가 국장이었던 시기 한국 내부 경무국의 문서를 정리하여 『마츠이 타케시 박사 기념문고 구장舊藏 한국 '병합'기 경찰 자료』 전 8권(松田利彦 監修)으로 간행했다. 제1권은 한국 언론계의 논조와 민심을 조사하기 위한 목적으로 한국

1 『이광수전집』 13, 삼중당, 1962, 191~192쪽. 이하 『전집』, 쪽수만 표기.

내외에서 압수한 잡지와 신문기사를 일본어로 번역한 자료가 7점 수록되어 있는데, 그 가운데 하나, 극비라는 도장이 찍혀 있는 『신한자유종』 제1권 제3호(융희 4년 4월 1일 발행. 이하 『신자유종』 제3호)가 이광수의 회상에 나오는 회람잡지이다. 잡지의 말미에 '대한 소년회 발행'이라고 되어 있고, 이광수가 '고주孤舟'라는 호로 쓴 기행문도 들어 있다.[2]

『신한자유종』 제3호의 목차는 다음과 같다.

표지	
속표지	
신한소년의 운명	記者
현재 오인의 책임이 중대함은	海風
대한민족과 융희 4년 3월 26일	所感生
곤고(困苦)	T. H生
신한소년을 읽는다	邊鳳現
군은 어디로(원문 일본어)	孤峯
그대를 각성시킬 것이다	玉宇
야구부를 축하하다	ㄱㅈㅇ生
나의 탄식	秋波生
여행 잡감(원문 일본어)	孤舟
소년회 천지(天地)	缶々生

2 이 사실을 알게 된 메이지학원 역사자료관에서는 2011년에 작성한 『메이지학원 역사자료관 자료집 제8집–조선반도 출신 유학생이 본 일본과 메이지학원』(이하 『자료집』)에 『신한자유종』 제3호를 일괄 수록했다. 자료관의 하라 유타카(原豊) 씨가 이 『자료교정집』을 저자에게 일부러 보내주신 덕분에 저자도 이광수의 새로운 자료를 접할 수 있었다. 이 자리를 빌려 하라 유타카 씨에게 감사드린다.

이씨 의연(義捐)

야구연합

이보경 씨의 송별회

회원소식 　　　　　　　　　　　　　　　　　　　　　　　　　　　　　偪々生

편집여언

표지는 수병水兵인 듯한 인물이 필라델피아의 자유종을 태극 모양의 방망이로 울리는 장면을 무궁화 가지가 둘러싸고 있는 도안으로 되어 있다. 금이 간 종에 '신한자유종'이라는 제목이 쓰여 있고, 그림 아래 '제1권 제3호 융희 4년 4월 1일 발행'이라고 발행일이 기록되어 있다.

머리말 격인 「신한소년의 운명」과 잡록雜錄 「소년회 천지」 속에 훗날 서양화가가 된 김찬영의 이름이 나오는 것으로 보건대, 그가 그림을 그린 것이 아닐까 추측된다. 속표지에는 이순신과 거북선 그림이 그려져 있고, 논설 「대한민족과 융희 4년 3월 26일」에는 손가락을 자른 안중근의 초상화가 삽화로 나온다. 압수 대상이 될 만한 잡지라는 것은 한국어를 몰라도 한눈에 알 수 있다. 안중근의 처형 당일에 쓰인 이 논설은 격렬한 어조로 그의 행위를 칭송한 뒤 그 유명한 「장부가丈夫歌」로 끝맺는다. 당시 이러한 글을 쓸 수 있었던 것은 이 잡지가 등사판으로 인쇄된 비밀 회람잡지였기 때문일 것이다. 검열을 의식하지 않을 수 없는 활자본 『대한흥학보』에서는 안중근에 대한 언급을 볼 수 없다. 표지의 오른쪽 위에 찍혀 있는 '극비極秘'라는 도장이 이 잡지에 대한 당국의 경계감을 말해 준다.

『신한자유종』 제3호에 실린 글 가운데 이광수와 관련이 있는 자료가

〈그림 6〉『신한자유종』 제3권 제3호 표지

〈그림 7〉〈獄中二在ル安重根氏(옥중에 있는 안중근 씨)〉, 『신한자유종』 제3권 제3호 삽화

네 편이 있다. ① 잡지의 머리말에 해당하는 「신한소년의 운명」, ② 잡록 「소년회 천지」 가운데 「이보경 씨의 송별회」, ③ 이광수가 '고주孤舟'라는 호로 쓴 기행문 「여행 잡감」, 그리고 ④ '고봉孤峯'이라는 인물이 이광수에 대해 쓴 「군은 어디로」이다. 이하 네 편을 번역·소개하고 해설을 덧붙이고자 한다.[3]

---

3 ③과 ④의 일본어 원문은 최주한·하타노 세츠코 편, 『이광수 초기 문장집』 I(1908~1915), 소나무, 2015, 471~476쪽에 실려 있다. 이하 『초기 문장집』 I으로 적는다.

1) 「신한소년의 운명」, 記者

1년 만에 간행된 신한소년이 3개월로 또 곤란에 빠졌다. 다른 게 아니라, 편집의 임무를 맡은 이보경 씨가 학비의 부족과 가정 형편으로 인해 친애하는 신한소년을 두고 귀국함으로써 신한소년을 배양할 만한 인물을 잃었기 때문인데, 마치 어린아이가 부모를 잃고 젖을 떼인 것 같다. 이 군 덕분에 실로 우리 신한소년은 비단옷을 입고 살이 올라 제군들 사이를 돌아다니지 않았는가.

그 후 소년회에서 후보자를 선정하였는데, 적당한 후임자를 얻지 못하여 이 중대한 임무가 내게 맡겨졌고, 4월부터 내가 담당하게 되었다. 제군은 왜 내게 이 임무를 맡게 하였을까. 나는 결코 이 임무를 감당할 수 없다. 그러나 대한 남자로 태어나서 이 정도 소임을 해내지 못하는 것은 대한국민의 치욕이 될 것이니, 내가 자격없음을 돌아보지 않고 후임을 허락한 것은 이런 까닭이다. 나는 소년 때 본국을 나와 국어조차 서투르다. 하물며 작문에 있어서랴. 그 서투름은 굳이 말하지 않아도 알 것이다. 이런 까닭에 기사는 모두 국어체로 쓸 예정이니, 독자는 읽는 데 불편한 점을 용서하라. 또 투서 등은 대개 본문대로 게재해야 하므로, 투서자는 이전에 비해 한층 문법과 문자 표기, 수사 등에 주의하기 바란다.

편집자가 재능과 자격이 없는 까닭에 이전에는 미치지 못하겠지만, 신한소년을 팔거나 또 거친 옷을 입게 하는 일은 없을 것이다. 제군이 만약 결점을 발견하면 생각하는 바를 기자에게 보내 후일의 훈계로 삼아 신한소년을 배양케 할 것을 희망한다.

마지막으로 김찬영, 김일 두 분께 힘이 미치는 한 도와주겠다고 맹세해주신 것에 감사하며, 아울러 소년회원 제군이 두 분처럼 기업심이 풍부하여 후일 대한국이 일어나는 데 모두 일심협력하여 실업, 종교, 정치 등 각 방면의 발전을 도모함으로써 빛을 발휘하기를 바란다.

2) 「이보경 씨의 송별회」, 㐲々生

이보경 씨의 송별회가 3월 20일(일요일) 오후 2시경 12인이 참석한 가운데 열렸다. 김찬영 씨가 좌장을 맡아 개회사, 역사, 축사 및 답사가 이어진 후 연설이 있었다. 연사는 이규정, 김일 씨 외 여러 명이 있었는데, 마지막으로 이보경 씨가 일어나 대강 다음과 같이 연설했다. "우리나라 유학생이 일본에 유학하기 시작한 지 30년을 지났어도 인재가 나오지 않는 것은 그 이상이 협소하고 일신의 평안만을 위주로 하며, 또 그 이상이 좀 높은 자는 자만에 빠지고 혹은 학교에 만족하는 까닭이다. 원컨대 제군은 이런 폐단을 깨트리고 사상력(思想力)과 독서력을 배양하고, 스스로 우쭐거리지 말고 인격을 고양시키며, 학교에 만족하지 말고 천재를 발달시켜 국가의 좋은 재목이 되기를 바란다"고. 식이 끝나고 여흥으로 옮겨 만담 및 연극 공연이 있었는데, 그 연극의 대강은 '한 한생이 학교를 졸업하고 고향에 돌아가 사랑하는 아내와 만나는 정(情)'을 다룬 것이다.

3) 「여행 잡감旅行の雑感」(원문 일본어), 孤舟

○ 3월 23일 오후 3시, 차 안에서

지금은 카이타이치(海田市)를 지나 히로시마(廣島)를 향하는 길이다. 하늘은 활짝 개었고, 뜨거운 태양이 여름처럼 차창에 내리쬔다. 하룻동안의 날씨 변화라고 하기에는 어처구니없을 정도다.

나는 아침나절엔 꽤 기운이 났지만, 벌써 진절머리가 나버렸다. 어떻게 시베리아 여행을 할 수 있을까 싶었다. 도쿄에 있을 때부터 몹시 건강을 상한 탓일 것이다. 이래서는 정나미가 떨어져버린다.

그 유명한 세토나이카이(瀬戸内海)의 경치도 그다지 내 흥미를 끌지 않았다.

—아아, 벌써 히로시마에 도착했으니 이만 쓰련다. 오늘밤 탑승할 예정이다.

○ 3월 23일 오후 8시 반, 시모노세키(下關)에서

너무 자주 펜을 드니 필시 성가시게 생각되겠지. 하지만 이번 길은 내게 가장 기념할 만한 여행이라서.

어, 바다가 보인다. 짙푸른 바다다. 새파래서 검어 보일 정도다. 잠이 덜깨 어리둥절한 사람의 얼굴이 다시 남쪽을 향하다가 미야시마(宮島)라고 말했다. 우스워서 못 견디겠다. 뭔가 바보 같다는 기분이 든다.

'코이(こい)'라는 역[4]이 있다. 이곳에 도착하니 아이들이 만세를 불러준다. 역 이름을 사랑(戀, こい)으로 해석하니 재미있다. 과연 논밭 가운데는 오두막집이 많이 있고, 사랑하기에 적당한 듯하다. 아아, 바보 같은 말을 하고 있네—.

---

4 코이에키(己斐駅). 현재 니시히로시마역(西廣島駅)의 구칭.

下関埠頭月色蒼[5](아, 언제 또 볼 수 있을까)

○ 24일 부산역에서

쾌청한 아침이다. 하늘은 한없이 새파랗고 '산뜻한' 햇빛이 천지에 가득 넘치고 있다. 그런데 멀리 희미하게 안개 낀 한산(韓山)이 눈에 들어올 때 내 기분은 어떠했는가. 뭐랄까, 한산에는 햇빛도, 우주에 가득 넘치는 햇빛도, 이 한산에는 내리쬐지 않는 듯하다.

○ 같은 날 24일 경부선 열차 안에서

오늘은 부산진의 장날이라서 흰옷 입은 사람들이 소를 끌고 모여드는 것이 많이 눈에 띕니다. 흰옷은 입었지만, 마음은 밝지 않아 보입니다. 또 특히 느끼는 것은 소와 우리나라 사람에 대해서외다. 소는 우리나라 사람들의 상태, 성질(모두 오늘날의)을 잘 표현하고 있는 듯하외다. 바꾸어 말하면 소는 우리나라 사람들의 상징으로 보여서 한심한 바외다. 아아, 소의 상징을 버리고 호랑이의 상징을 얻는 것은 어느 때나 되어야 할까. 일어나라! 우리 소년 제군!

대한의 산은 노쇠해졌습니다. 그래서 푸른빛은 누른 털로 변하고 누른 털조차 벗겨지게 되었으니, 얼마 못가 수많은 대한의 산은 모조리 붉은 모래로 변할 것이 틀림없습니다. 이리하여 결국 대한의 땅(韓土)은 뜨거운 모래로 가득한 사막이 되고, 청구(青邱)는 허무한 역사적 명칭이 되어 후인(後人)의 호기심이나 자극하는 데 불과하게 될 것이외다. 조선 민족의 생명은 대한의 산에 있는 초목과 생사흥망을 함께 할 것이외다. 총총.

---

5 시모노세키 부두의 달빛이 푸르다.

○ 소년 제군아. 이 말을 들으니 어떤 느낌이 드는가. 천제(天帝)가 인간을 만들 때 모두 똑같이 두 눈과 두 손, 두 다리를 주지 않았는가. 무엇이 부족해서 저 왜국(倭國) 때문에 압제를 받는가. 이목구비를 모두 갖춘 신대한 소년 제군은 이것을 생각하여 세월을 헛되이 낭비하지 말고, 자기의 목적과 자기의 천재를 발휘하여 저 목적지를 향해 서두르라. 신대한을 어깨에 짊어진 대한소년들아.[6]

4)「군은 어디로君はいずこへ」(원문 일본어), 孤峯

금강석도 연마하지 않으면 옥빛을 내지 못한다. 일상에 쓰이는 철조차 단련하지 않으면 불필요한 물건이 되어버릴 뿐. 이것은 진리라 천지개벽과 동시에 세상에 존재하는 것일까. 적어도 공기를 호흡하여 목숨을 보존하는 것, 어느 누구도 이 진리에서 벗어날 수 없는 것 같다. 똑바로 생각을 집중하여 인생을 돌아보라. 누가 고통을 느끼지 않고 일생을 보내랴. 아이는 세상에 태어나자마자 맨손을 가슴에 품고 응애응애 운다. 이미 고통을 느끼는 게 아닌가. 그렇다면 고통을 면할 수 없다는 것은 말할 것도 없다. 금강석이 연마되어 옥빛을 발하고 철이 단련되어 일상적인 쓰임이 되는 것처럼, 고통을 능히 인내하는 자는 위인이 되고 고통을 능히 인내하지 못하는 자는 범인이 된다. 옛 성현과 위인은 고통을 면하기 위해 도덕·법률·풍속 등을 만들었다는 것이 내 의견이지만, 이 도덕·법률 등의 인공물은 고통을 줄이는 게 아니라 도리어

6 『초기 문장집』 I, 100~102쪽.

고통을 늘리고 옹색함을 증가시켰다. 그러니까 세상살이는 나이를 먹어감과 더불어 점점 고통이 느는 것이다.

들으니, 군은 유년 시절 부모를 잃었다고. 이것은 군의 생애가 고통임을 증거하는 것으로 가장 큰 고통이었다. 한쪽 부모를 잃는 것조차 어린아이에게는 무한한 슬픔이라고 하지 않는가. 하물며 양친을 모두 잃고 황야에서 길을 잃고 다니는 몸이 되었으니, 그 신세는 생각건대 누가 소매를 적시지 않으랴. 그가 받은 고통은 혹심하여 성장함에 따라 줄어드는 것이 아니라 나날이 거듭되면서 군의 몸에 쌓여갔다. 나는 군의 유년 시절의 경황을 알지 못하지만, 현재 군의 비참한 정경을 보면 유년의 처지는 보지 않았어도 눈에 선하여 자연히 가련한 생각이 가슴에 차올라 심장이 고동친다.

12세가 되어 그리운 고향을 떠나 경성으로 가 동가숙서가식하던 군의 모양이 눈에 역력히 보여 그 애닯음은 말로 표현할 수 없지만, 군의 천재는 일찍부터 드러난 까닭에 경성에 머무른 지 2년도 되지 않아 어떤 사관(士官)에게 주목받고 14세에 일본에 유학할 수 있었다고. 예수가 마굿간에서 태어나 가난한 집에서 자랐음에도 불구하고 12세 때 성전 안에서 학사들과 신을 논하여 천재를 드러낸 것과 서로 비교해 볼 때, 누가 군을 흠모하지 않으랴. 일본에 와서 공부할 때도 1년이 못되어 벌써 일본어를 익히고 타이세이중학교(大成中學校)에 입학했고, 도착지를 알 수 없는 생애의 바다로 나가려는데 사악한 마신(魔神)에게 방해받아 퇴학하고 슬픈 눈물을 흘렸다고. 세상은 모두 이와 같은 것임을 새삼 깊이 느끼고 있을 때 이 이야기를 듣고 더더욱 그러한 느낌이 들었다.

다행하도다, 무정한 저 정부도 때로는 유정한 일을 하는도다. 군을 도와 3년 학비를 주었다니. 아! 비참이라고도 행복이라고도 할 수 있는 잊을 수 없는 시로가네(白金)의 삶은 여기서 시작되었다. 시로가네의 삶은 군의 천재를

더더욱 진전시켜 더더욱 견고하게 만들어주었다. 메이지학원 3학년에 들어가자 마음도 좀 안정되니, 무취미한 기숙사의 더러운 방에서 독서로 나날을 보냈고 또 친구를 사랑하는 정이 많아서 군에게는 가장 친한 친구가 한 사람 있었다고 들었다. 그리고 기숙사 생활을 꺼리게 되어 셋방으로 옮기고 음식점에서 배를 채우는 생활을 했다. 고통을 겪음과 동시에 천재도 발하게 되었다고 생각된다. 셋집에 머무르면서는 톨스토이의 인격을 숭배하고 예수를 믿었으며, 아침저녁으로 기도를 게을리하지 않아 깜깜한 밤 죽음과 같이 조용한 숲속에 엎드려 거세게 부는 바람소리를 들으며 기도했던 일도 있었다. 그러나 어찌 하랴, 군의 천재가 드러남을. 이윽고 바이런의 시를 손에 들자 마음이 완전히 변하여 믿음을 저버리더니, 즐겨 소설을 읽고 애정도 깊어져 지난 봄에는 미사오(操)를 사랑했으며, 이것 때문에 글을 짓고 시를 지어 우선 시로가네학보에 이름을 높이고, 이어서 『츄가쿠세카이(中學世界)』와 『토미노니혼(富の日本)』 등의 잡지에 군의 명성을 날렸다.

아, 군의 기량을 세상에 소개할 적에 비통한 물결이 밀려온다. 군으로 하여금 배움의 바다에서 떠나게 만든 군의 앞길은 어디로…… 어디로…… 생각건대…… 우리 소년회는 군과 같은 천재를 배출한 것을 자랑으로 여긴다. 원컨대 호랑이의 기세로 마음껏 나아가고 나아가서 하루빨리 도착지를 찾아내기를. 아! 외로운 배인 군은 어디로…… 어디…… 생각건대……[7]

---

7 위의 책, 338~390쪽.

2. 해설

1) 「신한소년의 운명」

「신한소년의 운명」은 이광수의 귀국 후 잡지 편집을 맡게 된 학생 '기자'가 쓴 것으로, 잡지의 머리말에 해당한다. 1년 만에 잡지가 나왔는데 그 3개월 후에 이광수의 귀국이라는 곤경을 만났다고 언급하고 있으니, 거꾸로 계산하면 제2호가 나온 것이 1910년 초이고, 창간호가 나온 것이 1909년 초라는 얘기가 된다. 학외學外 변봉현(나중에 『학지광』의 편집인을 맡게 되고, 와세다의 야구선수로도 활약했다)이 기고문 「신한소년을 읽는다」[8]에서 "책꽂이에서 『소년』 제2호를 꺼내서 먼저 논단에서 시작하여 소설에 이르기까지 계속 읽어나가노라니, 모두 자유독립의 뜻을 품지 않은 것이 없다"고 하여, 이광수가 『나의 고백』에서 회상하고 있는 것처럼 제2호의 내용도 모두 "비분강개한 애국적인 시·소설·논설·감상문"이었던 것을 알 수 있다. 『나의 고백』에서 이광수는 잡지가 압수되어 '경시청'에 불려가 '설유說諭'를 받았다고 회상하고 있는데, 제3호가 나왔을 때는 그가 이미 귀국해버린 상태였으니 제2호가 압수되었을 때의 이야기일지도 모른다.

주목되는 것은 '기자'가 이광수의 귀국 이유를 '학비의 부족과 가정 형편'이라고 적고 있다는 점이다. 자전적인 작품 속에서 이광수는 중학

8 잡지의 정식 명칭은 『신한자유종』이지만 '기자'도 변봉현도 이 잡지를 『신한소년』이라고 쓰고 있다. 애칭인 것 같다.

졸업 후 귀국의 이유를 여러 가지로 설명하고 있고 또 제일고등학교에 합격했다든가 학비를 대주겠다는 독지가가 있다고 쓰고 있다.[9] 1905년 동학의 유학생으로서 일본에 갔던 이광수는 이듬해 천도교단의 분열로 송금이 끊긴 탓에 일시 귀국했다가 3년 기한의 관비官費를 받아 1907년에 다시 일본에 갔다. 학비 지급 기한이 다가왔던 것, 그리고 고향에 부양해야 할 조부가 있었던 것이 공식적인 그의 귀국 이유였던 것을 알 수 있게 하는 대목이다.

또 하나 주목되는 것은 당시 유학 소년들이 자국의 언어로 쓰는 것에 어려움을 느끼고 있었다는 점과 일본어로 쓰는 것에 전혀 거부감이 없었다는 점이다.

> 나는 소년 때 본국을 나와 국어조차 서투르다. 하물며 작문에 있어서랴. 그 서투름은 굳이 말하지 않아도 알 것이다. 이런 까닭에 기사는 모두 국어체로 쓸 예정이니, 독자는 읽는 데 불편한 점을 용서하라.

여기서 '국어'는 조선어의 국한문, '작문'은 일본문은 가리키는 것으로 보인다.[10] 이 문장으로 보아 '기자'도 그만한 능력이 있으면 일본어로 쓸 생각이었던 것 같다. 이광수가 이 잡지에서 일본어로 쓴 것은 주의의 이런 분위기와 무관하지 않았을 것이다.

---

9 하타노 세츠코, 최주한 역, 『무정을 읽는다』, 소명출판, 2008, 65쪽, 각주 95.

10 이광수는 『그의 자서전』에서 "십여명 M학교에 있는 조선 학생들의 작문이란 작문은 모조리 내가 지었다"고 쓰고 있다. 『전집』 9, 293쪽.

2) 「이보경 씨의 송별회」

잡록 「소년회 천지」 가운데 「이보경 씨의 송별회」 기사는 이광수의 친구들이 열어준 송별회에 관한 기록이다. 송별회의 마지막에 이광수가 한 인사말의 요지가 들어 있다. 그런데 이날, 여흥으로 공연된 연극의 내용은 "한 학생이 학교를 졸업하고 고향에 돌아가 사랑하는 아내와 만나는 정情"이었다고 한다. 이광수는 대학 시절에 만나 나중에 결혼하게 되는 허영숙과의 연애가 유명하지만, 허영숙과는 재혼이다. 초혼의 시기는 자전적 작품에 따르면 중학 시절 방학 때, 혹은 졸업 후 교원 시절로 되어 있어 확실하지 않다. 그런데 친구들이 공연한 연극이 이광수를 놀리기 위한 것이었다면, 이때 그에게는 이미 아내가 있었다는 얘기가 된다. 이광수는 중학 5학년 여름방학에 황해도 안악에서 열린 강습회 교사로 참여했을 때 고향에 돌아온 적이 있으니, 그때 결혼했을 가능성이 높다.

3) 「여행 잡감」

압수된 『신한자유종』 제3호는 당국의 손에서 일본어로 번역되어 민심 조사 자료로 사용되었다. 그런데 「여행 잡감」과 「군은 어디로」 2편은 제목 뒤에 '원문 일본문'이라고 기록되어 있어 원래부터 일본어로 된 문장이었음을 알 수 있다. 필사 당시 오기誤記가 생겼거(예컨대 「君は伊處へ」는 「君は何處へ」의 잘못일 것이다)나 수고를 줄이기 위해 담당관이 멋대로 고쳤을 가능성(탁점의 생략 등)이 있지만, 전체적으로는 원문에 가까운 형태가 아니었을까 싶다.

「여행 잡감」은 귀국 여행 도중에 쓴 서간 형식의 기행문이다. 3월 23일 오후 카이타이치海田市와 히로시마廣島 간 열차 안에서 쓰기 시작하여 밤에는 시모노세키下關, 이튿날 아침에는 부산역, 이어서 경부선 열차 안에서 등등 가는 곳마다 기록하고 있다. '고주孤舟'는 이광수가 이 무렵 사용하고 있던 호로, 이 글이 중학 졸업 직후 이광수의 문장임을 말해준다. 또 이러한 형식의 기행문은 이광수가 1917년 『청춘』 제7호에 쓴 기행문 「동경에서 경성까지」의 현장감 넘치는 형식을 방불케 한다. 이광수가 중학 졸업 후 귀국하면서 받은 인상은 강렬했던듯 『나의 고백』에서도 이때의 정경을 회상하고 있다. 어쩌면 반대로 이 기행문을 쓰면서 귀국한 것이 기억의 각인으로 이어진 것인지도 모른다.

놀라운 것은 경성에 가까워질수록 내용이 점점 더 어두워지고, 문체를 의식적으로 바꾸고 있다는 점이다. 처음은 카타카나カタカナ를 이용한 가벼운 구어체 문장이었는데, 부산에 도착하자 한자가 늘고 내용이 점점 무거워지며, 경부선 차 안에서는 경어체 문장인 소로분候文을 사용한 문어체로 조선의 현상을 탄식하고, 마지막은 긴장된 연설조의 문체로 '대한 소년'들에게 부르짖으며 끝난다. 일본어 문체를 그토록 능숙하게 구사한 당시 이광수의 언어 능력에 경탄하지 않을 수 없다. 이광수가 경성에 도착한 3월 24일 곧 원고를 일본에 보냈다고 해도 4월 1일에 잡지를 간행하는 것은 어려웠을 것이다. 잡지 간행 날짜는 실제와 달랐을 가능성도 있다.

4) 「군은 어디로」

「군은 어디로君は伊處へ」의 '伊處'는 '何處'의 오기誤記이다. 이 문장은 '고봉孤峯'이라는 벗이 이광수의 비극적인 운명에 동정하면서 그의 천재를 상찬한 글이다. 그러나 사실 이 글은 이광수가 벗의 글이라는 형식을 취하여 쓴 것이라고 생각된다. 그 이유는 다음과 같다. 첫째, 당시 이광수의 주변에 이 정도로 수준 높은 일본어 문장을 쓸 수 있는 유학생을 떠올리기 어렵다. 둘째, 유년 시절 이광수의 기구한 운명과 톨스토이에서 바이런에 이르기까지의 정신적 편력, 그리고 '미사오操'나 '호랑이虎'와 같은 단어에 암시되어 있는 「사랑인가」와 「옥중호걸」 등 그의 모든 문장 경력을 알고 있을 것 같은 벗의 존재를 생각하기 어렵다. 이밖에도 "옛 성현과 위인은 고통을 면하기 위해 도덕·법률·풍속 등을 만들었다는 것이 내 의견이지만, 이 도덕·법률 등의 인공물은 고통을 줄이는 게 아니라 도리어 고통을 늘리고 옹색함을 증가시켰다"는 도덕에 관한 사고방식은 이광수가 『토미노니혼富の日本』에 투고한 작문의 내용과 거의 동일하여,[11] '나'가 이광수 자신이라는 사실을 보여주고 있다. 또한 "깜깜한 밤 죽음과 같이 조용한 숲속에 엎드려 거세게 부는 바람소리를 들으며 기도했었다"와 같은 문장은 애당초 본인 이외에는 알 수 없는 행동이다. 이광수는 훗날 『그의 자서전』(1936)에서도 이 때의 경험을 언급하고 있다. 이런 이유에서 '고봉'과 '고주'는 동일 인물이라고 생각해도 좋을 것이다.

---

11 「特別寄贈作文」(『富の日本』, 1910.3) 『초기문장집』 I, 87~88쪽.

이광수는 메이지학원에서 신앙을 알고 문학과 만나 정신의 질풍노도를 맞았다. "아! 비참이라고도 행복이라고도 할 수 있는 잊을 수 없는 시로가네의 삶"이라는 언급은 2년 반의 학창 시절을 돌아보면서 무의식 중에 새나온, 본인이 아니고는 내뱉을 수 없는 감개였을 것이다. 그렇다 해도 "예수가 마굿간에서 태어나 가난한 집에서 자랐음에도 불구하고 12세 때 성전 안에서 학사들과 신을 논하여 천재를 드러낸 것과 서로 비교해 볼 때, 누가 군을 흠모하지 않으랴"와 같은 자기 상찬의 말은 당시 이광수의 자부심이 어느 정도였는지를 엿볼 수 있게 한다.

지금까지 알려져 있는 이광수의 중학 시절의 일본어 문장은 1909년 12월『시로가네학보白金學報』제19호 소재「사랑인가」와 1910년 3월『토미노니혼富の日本』제1권 제2호 소재「특별기증작문特別寄贈作文」2편이었는데, 이번에 발견된「여행 잡감」과「군은 어디로」를 추가하면 4편이 된다.「군은 어디로」에 의하면, 잡지『츄가쿠세카이中學世界』에서도 명성을 날렸다고 하는데, 조사한 결과 이 책 20쪽에 제시한 자료를 발견했다. 보아온 대로『츄가쿠세카이』에 게재된 것은 창작의 투고가 아니라 우등생 소개 기사였다. 그래서 현재 확인된 이광수가 중학 시절에 쓴 일본어 문장은 4편이라는 사실에는 변함이 없다.

1925년『조선문단』에 발표된「18세 소년이 동경에서 한 일기」를 보면, 1910년 1월 12일(화요일) 일기에 이광수는 "일본 문단에서 기를 들고 나설까"[12]라고 적고 있다. 일본의 잡지에 자신의 일본어 작품이 실려서 그는 꽤나 자신감을 가졌을 것이다. 그렇다고는 해도 한국인 유학

---

12 위의 책, 45쪽.

생들의 애국잡지인 『신한자유종』에 그는 왜 일본어로 썼던 것일까. 이 사실은 어려서 일본에 갔던 이광수에게 이 무렵 한국어보다 일본어가 자기 표현으로 쉬웠고, 주위의 유학생들에게도 그것을 허용하는 분위기가 있었음을 보여준다. 일본어를 통해 문학과 만난 그가 일본어로 창작한 것은 이 시점에서는 그야말로 자연스러운 행위였다. 일본을 떠난 후 그는 그만큼 자연스레 일본어 창작에서 멀어지고 만다. 그러나 30년 후, 황민화정책의 소용돌이 속에서 그의 일본어 창작은 전혀 다른 의미를 가지고 부활하게 된다.

제2부

대학 시절의 일본어 창작

제1장

이언어 기행문 「오도답파 여행」

일본어판은 누가 썼는가

제1장

이언어 기행문 「오도답파 여행」

일본어판은 누가 썼는가*

1. 시작하며

1917년 여름, 『무정』의 연재를 끝낸 이광수는 경성일보사의 의뢰를 받아 조선반도 남부를 여행하고 『매일신보』에 54회에 걸쳐 「오도답파 여행」을 연재했다. 22년 후인 1939년 8월, 이광수는 이 기행문을 「금강산유기」(1924)와 함께 『반도강산』이라는 제목의 단행본에 싣고 서문에 이렇게 썼다.

* 이 글은 JSPS 과학연구비 25284072의 지원을 받은 연구이다.

전주에서부터 나는 『경성일보』에도 기행문을 쓰라는 청탁을 받아서, 거기서 목포까지 가는 동안에는 양 신문에 다 썼다. 그러다가 목포에서 적리(赤痢)에 붙들려서 중병(重病)하고 나서부터는, 즉 목포 · 다도해 · 경주 등의 기행문은 『경성일보』에 게재하는 분을 내가 쓰고, 『매일신보』에는 당시 거기서 집필하던 친우 심우섭 군이 번역하시기로 되었었다. 그러므로 이 부분에는 얼마큼 문체의 차이가 있었다. 그것을 이번에 출판하게 된 때에는 내가 병중이므로 친우 최정희 여사가 수정하셔서 내 문체와 가깝도록 문체를 통일하게 되었다. 심 · 최 양우(兩友)의 이 글에 대한 노력을 내가 감사할 정도를 지나서 이 글은 3인 합작이라고 함이 옳을 것이다.[1]

인용문에 의하면, 이광수는 「오도답파 여행」을 『매일신보』에 게재하는 한편 전주부터는 『경성일보』에도 일본어로 「오도답파 여행」을 썼다. 목포에서 입원한 후 목포 · 다도해 · 경주의 기행문은 일본어로만 썼고, 이를 심우섭이 조선어로 번역하여 『매일신보』에 게재했으며, 이 때문에 생긴 문체의 차이는 『반도강산』을 내면서 최정희가 이광수의 문체에 가깝게 통일시켰다는 것이다.

삼중당 『이광수전집』에 수록되어 있는 것은 최정희가 수정한 『반도강산』 판본이라고 주요한은 전집의 「해설」에서 밝히고 있다. 주요한은 이 「해설」에서 『매일신보」의 연재가 독자들의 환영을 받자 『경성일보』에서도 의뢰가 왔고, 이광수는 연재 도중에 일본어로도 쓰기 시작했다고 설명하고 있다.[2] 그러나 실제로 『경성일보』의 연재가 시작된 것은

1 이광수, 「서문」(『반도강산』, 영창서관, 1939), 『이광수전집』 16, 삼중당, 1963, 315쪽. 이하 『전집』과 쪽수만 표기.

『매일신보』의 연재 개시 다음날이었고, 첫 장면도 같은 남행 차중이었다. 『경성일보』의 연재 횟수는 모두 35회인데, 그 가운데 전주까지의 연재분은 5회이다. 그러면 이 5회분은 도대체 누가 썼던 것일까.

오무라 마스오大村益夫와 호테이 토시히로布袋敏博가 조선 근대문학의 일본어 작품을 모은 『근대 조선문학 일본어 작품집』(전 23권, 緑陰書房) 가운데 제3권 '1901~1938 평론・수필편'(2004)에는 경성일보판 「오도답파 여행」이 수록되어 있다. 이 책을 간행하기 바로 전해 호테이 토시히로는 조선학회에서 일본어판 「오도답파 여행」을 소개하면서, 전주부터 일본어로도 썼다는 것은 이광수의 '착오'이고 실은 첫회부터 이광수가 썼을 것이라고 추론했다.[3] 호테이는 그 근거로 전주 도착까지의 연재 5회분의 문장과 전주 이후의 문장이 둘다 유려한 경어체 문장 소로분候文으로 쓰여 있어 문체의 차이를 발견할 수 없다는 점을 들고 있다. 그러나 연재 도중 문체가 바뀌면 독자가 위화감을 품을 것이므로 이광수는 그때까지의 문체를 따랐을 것이고, 편집국도 당연히 배려했을 것이다.

애초에 1917년은 이광수에게 잊을 수 없는 해였다. 이 해에 『무정』으로 일약 문명文名을 떨친 이광수는 한편으로 죽음에 이르는 병인 폐결핵이 발병하여 이를 계기로 훗날 반려가 된 도쿄여자의전 학생 허영숙과 만났다. 『반도강산』을 간행한 해에 허영숙은 잡지 인터뷰 기사에서 이광

2　주요한, 「해설」, 『전집』 18, 518~519쪽.

3　布袋敏博, 「李光洙「五道踏破旅行記」小考－朝鮮語版と日本語版の比較研究」(제54회 조선학회 발표문요지), 2003. 호테이는 2008년 8월 서울대에서 열린 한국현대문학회에서도 같은 내용을 발표한 바 있다. 호테이 토시히로, 「이중언어의 이광수－「오도답파 여행기」론」, 『한국현대문학과 일본』(한국현대문학회 제3차 전국학술발표대회자료집), 2008.

수가 오도답파 여행을 떠났을 때의 일을 생생하게 이야기하고 있고,[4] 이광수 자신도 같은 시기 『경성일보』에 쓴 「무부츠 옹의 추억無佛翁の憶出」에서 당시의 일을 회상하고 있다.[5] 「오도답파 여행」은 이광수가 처음 신문에 발표한 일본어 문장이다. 더구나 『반도강산』 간행 무렵에는 1917년 당시의 자료를 보았을 것이고, 자기가 쓴 것인지 어떤지 헷갈렸을 것이라고는 생각되지 않는다. 이 글에서는 이광수의 기억이 사실이라는 것을 전제로 하여 「오도답파 여행」이 일본어와 조선어 양쪽으로 쓰여져 게재된 경위를 자세히 살피고자 한다.

2. 공주・부여

『경성일보』에 연재된 「오도답파 여행」의 35회분의 텍스트와 『매일신보』에 연재된 54회분의 텍스트를 정리하면 다음과 같다.

---

4 허영숙, 「나의 자서전」, 『여성』, 1939.2, 27쪽. 허영숙은 이광수의 체력이 여행을 견디지 못할 것을 걱정하여 그를 은사에게 진단받게 하고 괜찮다는 이야기를 듣고 떠나보냈다. 그랬는데 목포에서 발병한 것을 알고 매우 걱정했다고 이야기하고 있다.

5 이광수, 「無佛翁の憶出 1・2」, 『京城日報』, 1939.3, 11~12, p.12. 『近代朝鮮文學 日本語作品集 1939~1945』 '評論・隨筆篇 3' 수록. 다만 나카무라 켄타로(中村健太郎)에게서 의뢰 편지를 받은 시기를 『개척자』 연재 무렵이라고 한 것이라든가, 『경성일보』의 마츠오(松尾) 편집국장이 초호(初號) 3단으로 2면의 상단 기사로 내주었다든가(사실과는 약간 다르다), 토쿠토미 소호가 직접 칭찬해 주었다는 내용이 실제 문장에는 보이지 않는 등, 이광수의 기억이 잘못되어 있는 부분도 꽤 보인다.

〈別表〉『京城日報』와 『每日申報』의 대조표(夕=夕刊 朝=朝刊)

『京城日報』			『每日申報』		
			6.16	[社告]	
6.26夕	[社告]		6.26	[작가의 말] 旅程에 오르면서	
			6.26	[記事]	五道踏破旅行 特派員 出発
			6.28	[記事]	五道踏破旅行道程
게재일	제목	집필의 시기와 장소	게재일	제목	집필의 시기와 장소
6.30夕	湖西より	6.26, 鳥致院にて 公州にて	6.29	第一信	6.26, 鳥致院에셔
			6.30	第二信	6.26, 公州에셔
7.1夕	湖西より	6.26, 公州にて	7.1	第三信	6.26午後12時, 公州
7.2夕	湖西より	6.26, 公州より	7.3	第四信	6.27, 利仁市場에셔
			7.1	[記事]	6.28, 百濟旧都에셔
7.2朝	其の美景, 其の感慨	6.27, つづく	7.4	第五信	6.2[8], 扶余에셔
				第六信	6.2[9], 扶余에셔
7.3朝	其の美景, 其の感慨	6.27, 扶余にて	7.5	第七信	6.30, 白馬江上에셔
			7.6	白馬江에셔	6.30午後2時, 第八信
			7.7	群山에셔	7.2午前10時, 땀을 흘리면서 群山에셔 第九信
			7.4	[記事]	7.2, 裡里駅에셔
7.6夕	湖南より	7.3午後4時, 全州にて	7.8	全州에셔(一)	7.2夕, 全州客舍에셔 第十信
7.6夕	湖南より	7.3午後4時, 全州にて	7.10	全州에셔(二)	7.3午後, 全州客舍에셔 第十一信
7.8夕	湖南より	7.4午後3時, 全州にて	7.7	[記事]	7.6, 全州에셔
7.9夕	湖南より	7.5午前8時, 全州にて	7.11	全州에셔(三)	7.6朝, 第十二信
7.10夕	湖南より	7.6朝, 全州にて	7.12	全州에셔(四)	7.6朝, 第十三信

『京城日報』			『毎日申報』		
7.14夕	湖南より	7.7, 裡里にて	7.13	裡里에셔(一)	7.6夜半, 裡里에셔 第十四信
7.25夕	湖南より	7.9, 裡里にて	7.14	裡里에셔(二)	7.6, 裡里에셔 第十五信
			7.10	[記事]	7.7,「裡里에셔」
			7.15	裡里에셔(三)	7.8朝, 朴郡守의 吏隱亭에셔 第十六信
			7.13	[記事]	7.11,「光州 五道踏破記者」
			7.14	[記事] 7.12「羅州에셔」(午後4時木浦到着予定)	
7.17夕	湖南より	7.14, 木浦にて	7.17	木浦에셔	7.14, 木浦에셔
7.17夕	[休載記事] 7.14		7.17	[休載記事] 7.14	
			7.24	光州에셔(一)	7.21, 木浦에셔
			7.25	光州에셔(二)	7.21, 木浦에셔
			7.26	光州에셔(三)	7.21, 木浦에셔
			7.27	木浦에셔(一)	7.21
7.26夕	多島海巡	7.23, 順天丸にて	7.29	多島海(一)	7.23, 順天丸船上에셔
7.27夕	多島海巡二	7.24, 順天丸船上にて	7.30	多島海(二)	7.24, 順天丸船上에셔
7.28夕	多島海巡三	7.24夜, 海神丸船上にて	8.3	多島海(三)	7.24夜, 海神丸船上에셔
7.29夕	多島海巡四	7.24夜, 三千浦にて	8.4	多島海(四)	7.24夜, 三千浦에셔
8.11夕	8.1？, 晋州にて	嶺南より	8.12	晋州에셔(一)	晋州에셔
			8.14	晋州에셔(二)	7.26, 晋州에셔
8.12夕	嶺南より	8.2, 晋州にて	8.15	晋州에셔(三)	7.27, 晋州에셔
8.13夕	嶺南より	8.2, 晋州にて	8.16	晋州에셔(四)	7.27, 晋州에셔
8.16夕	統営より	8.3夜	8.5	統営에셔(一)	7.29, 統営에셔
8.17夕	統営より	8.3夜	8.7	統営에셔(二)	7.29, 統営에셔

『京城日報』			『毎日申報』		
			8.8	東莱温泉에셔(一)	7.30, 東莱温泉에셔
			8.9	東莱温泉에셔(二)	7.31夜半, 金井에셔
			8.10	海雲台에셔	8.1夜半, 海雲楼에셔
			8.17	釜山에셔(一)	8.4, 釜山에셔
			8.18	釜山에셔(二)	8.5朝, 釜山에셔
			8.23	馬山에셔(一)	8.7, 馬山에셔
			8.24	馬山에셔(二)	8.6, 馬山에셔
			8.25	大邱에셔(一)	8.10, 大邱에셔
			8.26	大邱에셔(二)	8.11, 大邱에셔
			8.28	大邱에셔(三)	8.15, 大邱에셔
8.22	新羅の旧都に遊ぶ一	8.15, 慶州にて	8.29	徐羅伐에셔(一)	8.15, 慶州에셔
8.23	新羅の旧都に遊ぶ二	8.15, 慶州にて	8.30	徐羅伐에셔(二)	8.15, 慶州에셔
8.24	新羅の旧都に遊ぶ三	8.15, 慶州にて	8.31	徐羅伐에셔	
8.25	新羅の旧都に遊ぶ四		9.2	徐羅伐에셔(四)	
8.26朝	新羅の旧都に遊ぶ五		9.3	徐羅伐에셔(五)	
8.29朝	新羅の旧都に遊ぶ六		9.4	徐羅伐에셔(六)	
8.30朝	新羅の旧都に遊ぶ七	8.16夜半, 慶州にて	9.5	徐羅伐에셔(七)	8.16, 慶州에셔
8.31朝	新羅の旧都に遊ぶ八	8.16夜, 仏国寺にて	9.6	徐羅伐에셔(八)	
9.2朝	新羅の旧都に遊ぶ九		9.7	徐羅伐에셔(九)	

『京城日報』			『毎日申報』		
9.3朝	新羅の旧都に遊ぶ十		9.8	徐羅伐에셔(十)	
9.5朝	新羅の旧都に遊ぶ十一	8.17, 仏国寺にて	9.9	徐羅伐에셔(十一)	8.17, 仏国寺에셔
9.6朝	新羅の旧都に遊ぶ十二	8.17, 慶州にて	9.10	徐羅伐에셔(十二)	
9.7朝	新羅の旧都に遊ぶ十三	8.18, 慶州にて	9.12	徐羅伐에셔(十三)	8.18, 慶州에셔

일본어판 연재는 다음과 같이 여섯 부분으로 나뉜다.

① 전주 이전의 5회 (6.30~7.25)

② 호남으로부터의 7회 (7.6~7.25)

③ 목포에서 쓴 1회 (7.17)

④ 다도해 순례의 4회 (7.26~7.29)

⑤ 진주・통영 기행문 5회 (8.11~8.17)

⑥ 경주에서의 13회 (8.22~9.7)

이광수가 전주에 도착하기 전의 일본어판 연재 ①은 「호서로부터」 3회와 「아름다운 경치, 그 감개」 2회를 포함하여 5회분이다. 이 부분은 이광수가 조선어로 써 보내온 「제1신」에서 「제7신」까지를 신문사의 누군가가 일본어로 고쳐 썼다고 보아야 한다. 당연히 내용도 사용된 어휘도 공통적이지만, 자세히 보면 역시 다른 점이 있다.

「호서로부터」 제1회에는 조선어 「제1신」과 「제2신」의 내용이 들어 있는데, 시마무라 호게츠島村抱月에 대해 서술하는 태도에 현저한 차이가 보인다. 남대문역을 출발한 이광수는 같은 기차에 함께 탔던 시마무라 호게츠와 인터뷰를 하고 「제1신」에서 자세히 보고하고 있다. 문학이란 인간의 '사상 감정'을 '어語와 문文'으로 표현한 것인데, 조선어의 문법과 문체는 아직 완성되지 않은 듯하니 우선 '어문語文을 정돈'하고, 이에 부합하게끔 소설, 시, 극 등의 제 형식을 이식하여 '신문학 건설'에 힘써야 할 것이라는 호게츠의 진지한 의견[6]은 『경성일보』의 「호서로부터」에는 몽땅 생략되어 있다. 대신 강조되어 있는 것은 스마코須磨子의 양녀까지 동반한 일행의 피곤한 모습이다. "자신들은 예술을 위해서라고 말할지도 모르지만, 곁에서 보면 역시 지방순회 공연 배우로서 차라리 딱한 느낌이 듭니다"와 같은 감상은 정말이지 예술과는 인연이 없는 사람이 '곁에서' 느낀 감상이지 예술에 몸을 둔 이광수의 감상으로는 간주하기 어렵다. 마찬가지로 높다랗게 쌓인 짐을 보고 "그 속에 카츄사의 가발과 의상도 들어 있을 것을 생각하면 어쩐지 우스워집니다"와[7] 같은 얼버무린 표현도 시마무라에 대한 경의로 가득한 「제1신」

---

6 조선에서 귀국한 후 호게츠는 『와세다문학(早稲田文學)』(1917.10)에 게재한 「조선 소식 나의 페이지(朝鮮だより 僕のページ)」에서 경성에서 '최 군, 진 군, 심 군, 김 군, 현 군, 그 외 3, 4명'과 만나 이야기를 나누었던 일을 쓰고 있다. 모두가 아베 미츠이에(阿部充家)의 신봉자였다고 한다. 호게츠는 조선에는 시도 소설도 극도 없다고 생각하고 조선의 젊은이들에게 "참된 감정을 근본으로 한 문예를 만들어내도록 하고 싶다"고 바라고 있다. 그러나 그가 염두에 둔 언어는 일본어였다. "요컨대 나는 순수한 조선의 전통을 향유한 젊은이들 가운데 문학적 가치가 있는 **일본어**로 참된 조선 민족의 영혼을 불러일으켜 그것과 대면하고 싶다. 조선인의 손으로 이루어진 참된 문예를 보고 싶다"(강조는 인용자)라고 그는 쓰고 있다. 우연하게도 호게츠는 이제 막 조선문학 최초의 근대장편을 낳은 조선인 이광수와 만났던 것이다. 그러나 이광수가 보고하고 있는 인터뷰의 내용은 「조선 소식」의 호게츠의 사고와는 약간 다르다. 이광수가 자신의 생각을 제멋대로 투영시킨 것 같다.

7 최주한・하타노 세츠코 편, 『이광수 초기 문장집』 II, 소나무, 2015, 529쪽. 이하 『초기 문장집』 II으로 적는다.

과는 어조를 달리한다.

백제의 옛 도읍 부여에서의 견문을 미문美文으로 잇달아 쓴 『경성일보』의 제4・5회 「아름다운 경치, 그 감개」의 내용은 『매일신보』의 「제5신」에서 「제7신」까지에 해당한다. 몇 단락의 서두 부분이 아래와 같이 2행 표제로 되어 있는 것은 이 시기의 『경성일보』 기사에서 자주 볼 수 있는 형식이다. 아마도 일본어문을 작성한 인물이 이 형식을 선호했을 것이다.

◆此こそはげに御爐の香に

燻りたるもの, 此こそはげに

南薫殿の太平歌に慄えたるもの。其の夜、二千五百年前の其の夜、(後略)

(『京城日報』, 1917.7.2)

(이것이야말로 바로 왕께서 사용하시던 화로의

향내를 맡던 것, 이것이야말로

남훈전(南薰殿)의 태평가(太平歌)에 전율하던 것. 그날 밤, 천이백오십 년의 그날 밤, (…후략…))[8]

5일 후 『매일신보』 기사에서 서두 부분이 2행 표제어로 되어 있는 예를 들어 둔다. 이 해 백중 선물御中元에 관한 기사이다.

8　위의 책, 333쪽.

◆ 今年は物價騰貴の甚だしい

ため贈答品には可なり多く

の金を拂わないと氣の利いたものを撰ぶ事が出來ないような有様だ。(後略)

(『京城日報』, 1917.7.9)

(올해는 물가가 퍽 올라서

백중 선물에 꽤 많은

돈을 들이지 않으면 멋진 것을 고를 수 없을 상황이다. (…후략…))

문체의 특징으로 '향내를 맡던 것燻りたるもの', '전율하던 것慄えたるもの', '그 밤其の夜', '이 기와此の瓦' 등 영탄을 위한 종지 체언이 많이 사용되어 있는데, 이것은 이광수의 다른 일본어문에서는 발견되지 않는 것이다. 그 외에도 가증리佳增里에 있는 유사有史 이전의 묘지를 감정한 학자 구로이타 카츠미黑板勝美 박사를 토리이 류조鳥居 龍蔵 박사와 착각하고 있는 것도 일본문 작성자의 실수일 것이다.

그런데 '오도답파 여행기자 이광수'라는 필명을 붙여 연재를 시작해 두면서 『경성일보』는 왜 처음부터 이광수에게 쓰게 하지 않았던 것일까. 편집국으로서는 이광수의 일본어 실력은 물론 조선인 독자를 대상으로 한 그의 논설과 소설이 호평을 얻고 있다는 것도 알고 있었지만, 그가 일본인 독자를 대상으로 한 문장을 쓸 수 있을지 어떨지 불안했을 것이다. 일본어 문장을 잘 쓰는 것과 일본인 독자에게 받아들여지는 문장을 쓰는 것은 다른 문제이기 때문이다. 이 점에 관한 한 일본인 기자가 일본인 독자의 기호에 맞춰 이광수의 문장을 다시 쓴다면 안전하다. 편집국은 적당한 시기에 이광수에게 이어 쓰도록 할 것을 전제로 하여 일본인 기자가 이광수의 문장을 다시 쓰는 형식으로 연재를 시작한 것이라고 추측된다. '언제부터 이광수에게 쓰게 할까'가 문제였는데, 그것이 바로 전주였던 것이다.

편집국은 처음 5회분에서 이광수에게 '본보기'를 보였다고도 할 수 있다. 호게츠의 문학 이론을 소개하는 이광수의 필치에는 다분히 계몽적인 냄새가 떠돌고 있다. 그러나 조선반도의 일본인 독자는 그런 것은 바라지 않았고, 예술에 무관심한 사람으로서는 호게츠도 '딱한 지방순회 공연 배우'에 지나지 않음을, 편집국은 다시 쓰기를 통해 이광수에게 뼈저리게 깨닫도록 했던 것이다. 소로분이라는 형식에 대해서는 도중에 이광수에게 이어가도록 할 것을 상정하여 이광수와 사전에 상의한 후 그 문체로 결정했다고 생각된다.

그러면 실제로 처음 5회분을 쓴 것은 누구였을까. 「아름다운 경치, 그 감개」 같은 미문美文을 만들어낼 수 있는 것은 일본어 원어민이라고밖에 생각되지 않는다. 당시 『경성일보』에는 나카지마 츠카사中島司(中島生), 오쿠다 나오타카奥田直毅(鯨洋), 후지무라 츄스케藤村忠助(藤村生) 등 외에 편집국장 격인 나카무라 켄타로中村健太郎(三笑居士)가 있었다.[9] 그 가운데 조선어가 가장 뛰어난 나카무라는 이광수와 경성일보사의 창구 역할을 맡고 있었는데, 「오도답파 여행」의 집필을 이광수에게 의뢰한 것도 그 였다.[10] 이런 상황으로 보아 나카무라가 이광수의 문장을 다시

9 심원섭, 「1910년대 중반 일본인 기자들의 조선 기행문 연구」, 『현대문학의 연구』 48, 한국문학연구학회, 2012; 심원섭, 「일본제 조선 기행문과 이광수의 「오도답파 여행기」, 『현대문학의 연구』 52, 한국문학연구학회, 2014; 정진석, 「제2의 조선총독부 경성일보」, 『경성일보』 1, 한국도서센터, 2005, 3~14쪽.

10 이광수, 「無佛翁の憶出 2」, 『京城日報』, 1939.3.11.

썼을 가능성이 매우 높다.

나카무라 켄타로는 1899년(明治 32) 구마모토현熊本縣 파견 조선 유학생으로 조선에 왔고, 3년의 유학 기간을 마쳤을 때는 조선의 풍속을 연구하고 싶어 취직하지 않고 사숙私塾에서 조선인에게 일본어를 가르치던 괴짜였다.[11] 그 후 경부철도에 입사했고, 『한성신보』 조선판의 주간主幹, 한국 정부의 경무고문부警務顧問部를 거쳐 경성일보사에 들어가 『매일신보』를 주재主宰했다.[12] 경성일보사 사장인 아베 미츠이에阿部充家가 이광수에게 『매일신보』에 글을 쓰게 했을 때 실무를 맡았던 사람은 나카무라였다.[13]

나카무라는 조선의 풍속 연구에 관심이 있었고, 경부철도 시절에는 측량을 담당하여 각지를 걸어다녔으므로 부여에 대해서도 정통했을 것이다. 무엇보다도 이광수가 오도답파 여행을 떠나기 3주 전 『매일신보』 전남지국 낙성식落成式에 참석하기 위해 광주로 출장했던 나카무라는 이어서 내친 김에 목포 구경을 나섰는데, 이 여행 기간에 그가 『경성일보』에 연재한 4회분의 기행문[14]은 「오도답파 여행」과 동일한 소로분으로 쓰여 있고 문체도 거의 흡사하다. 다음은 나카무라가 쓴 기행문의 서두 부분이다.

---

11 中村健太郞, 『朝鮮生活五十年』, 青潮社, 1969, p.23.

12 위의 책, pp.25~50.

13 이광수는 1916년 가을 아베 미츠이에와 만나고, 그 후 『매일신보』에 논설을 쓰기 시작하는데, 이광수가 동 지면에 처음 발표한 글은 나카무라에게 보낸 한시 「증삼소거사(贈三笑居士)」(9월 8일)이다. 삼소거사에 대해서는 다음의 연구가 있다. 김영민, 「이광수 초기 문학의 변모 과정」, 『이광수 문학의 재인식』, 소명출판, 2009, 37~38쪽; 최주한, 「제2차 유학 시절의 이광수」, 『춘원연구학보』 4, 춘원연구학회, 2011, 101~103쪽.

14 「光州より」(6.11・12), 「湖南線車中より」(6.13), 「裡里驛より」(6.14).

毎日申報全南支局落成式に、社長代理として臨席の為め、九日午前八時三十分南大門駅発車光州に向い申候。身を車窓に寄すれば、薫風渡る緑陰、白く流る清水、碧く湛ゆる漢水、野も山も翠り滴りて、小生は初夏の旅行程、心気の爽快なるは無之、今日此機会を得たるを、又なく欣快に存じ候。[15]

(『매일신보』 전남지국 낙성식에 사장 대리로 참석하기 위해 9일 오전 8시 30분 남대문역을 출발하는 기차에 올라 광주로 향했습니다. 몸을 차창에 기대니, 향기로운 바람이 지나는 녹음, 하얗게 흐르는 맑은 물, 푸른 빛을 띤 한강물, 들도 산도 신록이 우거졌습니다. 소생은 초여름의 여행이 상쾌하기 그지없어, 오늘 이 기회를 얻은 것을 다시 없이 흔쾌히 여겼습니다.)

나카무라는 이 소로분을 사용하여 「오도답파 여행」의 5회분을 썼고, 이광수는 그 문체를 그대로 따랐다고 생각된다.

3. 전주・목포

이광수가 일본어로도 쓰라는 통지를 받은 것은 7월 2일, 이리에서의 일이었다고 추측된다. 전주에 도착한 뒤 이광수는 맹렬한 기세로 조선어 「전주에서」, 그리고 일본어 「호남으로부터」 7회분을 쓰기 시작한다

15 「光州より」, 『매일신보』, 1917.6.11, 석간 1면.

(②). 이들 텍스트를 대조하면, 어느 것이 어느 것의 저본이고 번역이라고 간주하는 것이 어려워 처음부터 각각의 언어로 썼다고 생각된다. 전형적인 예는 이리가 어떤 도시인지를 시적으로 표현한 부분일 것이다. “아직 눈도 코도 없고, 핏덩어리라고나 할 수 있을까. 나날이 커갈 뿐 형태도 갖추어지지 않은 괴물”(『경성일보』), “장차 그림을 그릴 양으로 여기저기 회구繪具를 찍어바른 듯하여 아직 일정한 형태도 없는 두루뭉술”(『매일신보』)과 같이 동일한 내용이 전혀 다른 형식으로 표현되어 있어 각각의 언어로 창출된 문장임을 보여주고 있다. 전주부터의 7회분에서는 또한 내용면에서도 조선인의 상업이 떨치지 못하는 이유를 ‘내지인’의 태도로 귀결지어 개선을 요구하는 등 조선어판에는 없는 언급이 보인다.

이리 다음에 들른 광주와 나주에서는 환영회와 견학이 이어져 원고를 쓸 여유가 없었던 듯하다.[16] 목포에서 이질로 입원한 이광수는 7월 14일 『매일신보』와 『경성일보』에 입원 보고와 휴재 사과를 냈는데 문면은 똑같다(③). 그 뒤 가까스로 『매일신보』에 「광주에서」 3회와 「목포에서」 1회를 썼다. 이때 일본어로 쓰지 않았던 것은 일단 체력이 바닥났기 때문이었겠지만, 한 가지 더 생각해 볼 수 있는 것은 바로 그 전달 나카무라 켄타로가 광주와 목포에서 기행문을 쓴 직후였기 때문이었을 수도 있다.

16 「광주 오도답파 여행기자 환영연」(『매일신보』, 1917.7.13)·「나주에서」(『매일신보』, 1917.7.14), 『초기 문장집』 II, 458·464~465쪽.

4. 다도해

목포에서부터 이광수는 배로 다도해를 돌면서 기행문 「다도해 순례」 4회분을 썼다. 병상에서 일어난지 얼마 되지 않아 일본어와 조선어 양쪽으로 쓸 만한 체력이 없었기 때문에, 이광수는 일본어 원고를 쓰고(④) 심우섭이 그것을 조선어로 번역했다. 위 〈별표別表〉를 보면 알 수 있듯이, 같은 집필 날짜의 기사가 『경성일보』의 3, 4일 뒤에 『매일신보』에 게재되고 있는데, 이것은 번역을 위한 시간차로 보인다. 심우섭의 조선어 번역은 일본어 문장의 한자어를 그대로 사용한 직역이다. 일례를 들어둔다.

> 手を振り、帽子を振り、頭を振りて、別を惜しまるゝ木浦の人士を後にして、我が順天丸は徐徐と高い島の屏風の如き絶壁の倒影を踏み砕き、天下の絶景多島海指して走り出で候。(「多島海巡禮」, 집필일 7.23, 게재일 7.26)[17]

> 手를 擧하며 帽子를 擧하며 頭를 振하여 別을 惜하는 木浦의 人士를 後로 하고 我順天丸은 徐徐히 高島의 屛風과 如한 絶壁의 倒影을 踏過하여 天下의 絶景多島海를 指하고 走出한다.(「다도해 (一)」, 집필일 7.23, 게재일 7.29)[18]

일본어와 조선어 양쪽으로 쓰는 것이 무리였을 때, 이광수는 왜 조선

17 위의 책, 826쪽.
18 위의 책, 468쪽.

어가 아니라 일본어로 쓰는 쪽을 선택한 것일까? 조선어로 쓸 경우, 경성일보사 편집국이 조선어를 일본어로 번역할 수고를 들여서까지 연재를 계속해 주지 않고 기자의 병이라는 이유로 연재를 중단했을 것이다. 만에 하나 전과 같이 일본인 기자가 고쳐 쓰게 될 경우에는 이광수 이름으로 원문과 달라진 내용이 지면에 나타날 위험이 있다. 한편 일본어로 쓰면 『경성일보』의 연재는 그대로 계속되고, 이미 『무정』으로 인기를 얻은 터라 친구인 심우섭의 충실한 번역을 통해 『매일신보』의 연재도 계속할 수 있었다. 『경성일보』와 『매일신보』 양 지면에 연재를 계속하기 위해 이광수는 일본어로 쓰는 쪽을 선택했다고 볼 수 있다.

5. 진주 · 통영

「다도해 순례」를 마친 뒤 이광수는 진주와 통영을 돌면서 일본어로 「영남으로부터」와 「통영으로부터」를⑸, 조선어로 「통영에서」와 「진주에서」를 썼다. 『매일신보』에 쓴 조선어문은 물흐르는 듯한 명문名文으로 심우섭의 직역과는 또렷이 달라 이광수 자신이 쓴 것이라고 판단된다. 이광수는 다시 두 개의 언어로 쓰기 시작한 것이다. 통영에서 한산도를 찾은 대목의 조선어 문장과 일본어 문장을 비교해 보자.

(㉠-1)**署長과 卞警部의 好意로** 警備船을 타고 閑山島 구경을 갔다. (㉠-2)**兪郡守, 卞警部와 本社의 松 分局長이 同伴이다.** 天無雲 水無波한데 ㉢**이름조차 곱다란 警備船 第四鵲丸**은 땅밑까지 보일듯이 透明한 綠水를 가볍게 헤친다. 航行 約 四十分에 병목 같은 水門을 들어가니 楕圓形의 透明한 灣內에 두어 隻 漁船이 떠있고 甁 밑이라 할 만한 곳에 오똑 솟은 半島가 鬱蒼한 樹林 속에 묻혀있다. 山 모양이 어찌 그리도 妙하며 물빛이 어찌 그리도 고운고. 卽時 端艇을 타고 制勝堂을 向할 제 ㉣**深林에 철이 이름인지 매암의 소리가** 噪噪**하다.** 斷崖를 더위잡아 水軍提督 李忠武公의 碑를 拜하고 ㉤**烏鵲이 지저귀는 古祠 곁으로 良久히 徘徊하면서** ㉥**堂을 지키는 老人의 說話를 半은 듣고 半은 못들었다.**(「통영에서」)[19]

㉠**加藤署長**の**好意**にて、警備船第二鵲丸にて閑山島に向う。㉡**名将李舜臣**の**功績**を**語**れる**制勝堂**を**見**んとにて**候**。風穏かに波静かなり。㉢**鳧**の**如**く**可愛**き**警備船**は、辷るが如き碧波の上を走ること約四十分。瓶の口の如き水門を入れば、腹の膨れたる花瓶の形をなせる小湾あり。湾の南端にして瓶の底に当る所、雑木茂れる円錐状の岬が制勝堂のある処にて候。端艇を漕いで絶壁の下に着け、樵道を攀じて柱傾ける制勝堂に入る。長く修繕の手を絶ちて、壁は崩れ丹青は剥がる。㉥**堂**を**守**れる**老翁出**で来りて**蓆**を**薦**め、**問**うが儘に**種**々と**語**り**出候**。(「嶺南より」)

(㉠카토(加藤) 경찰서장의 호의로 경비선 제2 까치환(鵲丸)을 타고 한산도로 향했습니다. ㉡명장 이순신의 공적을 말해주는 제승당(制勝堂)을 보려 함입니다. 바람이 온화하여 파도가 고요합니다. ㉢오리 같이 어여쁜 경비선

19 위의 책, 485쪽.

이 미끄러지듯 푸른 파도 위를 달리기를 약 40분. 병의 입구 같은 수문(水門)을 들어가니, 배가 부푼 화병 형태를 이룬 작은 만(灣)이 있습니다. 만의 남단으로 병 아랫부분에 해당하는 곳, 곧 잡목이 무성한 원추형의 곶(岬)이 제승당이 있는 곳입니다. 보트를 타고 절벽 아래로 가서 가파른 길을 더위잡고 올라 기둥이 기운 제승당으로 들어갑니다. 오랫동안 수리를 하지 않아 벽은 무너지고 단청은 벗겨졌습니다. ㉥ 당을 지키는 늙은이가 나와서 멍석 깔개를 권하고는 묻는 대로 여러 가지로 이야기를 꺼냅니다.)(「영남으로부터」)[20]

㉠은 조선어판에서는 관계자에 대한 감사의 말로서 조선인 세 사람의 이름이 열거되어 있고 일본인 서장의 이름은 생략되어 있는 반면, 일본어판에서는 '가토加藤 서장'만 언급되고 조선인의 이름은 보이지 않는다. ㉡은 조선인이라면 누구나 알고 있는 이순신과 한산도의 관계를 일본인을 위해 설명하고 있는 대목이다. ㉢의 "이름조차 곱다란 警備船 第四鷗丸"과 "오리 같이 어여쁜 경비선"은 동일한 대상을 서로 다른 방식으로 묘사한 것이다. 그러나 뭐니뭐니 해도 일본어와 조선어 텍스트에서 한층 다른 점은 조선어판에서는 ㉣"매암의 소리"와 ㉤"鳥鵲이 지저귀는" 소리라는, 일본어판에는 없는 효과음이 있는 점이다. 그리고 ㉥은 조선어판에서는 "堂을 지키는 老人"의 이야기를 "半은 듣고 半은 못 들었다"고 하여 화자가 주체가 되어 있지만, 일본어판에서는 "늙은이가 나와서 (…중략…) 여러 가지로 이야기를 합니다"라고 하여 노인이 주체가 되어 있다. 이것은 어느 한쪽이 다른 한쪽의 원본이거나

20 위의 책, 485쪽.

번역이 아니라, 각각의 언어로 사고되어진 문장임을 보여준다.

그런데 〈별표〉를 보면, 신문에 게재된 순서와 집필 날짜에 꽤 혼란이 있다. 일본어판에서는 진주-통영의 순으로 게재되어 있지만, 조선어판은 게재일로 알 수 있듯이 통영에서의 기사가 진주보다 뒤에 게재되고, 이로부터 5일 후에야 가까스로 진주에서의 기사가 게재되고 있다. 더욱이 진주와 통영에서의 집필일이 조선어판에서는 7월 26일부터 29일인데, 일본어판에서는 8월 1일부터 3일로 되어 있다. 물론 이때 이광수는 벌써 현지를 떠나 있었다. 어째서 이런 혼란이 발생한 것일까. 그 원인은 조선어판을 통해 다도해 이후의 여정을 검토해 보면 분명해진다.

삼천포에 도착한 이광수는 우선 진주로 향하고 이어서 통영에서 이순신의 유적을 찾는다. 그리고 거기서 배를 타고 마산에 도착하며, 그대로 삼랑진에서 부산을 통과하여 동래온천으로 직행한다. 그것은 『매일신보』와 『경성일보』가 공동주최했던 '동래 해운대 탐량단'에 합류하기 위해서였다. 탐량단에 동행했던 아베 미츠이에와 동래에서 재회한 이광수는[21] 온천에서 쉰 뒤 해운대에서 3일 동안 휴가를 갖는다.[22] 그리고 재차 부산에 들렀다가 마산, 대구를 통과하여 마지막 목적지인 경주로 향했던 것이다.

일본어판의 집필 날짜로 되어 있는 8월 1일부터 3일은 이광수가 해운대에서 휴가를 보내고 있던 시기에 해당한다. 온천에서 체력을 회복한 이광수는 미처 끝내지 못했던 조선어 기행문 「진주에서」를 이 해운대에서 완성하고, 그 기운을 빌려 일본어 기행문 「영남으로부터」와 「통영으

21 「동래온천에서」(『매일신보』, 1917.8.8), 위의 책, 487~489쪽.
22 「해운대에서」(『매일신보』, 1917.8.10), 위의 책, 491~494쪽.

로부터」를 썼다고 생각된다. 그리고 집필 장소는 진주와 통영이며, 집필 시기는 조선어판은 진주에서 원고를 쓰기 시작한 날짜인 7월 26일과 27일로, 일본어판은 해운대에 있던 8월 1일부터 3일로 해두었던 것이다. 이런 변칙적인 형식을 취함으로써 이광수는 집필 시기와 장소를 기재하는 자신의 습관에 충실을 기하고자 했을 것이다.[23]

6. 경주

8월 15일 자전거로 경주 답사를 시작한 이광수는 18일까지 경주와 불국사를 정력적으로 돌아다니며 「신라의 옛 도읍에 노닐다」 전 13회를 『경성일보』에 게재한다(⑥). 이 기사들은 다시금 심우섭의 번역을 거쳐 「서라벌에서」라는 제목으로 「매일신보』에 게재되었다. 4일간의 여정에서 원고 13회분을 쓰는 강행군이라서 이광수는 조선어로 쓸 만한 기력이 한계에 도달했을 것이다. 도쿄에서 결핵이 발병했고, 또 목포에서 이질에 붙들려 입원했던 이광수에게 이 여행은 체력과의 싸움이었다. 여행을 계속하는 것이 얼마나 신경이 쓰이는 일이었는지는 기행문

23 이 무렵 이광수에게는 항상 집필한 장소와 날짜를 밝혀두는 습관이 있었다. 대표적인 예가 이해 1월 중순에 쓴 세 편의 단편 「소년의 비애」, 「방황」, 「윤광호」이다. 1917년 6월, 1918년 3・4월 『청춘』에 게재된 이 세 편의 소설은 각각 말미에 '1917.1.10.朝', '1917.1.11.夜', '1917.1.17. 東京 麴町에서'라고 기록되어 있다. 덕분에 이 소설들은 『무정』의 연재가 시작된 직후 일주일 사이에 쓰여진 것을 알 수 있다.

곳곳에서 전해진다. 다음은 마지막 회의 마지막 부근의 한 대목이다.

明活城も南山城も共に歴史上重要なる古蹟には相違なかるべきも、日已に暮れて身体の疲労又其の極に達す。柏栗寺より十数町東にある昔脱解の陵さえも参拝する勇気はなく、況してや西川をてゝ女峰下なる金庾信の墓(一説には金仁問の墓なりと云う)は文武王陵と規模略相同じと聞きたるのみにて満足せざるを得ず候。(「新羅の旧都に遊ぶ (13)」)

(명활성(明活城)도 남산성(南山城)도 모두 역사상 중요한 옛 유적이 틀림없지만, 날이 이미 저물고 또 피로가 극에 달해서 백률사에서 십수 정 동쪽에 있는 석탈해왕릉조차 참배할 용기가 나지 않습니다. 하물며 서천(西天) 건너편 옥녀봉 아래 있는 김유신의 무덤(일설에는 김인문의 묘라고 함)은 문무왕릉과 규모가 대략 동일하다고 들은 것만으로 만족하지 않을 수 없습니다.)(「신라의 옛 도읍에 노닐다(13)」)[24]

明活城, 南山城 共히 歷史上 重要한 古蹟됨에 無違하나 日己暮하고 身體의 疲勞도 亦 其極에 達하였고 栢栗寺로부터 東方 四五里地의 昔脫解王陵에도 參拜할 勇氣가 없으니 況西川을 隔하여 玉女峰下 金庾信墓(一說에는 金仁問의 墓라 함)는 文武王陵과 規模가 略相同하다는 말만 듣고 滿足치 아니할 수 없다.(「서라벌에서 (13)」)

“日己暮하고”라든가 “規模가 略相同하다”와 같은 일본어 훈독 한자를 그대로 사용하고 있는 심우섭의 번역은 매우 읽기 어렵다. 단행본을 내

24 위의 책, 594쪽.

면서 이광수는 이렇게 생경한 직역문을 고치려고 했지만 다시금 병 때문에 이루지 못하고, 이번에는 최정희의 손을 빌리게 된다. 다음은 수정판의 최정희의 문장이다.

> 明活城, 南山城도 함께 歷史上 重要한 古蹟임은 틀림없으나, 해가 지고 身體의 疲勞도 못 찾고 栢栗寺로부터 東方 半里 가량 되는 昔脫解王陵에도 參拜할 기운이 없다. 그러므로 玉女峰 아래 金庾信墓에도 못 갔다. 그 墓라와 文武王陵과 비슷하다 함을 듣고 구경한 거나 마찬가지로 滿足한다.[25]

이광수를 존경한 작가 최정희가 이광수의 문체를 모방한 흥미진진한 자료이다.

7. 마치며

『무정』에서 유서를 남기고 모습을 감춘 영채를 좇아 평양에 온 이형식은 처음 이 도시에 왔을 때의 일을 떠올리고는 이렇게 생각한다.

> 그때에 형식은 열한 살이라. 그러나 평양이란 이름과 평양이 좋다는 말을

25 「오도답파 여행」, 『전집』 18, 195쪽.

들었을 뿐이오 평양이 어떠한 도회인지 평양에 모란봉 청류벽이 있는지 없는지도 몰랐다. 형식은 그때에 사서와 사략과 소학을 읽었었다. 그러나 그때에는 학교라는 것도 없었으므로 조선지리나 조선역사를 읽어본 적이 없었다. 형식은 생각하였다. '문명한 나라 아이들 같으면 평양의 역사와 명소와 인구와 산물도 알았으리라.'(56절)[26]

나카무라 켄다로에게서 기행문을 의뢰하는 편지를 받았을 때, 이광수는 이제 막 썼던 이 대목을 떠올리지 않았을까. 신문에 기행문을 쓰는 것은 조선인들에게 조선 각지의 '역사와 명소와 인구와 산물'을 알게 할 좋은 기회였다. 허영숙의 걱정을 무릅쓰고 여행을 결심한 이광수의 마음에는 이 여행이 조선의 문명화에 기여한다는 사명감이 있었던 것이다.

그러면 『경성일보』에 일본어로 기행문을 쓴 것은 무엇 때문일까. 이광수는 항상 자신의 행동에 대의명분을 내세우는 버릇이 있었으므로 당연히 이 질문에 대한 대답도 준비했을 것이다. 조선인의 입장에서 본 조선의 실정을 일본 당국에 알리고 조선의 현상 개선을 호소하는 한편, 조선의 역사 깊음과 자연의 근사함을 일본인 독자에게 알게 하기 위해 썼다는 것이 그의 대답이었을 것이라고 생각된다. 물론 여기에는 자기의 재능을 세상에 과시하고 싶은 젊은이다운 명예욕과 야심도 있었겠지만, 그의 행동이 민족을 생각하는 마음에서 나온 것은 의심할 수 없다. 그 사명감과 야심의 동거가 총독부의 어용신문에 이용되었다는 점을 지적하는 연구자가 많고, 확실히 이 점을 부정할 수는 없지만, 바로

26 『무정』, 『전집』 1, 145쪽.

전해 가을 아베 미츠이에와 만나 『매일신보』에 논설을 발표하기 시작했을 때부터 이광수는 그 위험을 자각하고 있었을 것이다. 총독부의 기관지에 쓰는 것은 상대에게 이용되면서 상대를 이용하는 줄타기와 같은 행위였다. 일본어판 「오도답파 여행」에서 이광수는 총독부의 '신정新政'이 성공하고 있음을 칭찬하면서도, 조선 농촌의 궁핍과 기아 및 지주의 착취, 조선 상인과 일본 상인 간의 반목 등도 써 넣었고, 또한 조선인의 예술적 능력을 산업에 결부짓도록 하는 제언도 내놓았다. 무엇보다 멋진 문장으로 조선의 문화와 역사를 과시했다. 신문을 통해 시정자에게 의견을 전달하고, 사람들의 생계의 개선에 반영시킬 것을 바란 이광수에게 이 줄타기는 행할 만한 가치가 충분한 '협상bargaining'이었다고 생각된다.[27]

「오도답파 여행」의 일본어판과 조선어판 두 가지를 동시에 씀으로써 이광수가 얻은 가장 큰 것은 일본인 독자와 조선인 독자를 대상으로 쓰는 경우 자세stance의 변경을 실제로 체험한 것이었다고 생각한다. 이광수는 이때 비로소 본격적으로 일본인 독자와 마주 향했다. 독자들은 무엇을 알고 있고 무엇을 알지 못하며, 무엇을 좀더 알고 싶어하고 무엇을 알고 싶어하지 않는가. 그들은 어떤 것을 읽고 싶어하고 있는가. 독자의 요구를 선취하여 쓰는 저널리스틱한 자세는 나중에 동아일보사 편집국장을 지내면서 대중의 인기 작가로서 군림하는 이광수의 창작 방법에 커다란 영향을 주었다. 그것은 또한 사반세기 후 이광수가 다시 일본어와 조선어로 글을 쓰게 되었을 때 도대체 누구를 대상으로 썼는

27 並木真人, 「植民地期朝鮮における「公共性」の検討」, 『東アジアの公論形成』, 東大出版会, 2004, p.197.

가의 문제와도 이어진다. 젊은 시절 몸에 밴 자세 변경의 기술을 그는 줄곧 지니고 있었을 것이기 때문이다.

제3부
일본과의 관계

제1장
일본과의 관계—문단을 중심으로

제1장

일본과의 관계

문단을 중심으로

1. 시작하며

이광수가 1925년 『조선문단』에 발표한 중학 시절의 일기에는 이 시기 그가 읽은 책의 제목, 홍명희·최남선과의 교유, 그리고 「옥중호걸」, 「정육론情育論」 및 일본어 소설 「사랑인가」를 써서 투고한 일 등이 기록되어 있다. 그런 만큼 이 일기는 이광수의 초기 창작 과정을 살피는 데 귀중한 자료이다.[1] 이 가운데 1월 12일(화요일) 일기에 이런 구절

1 1909년 11월 7일부터 이듬해 2월 5일까지 약 3개월간의 일기가 『조선문단』에 2회에 걸쳐 연재되었다. 『조선문단』 제6호(1925.2)에는 '16년 전에 동경의 모 중학에 유학하던 18세 소년의 고백'이라는 부제가, 제7호(1925.4)에는 '18세 소년이 동경에서 한 일기'라는 부제가 각각 붙어 있다. 『이광수전집』 19, 삼중당, 1963, 9~19쪽에 수록.

이 있다. "밤에 홍 군을 찾았다. 전차 속에서 나는 문학자가 될까, 된다 하면 어찌나 될는고. 조선에는 아직 문예라는 것이 없는데, 일본 문단에 기를 들고 나설까—이런 생각을 하였다."[2] 이것이 중학생 이광수가 쓴 것인지, 아니면 1925년에 가필한 것인지는 알 수 없다. 실제 일기를 토대로 한 것이라고는 해도,[3] 『조선문단』에 발표하면서 15년 전에 쓴 문장을 꽤 손보았을 것이라 생각된다.[4] 어쨌든 1925년의 이광수가 "일본 문단에 기를 들고 나설까"라는 문구를 원고용지에 쓴 것은 틀림없다. 그로부터 15년 후 이 말은 현실이 되었다. 1940년 조선예술상을 수상한 이광수는 4권의 단행본을 일본에서 번역·간행하여 '일본 문단에 진출'한다.

원고용지를 대할 때, 작자는 독자를 염두에 둔다. 이광수가 1910년 중학 졸업 직전 일본어로 단편 「사랑인가」를 썼을 때, 독자로 상정한 것은 야마사키 토시오山崎俊夫를 비롯한 급우들이었다.[5] 그는 「여의 작가적 태도」(1931)에서 자신이 원고용지를 대할 때 의식하는 것은 자신의 문장을 필요로 하는 조선인이며 조선인 이외의 다른 사람에게 읽혀지는

---

2 이광수, 『조선문단』 제7호, 1925.4, 6쪽.

3 다음과 같은 점에서 보아도 실제의 일기를 토대로 한 것임을 추측할 수 있다. ① 각 날짜에 붙어 있는 요일이 정확하다는 점, ② 11월 21일(일요일)에 이날 일어난 니혼에노키초(二本榎町)의 살인사건이 기록되어 있는 점, ③ 12월 14일(화요일)에 전날 밤에 일어난 시로가네의 화재사건이 기록되어 있는 점, ④ 12월 22일(수요일)에 '이완용이 죽었다'고 썼는데, 이날 일본에 와 있던 이완용이 이재명의 칼에 찔려 중상을 입은 사건이 한때 신문에서 '척살(刺殺)'로 보도되었던 점.

4 실제로 「일기」에 덧붙인 것으로 보이는 부분도 눈에 띈다. 예컨대 12월 6일 자 일기에 나오는 야마사키 토시오에 관한 언급은 가필로 추측된다.

5 일한병합이 다가오던 이 무렵 「사랑인가」의 내용은 『대한흥학보』의 논조와는 부합하지 않는다. 이광수는 조선어로 쓴 시 「옥중호걸」 및 논설 「정육론」의 독자와 일본어로 쓴 소설 「사랑인가」의 독자를 따로 고려하며 글을 썼던 것으로 보인다.

것을 바라지 않는다고 썼지만, 1936년에는 일본인 독자를 대상으로 한 일본어 소설 「만 영감의 죽음萬爺の死」을 발표한다.[6] 동우회 사건(1937) 후 그는 병상에서 「무명」과 『사랑』을 썼고, 이들 작품이 일본어로 번역될 무렵 일본어 창작을 시작한다.[7] 이광수에게 일본어로 창작한다는 것은 어떤 행위였을까. 그의 소설은 일본 문단에서 어떻게 평가받았을까. 또 그가 일본의 잡지에 쓸 때와 조선의 잡지에 작품을 쓸 경우 상정한 독자는 누구이며, 내용은 어떻게 구별해서 썼을까 등등 이광수의 일본어 창작에 관한 의문은 적지 않다. 이러한 의문을 해명하기 위한 기초적 준비 작업으로 유학 후 이광수가 '내지' 일본과 어떤 관계를 맺고 있었는지 정리할 필요가 있다. 이광수의 일본어 창작에 관해서는 김윤식과 이경훈의 노작勞作을 비롯한 연구가 있지만[8] 작품 분석 위주이고, 이광수의 구체적 행위에 관한 연구는 별로 없다.[9] 그리고 전집 연보에 실린 이광수의 일본 방문에 관한 기술도 정확하지 않다.[10]

1919년 상하이로 망명하여 일본 유학을 중단한 이광수는 그 후 몇 번인가 일본 땅을 밟는다. 1924년과 1932년의 여행, 1935년부터 이듬해

6 『改造』, 1936.8.

7 「무명」은 1939년 1월 『문장』에 게재되었고, 『사랑』은 박문서관에서 1938년 10월에 상권이, 1939년 3월에 하권이 간행되었다.

8 김윤식, 『이광수의 일어 창작 및 산문선』, 역락, 2007; 이경훈, 『이광수의 친일문학 연구』, 태학사, 1988.

9 김윤식의 평전 『이광수와 그의 시대』 2(솔, 1999)에서는 약간 언급되어 있지만, 외부 자료와 대조되어 있지는 않다.

10 1962년부터 1963년에 걸쳐 삼중당에서 간행된 『이광수전집』(이하 『전집』, 쪽수만 표기) 제20권 연보에는 1924년과 1932년의 일본 여행은 기술되어 있지 않다. 1935년과 이듬해의 장기 체류에 관해서는 정확하지만, 1942년의 제1회 대동아문학자대회 참석에 대해서도 기술이 없다. 또 1942년 12월의 항목에 있는 '학병 권유 체일(滯日)'은 1943년 11월의 잘못이다.

에 걸친 2회의 장기 체류, 1942년 제1회 대동아문학자대회 참석, 그리고 이듬해 재일본 유학생에게 육군특별지원을 권유하기 위해 방문한 것이 마지막 일본 체류였다. 이 글에서는 현재 확인되어 있는 이 5회(2회의 장기 체류는 함께 논한다)의 체류에 관해서 각각의 목적과 형태, 일본어 창작과의 관계 그리고 일본 문단과의 접촉 방식을 살피기로 한다. 이 과정에서 이광수의 일본어 창작과 관계가 있다고 생각되는 동우회 사건도 다룰 것이다.

2. 1924년 – 일본 여행

1) 유학의 중단과 상하이 망명

와세다대학 재학 시절 이광수는 『매일신보』에 논설을 다수 발표하여 각광을 받고, 『무정』(1917)과 『개척자』(1917~1918)를 통해 작가로서의 명성을 얻는다. 이 시기 그는 소설과 논설의 집필 외에도 대학 수업, 학우회 활동, 『학지광』 편집 등으로 바빠서 일본 문단에 눈을 돌릴 시간적 여유는 없었던 것 같다. 『매일신보』에 연재한 「동경잡신」에는 신문명을 이해하는 데 도움이 될 '일반 인사의 필독할 서적 수종'이 언급되어 있지만, 교과서적인 책의 목록을 나열한 데 불과할 뿐 문학서나 작가의 이름은 보이지 않는다. 1919년 「2・8 독립선언서」를 기초한 이광수는 상하이로 망명하여 그의 유학은 중단되었다.

후일 이광수가 제1회 수상자가 된 조선예술상의 창설자금을 댄 키쿠치 칸菊池寬은 이 무렵 「타다나오경 행장기忠直卿行狀記」(1918)와 「은혜와 원수를 넘어서恩讐の彼方に」(1919)를 발표하여 작가로서의 지위를 굳혔고, 1920년 신문연재소설 『진주부인眞珠夫人』이 대성공을 거둔 것을 계기로 통속소설 작가의 길을 걷게 된다.[11] 이 무렵 상하이에서 『독립신문』을 편집하면서 일본신문을 주시하고 있던 이광수는 이 소설도 읽었을 것이다. 1919년에 야마모토 사네히코山本實彦가 창간한 잡지 『카이조改造』는 급성장을 시작하고 있었다. 이광수는 상하이에서 귀국한 1921년에 논설 「민족개조론」을 집필하면서 '현대는 개조의 시대!'라고 썼는데 그때 이광수의 머릿속에는 잡지 『카이조』의 약진躍進에 대한 경이감도 자리하고 있지 않았을까 싶다.

2) 여행의 시기와 목적

귀국 후 『동아일보』에 입사한 이광수는 1924년 10월부터 『조선문단』을 주재한다. 앞서 언급한 「일기」는 『조선문단』 제6호(1925.3 발행)에 게재되었는데, 같은 호에는 이광수가 망명 후 처음 일본을 방문했을 때 지은 몇 편의 시가 「묵상록(일본 갔던 길에)」(이하 「묵상록」)이라는 제목으로 실려 있다.[12] 이 일본 방문은 언제 이루어진 것일까. 제5호의 편집

---

11 『진주부인』은 1920년 6월부터 12월까지 『오사카마이니치신문(大阪每日新聞)』과 『교토니치니치신문(東京日日新聞)』에 연재되었다.

후기에는 병 때문에 이광수의 작품이 적은 것을 사과하는 문구가 있다. 이광수는 이 무렵 척수 카리에스 수술을 받고 『동아일보』에 연재하고 있던 『재생』도 중단해야 했다.[13] 아마도 「묵상록」과 「일기」는 지면을 메우기 위해 예전 원고에 손을 댄 것이었을 것이다. 그러면 이광수는 언제 도쿄에 갔던 것일까.[14] 「묵상록」의 첫 번째 시 「바칸馬關」(시모노세키의 옛 이름)에 있는 "육 년 만에 보는 바다와 산"이라는 구절에 의거하면, 그의 일본 방문은 1924년의 일이라는 얘기가 된다. 1924년 1월 이광수는 『동아일보』에 발표한 「민족적 경륜」이 물의를 빚어 일시 퇴사한다. 그해 여름에는 방인근에게서 『조선문단』 창간에 관한 이야기가 나와 간행 준비가 시작되기 때문에 도쿄 여행은 그 사이에 이루어진 것이 아닐까 생각된다.[15] 1922년 수양동맹회를 발족한 그는 1923년 비밀리에 베이징에 가서 안창호와 만난다.[16] 이로부터 보면, 1924년 여행의 목적은 도쿄에 있는 흥사단 관계자와 만나려 한 것이 아니었을까 짐작된다.

---

12 「묵상록」은 『전집』 15, 74~108쪽에 수록되어 있다.

13 『조선문단』 제10호(1925.7 발행)에 게재된 「병상에서」라는 글에서 이광수는 자신이 잡지의 주재를 그만둔 것을 알리고, 이해 3월 12일 입원했다고 적고 있다.

14 김윤식은 이광수의 아내 허영숙이 이 무렵 유학 중이었다고 언급하고 있지만, 전집 연보에 의하면 그녀의 유학은 전해 1922년 3월부터 6월까지의 일이며, 『전집』 18에 수록된 편지(490~507쪽)를 봐도 그것은 정확인 것 같다. 김윤식, 『이광수와 그의 시대』 2, 솔, 1999, 254쪽.

15 『나의 고백』에 의하면, 1월에 『동아일보』를 퇴사한 이광수는 3월 급발병하여 그 후 3년간 줄곧 건강이 나빴다고 한다. 『전집』 13, 253쪽.

16 전집 년보에는 1924년 4월에 안창호와 북경에서 만난 것으로 되어 있지만, 그것은 전년도의 잘못이다. 이광수의 중국 방문 시기는 자료에 따라 다르다. 『사상휘보(思想彙報)』(조선총독부 고등법원 검사국 사상부 24, 1940.9, 193쪽)에서는 1923년 2월, 조선총독부 경무국의 『최근 조선 통치 상황(最近における朝鮮統治状況(昭和 13)』(嚴南堂書店, 1978, p.366)에서는 1923년 3월, 『인촌 김성수전』(1976, 263쪽)에서는 1923년 10월로 되어 있다.

3) 타이쇼 문단에서 쇼와 문단으로

이광수가 일본을 방문한 1924년(大正 13)은 간토關東 대지진이 일어난 이듬해이다. 이광수가 쓴 시 「생신生新」에서는 대지진의 생생한 상흔과 함께 도쿄 재건의 열기도 전해진다.[17] 이 무렵 일본 문단은 이미 다이쇼 문단에서 쇼와 문단으로의 이행이 시작되고 있었다. 프롤레타리아 문학 잡지 『분게이센센文藝戰線』과 신감각파의 잡지 『분게이지다이文藝時代』가 이해에 창간되었다. 이듬해에 창간된 대중지 『킹キング』은 74만 부의 판매고를 올리며 국민적인 오락잡지로 성장했고, 그 이듬해인 1926년에는 카이조샤의 엔본円本 『일본문학전집』 간행이 시작되어 일본의 출판계는 본격적으로 대중시대로 돌입한다. 지진이 일어난 해, 기쿠치 칸이 취미 삼아 창간한 『분게이슌쥬文藝春秋』도 비약적인 성장을 거두고, 분게이슌쥬샤의 사장이 된 기쿠치는 이윽고 문단의 대부로 불리게 된다.

일본에서 돌아온 후인 1920년대 후반, 몇 번이나 큰 병을 앓았던 이광수는 『동아일보』 편집국장으로 사설・기사・칼럼을 쓰는 바쁜 생활을 보내면서, 『마의태자』・『단종애사』 등 인기소설을 연재하는 한편, 수양동우회(1929년에 개칭하여 동우회가 된다) 활동에 전념했다. 그가 일본 문단과 관계를 맺게 되는 것은 1930년대 초반 만주사변과 더불어 일본 저널리즘이 조선과 대륙을 향해 눈을 돌리고 나서부터의 일이다.

---

17 『전집』 18, 84쪽

3. 1932년 – 일본 여행

1) 야마모토 사네히코와의 만남

만주국이 건국된 1932년 조선과 만주의 장기 시찰에 나섰던 카이조샤 사장 야마모토 사네히코山本實彦는 5월 11일 『동아일보』 송진우의 초대를 받아 경성의 천향원天香園에서 이광수・윤백남・이상범・주요한・김병석・백남운 등 조선 문인들과 하룻밤을 함께 했다.[18] 그때 야마모토는 연회의 참석자들에게 자신의 잡지 『카이조』에 글을 써줄 것을 부탁했고, 이광수는 6월호에 조선문학을 소개하는 글인 「조선의 문학朝鮮の文學」을, 윤백남은 10월호에 소설 「휘파람口笛」을 발표했다.[19] 이해 4월 장혁주의 「아귀도餓鬼道」가 『카이조』의 현상공모에서 입선했고, 10월에도 「쫓기는 사람들追はれる人々」이 게재되었다. 그 배경에는 야마모토가 조선과 중국에 깊은 관심을 가지고 있었던 점 외에도, 프롤레타리아 문학의 탄압이 시작되고 일본이 대륙으로 '진출'하고 있던 시기 잡지 『카이조』가 조선의 문학을 새로운 상품으로 개발했다는 견해도 있다.[20] 야마

---

18 이 연회는 "광고주 접대의 의미도 있었다"고 한다. 고영란, 「出版帝國の'戰爭'－1930年前後の改造社と山本實彦 『滿・鮮』から」, 『文學』 3・4, 2010, 岩波書店, p.126.

19 5월 11일에 의뢰한 원고가 6월호에 실리는 것은 무리다. 야마모토는 그 전부터 이광수에게 원고를 의뢰하지 않았을까 싶다. 주요한은 『삼천리』의 한 좌담회에서 자신도 야마모토에게서 '시가'에 관해 쓰라는 부탁을 받았지만 거절했다는 이야기를 하고 있다(「문학문제평론회」, 『삼천리』, 1934.6, 206쪽).

20 김윤식, 『이광수와 그의 시대』 2, 솔, 260~262쪽; 白川豊, 「張赫宙研究」, 『植民地期朝鮮の作家と日本』, 大學教育出版, 1995, p.179; 白川豊, 「解說－「追はれる人々」をめぐって」, 『張赫宙日本語作品選』, 勉誠出版, 2003, p.331.

모토는 귀국 후 간행한 여행기 『만滿・선鮮』에서 이광수에 대해 "조선에서의 문단적 지위는 우리 기쿠치 칸 씨와 같다"[21]고 소개했다. 『동아일보』 편집국장인 동시에 『이순신』・『흙』 등 신문소설로 널리 인기를 끌었던 이광수는 야마모토의 눈에 『분게이슌쥬』의 사장이자 신문소설로 커다란 인기를 얻고 있던 기쿠치 칸과 비슷하게 비쳤을 것이다.

2) 일본 문인들과의 만남

이해 9월 이광수는 일본을 방문했다. 여행의 목적은 회사의 용무에 있었지만,[22] 이해 4월 안창호가 상하이에서 체포되고 12월에는 징역 4년을 선고받은 것으로 미루어 이 사태에 응하여 도쿄에 있는 흥사단 관계자들과 만났을 가능성도 있다. 마침 당시 조선에 있던 아베 미츠이에阿部充家가 쓰러져 그를 도쿄까지 배웅하는 길에 친구에게 동행을 부탁받은 친구의 누이까지 일행은 모두 3인이었다. 도중에 들른 교토京都에서는 아베의 친구이자 고대 일본과 조선의 교통사에 밝은 교토저축은행의 타니무라谷村 씨를 알게 되는데, 이 인물은 나중에 일본어 소설 「소녀의 고

---

21 山本實彦, 『滿・鮮』, 改造社, 1932, p.25.

22 이광수는 1939년 3월 17일 『경성일보』에 실린 「무부츠 옹의 추억 (6)」에서 "내가 신문사 용무로 우리 회사 간부와 도쿄회관에서 도쿄의 명사들을 초청해 저녁 연회를 베풀었을 때"라고 쓴 일이 있는데, "그 후 내가 신문사를 그만두었"다고 한 것으로 보아 1932년 일본 방문 때의 일이었던 것을 알 수 있다. 1930년을 전후한 무렵 조선의 신문 광고 수입은 대부분 일본에 의존했던 탓에 신문사가 일본 지국을 설치하여 광고를 유치했다고 하는데(고영란, 앞의 글, p.126), 당시 이광수가 일본을 방문한 것도 어쩌면 이런 용무 때문이었는지도 모른다.

백少女の告白」(1944)에 등장하는 타니무라 노인의 모델이 된다.[23] 당시 일행은 나라奈良까지 다녀갔던 듯하다.[24]

도쿄에서는 야마모토가 이광수를 위해 와세다 시절의 은사 요시다 겐지로吉田絃二郎 외에 구메 마사오久米正雄, 후지모리 세이키치藤森成吉, 사토 하루오佐藤春夫, 사토미 돈里見弴 등 일류 문인을 호시가오카 요릿집星岡茶寮에 초대하여 저녁을 대접해 주었다.[25] 이제 막 『카이조』 6월호에 조선문학을 소개했던 이광수는 이들 문인들에게서 쏟아진 질문에 답하느라 정신이 없었다고 한다. 그리고 3일 후 야마모토는 반스이켄晩翠軒에서 열린 「정형定型 문제 좌담회－만요萬葉의 시가와 현대의 시가」[26]라는 제목의 카이조샤 주최의 좌담회에 이광수를 불렀다. 토키 젠마로土岐善麿, 마에다 유구레前田夕暮, 사이토 모키치齋藤茂吉, 이시하라 쥰石原純, 기타하라 하쿠슈北原白秋, 오리구치 시노부折口信夫 등의 쟁쟁한 일본 시인들에게 이광수는 시조와 향가에 대해 설명했다. 『단카연구短歌研究』에 게재된 좌담회 기사 후기에는 "이광수 씨는 현재 조선어로 출판되고 있는 신문 가운데 가장 유력한 『동아일보』의 편집국장이다. 마침 도쿄에 와 있는 것을 좋은 기회로 삼아 초대했다"고 적혀 있고, 이광수가 작가라는 사실은 언급되어 있지 않다. 아마도 야마모토는 이 무렵 이광수에게 작가로서보다는 조선문학 소개자로서의 역할을 기대했던 듯하다.

---

23 이광수, 「少女の告白」(『新太陽』, 1944.10), 『近代朝鮮日本語作品集(1939~1945)』 5, 緑陰書房, 2001, p.471. 타니무라의 이름은 「삼경인상기」(『文學界』, 1943, p.82)에도 나온다.

24 "(가스가신사(春日神社)에－인용자) 10년 전에 한 번 참배한 적이 있다." 이광수, 「삼경인상기」, 『文學界』, 1943, p.81.

25 이광수, 「星丘茶寮의 文人雅會」(『신동아』, 1933.1), 『전집』 16, 401~404쪽.

26 『短歌研究』, 1932.11.

3) 일본 문단의 '문예부흥'

이광수가 일본을 방문한 1932년(昭和 7)은 그때까지 문단을 제패制覇하고 있던 프롤레타리아 문학이 퇴조하고, 기성 작가의 부활 및 젊은 예술파의 대두로 '문예부흥'이라 불리게 될 조짐이 보일 무렵이었다. 제1회 대동아문학자대회 때 이광수를 가마쿠라에 있는 자택으로 초대한 하야시 후사오林房雄는 당시 프롤레타리아 작가였는데, 이해 감옥에서 나와 대표작인 「청년青年」을 쓴다. 이듬해 고바야시 다키치小林多喜二가 경찰에 학살되고, 사노 마나부佐野學와 나베야마 사다치카鍋山貞親의 전향 선언을 기점으로 전향자가 속출했다. 그리고 이해 하야시 후사오, 고바야시 히데오小林秀雄, 다케다 린타로武田麟太郎, 가와바타 야스나리川端康成 등이 창간한 동인지 『분가쿠카이文學界』가 이윽고 문단의 주류파가 되어 간다.

일본에서 귀국한 후 이광수와 일본의 관계는 얼마 동안 끊어진다. 귀국한 이듬해 돌연 『조선일보』로 직장을 옮겼던 이광수는 그 이듬해인 1934년 조선일보사의 대우 문제와 어린 아들의 갑작스런 죽음에서 받은 충격이 겹치면서 신문사를 그만두고 방랑여행을 떠난다. 그리고 여행에서 돌아와서는 자하문 밖 홍지동에 집을 짓고 칩거한다.[27]

---

27 「춘원 출가 방랑기」, 『삼천리』, 1934.6.

4. 1935 · 1936년—장기 체류

1) 도쿄의 '집'

1935년 이광수가 홍지동 집에서 정신적인 안정을 회복하고 또 안창호가 출소하여 평양 교외에 자리잡게 된 무렵, 아내 허영숙이 의사 연수를 위해 아이들 셋을 데리고 일본에 거주하게 되었다. 이 집에서 이광수는 두 번 체류한다. 1939년에 홍지동 집을 팔 때 쓴 「육장기」에서 그는 지금까지 몇 번이나 이사했던 일을 회상하면서, 병과 아이들 교육, 아들의 죽음, 그리고 아내의 '의학 공부' 때문에 이사를 다녔다고 쓰고 있다.[28] 비록 체류 기간은 길지 않았으나 아내와 아이들이 있는 도쿄의 집을 자기 '집'이라고 여겼던 것을 엿볼 수 있다. 일본에 근거지가 생긴 터라 이광수와 일본의 관계도 재개된다. 이광수는 연말에 가족을 만나러 갔다가 이듬해 1월까지 체류하고, 아베 미츠이에의 장례식에 참석했다.[29] 그가 조선에 돌아온 다음 달에는 2 · 26사건(1936년 2월 26일 일본 육군의 황도파 청년 장교들이 쇼와유신을 명분으로 일으킨 쿠데타—역자)이 일어난다.

---

28 "그러고는 아내가 의학공부를 더 한다고 하여서 동경으로 옮겼으니." 「육장기」, 『전집』 16, 496쪽.

29 이광수, 「無佛翁の懷出 (5)」, 『경성일보』, 1939.3.16.

2) 「동경구경기」와 「만 영감의 죽음」

이해 5월 재차 도쿄에 간 이광수는 6월까지 그곳에 머물렀고, 귀국 후 「동경구경기」를 아래와 같이 『조광』에 격월로 연재했다. 괄호 안에 소제목을 제시한다.

①「동경구경기」, 『조광』, 1936.9(渡航證明書/南國初夏/玄海灘/車中)[30]

②「동경구경기」, 『조광』, 1936.11(國技館 씨름/銀座)[31]

③「동경구경기」, 『조광』, 1937.1(農士學校와 高麗神社/歌舞伎劇)[32]

④「동경문인회견기–동경구경기의 계속」, 『조광』, 1937.3(星丘茶寮의 一夜 吉田氏와 藤森氏의 방문)[33]

여기서 특히 주목되는 것은 야스오카 마사히로安岡正篤의 농사학교를 방문한 일이다(③ 참조). 양명학 사상가인 야스오카는 일본주의적 정신교화를 지향하는 킨케이학원金鷄學院과 농본주의적 교육을 시행하는 농사학교를 창립했고, 관료와 군인에게도 영향을 주어 2・26사건과도 관계가 있다고 평판이 자자한 인물이다. 농사학교를 방문하기에 앞서 이광수는 야스오카와 직접 만나 학교의 '주의와 정신'의 대강을 듣고 있다. 이광수가 어떠한 경위로 야스오카를 방문했는지는 분명하지 않다. 이광수에게는 본래 농본주의적 경향이 있었고, 또 이상촌 건설이라는 안창호의

---

30 『전집』 18, 283~288쪽.

31 위의 책, 289~294쪽.

32 위의 책, 294~301쪽.

33 위의 책, 416~423쪽.

구상에 참고할 작정으로 이 학교를 방문한 것이라는 견해도 있다.[34] 그러나 「동경구경기」에 보이는 "농사학교의 정신은 이기주의, 개인주의를 버리고 집단주의, 봉사주의로 사는 데 있다"든가 "사람들이 구미의 개인주의에 물들어 이 정신을 잊어버린 때에 농촌은 피폐하고 개인 생활은 적막하여지는 것이다"라는 언급, 그리고 목욕재계와 신전예배神前禮拜 등 신도神道 풍의 훈련과 노동을 위주로 하는 실질강건한 교육에 대한 찬탄은 영미英美의 이기주의를 공격하는 문장과 「지원병 훈련소의 일일」(1940)[35] 등 훈련소의 생활을 찬미하는 문장을 쓴 대일협력 시기 그의 모습을 연상시킨다. 대일협력 이전과 이후의 이광수 사상의 연속성은 금후 연구과제의 하나이다.[36]

『카이조』의 야마모토 사네히코는 이번에도 이광수를 환대하여 주었고, 은사 요시다 겐지로와 후지모리 세이키치, 그리고 여성 작가 하야시 후미코林芙美子와 함께 고쿠기칸國技館의 스모 관람에 초대해 주었다(② 참조). 그리고 며칠 후 이광수는 후지모리와 요시다의 집을 방문하고 있다(④ 참조).

이해 7월 조선에 돌아온 이광수는 『카이조』 8월호에 단편 「만 영감의 죽음萬爺の死」을 발표한다.[37] 무려 26년 만의 일본어 소설이다. 시간상으로 보아 일본에서 썼든가, 아니면 귀국하여 바로 집필했을 것으로

34 이광수, '國民訓練篇 第5章 理想村計畫', 『도산 안창호』, 『전집』 13, 153~161쪽. 카와카오루는 이 견학과 이상촌 계획이 관련이 있다고 지적한다. 河かおる, 「植民地期朝鮮における同友會－地下ナショナリズムについての一考察」, 『朝鮮史研究會論文集』 36, 1998, p.154.

35 『國民總力』(1940.11), 『同胞に寄す』, 博文書館, 1941에 수록.

36 波田野節子, 「大東亞文學者大會での李光洙發言に見る '連續性'」, 『韓国近代文学研究－李光洙・洪命憙・金東仁－』, 白帝社, 2013, pp.48~58.

37 「만 영감의 죽음」의 자세한 배경과 관련해서는 이 책의 4장 1절 2항을 참조.

생각된다. 집필의 직접적인 계기는 야마모토의 청탁이었겠지만, 이광수 자신도 도쿄에서 장기 체류하면서 '일본 문단에 진출'한다는 예전의 꿈을 떠올리고 일본어 창작에의 의욕을 품었던 것이 아닐까. 『카이조』의 현상공모에 당선된 장혁주가 그 후 일본 문단에서 지반을 굳힌 것에도 자극을 받았을 것이다.[38] 「만 영감의 죽음」은 이광수가 대일협력과 무관하게 일본어로 쓴 작품이라는 점에서 주목되지만, 이런 형태의 일본어 창작은 이 한 편으로 끝난다. 3년 후 이광수는 전혀 다른 상황 속에서 일본어 창작을 하게 된다.

3) 동우회 사건

이광수가 귀국한 해 여름에 부임한 미나미 지로南次郎 총독은 반년 후 황민화정책의 일환으로 일본어 사용을 장려하기 시작한다.[39] 이에 따라 일본어 창작에는 일본 문단으로의 진출이라는 개인적 야심을 넘어 총독부의 정책에 대한 협력이라는 또 다른 의미가 부여되었다. 이듬해인

---

38 장혁주는 1934년에 단편집 『권이라는 남자(權という男)』(改造社)를, 1935년에 『인왕동시대(仁王洞時代)』(河出書房)를 간행했다. 이광수는 1936년 1월 『신인문학』 좌담회 기사에서 조선어의 근사함을 상찬하고, 조선인의 사대주의를 비판하면서 장혁주를 증인으로 내어 "장혁주 씨 같은 이는 일어로 소설을 쓰는데, 동경서 발표만 되면 훌륭한 줄만 알거든요"라고 쓰고, 춘성 노자영은 이를 받아 장혁주의 「갈보(カルボウ)」는 조선어로 번역되면 서푼의 가치도 없다고 발언하고 있다. 『전집』 20, 253쪽.

39 미나미 지로 총독은 이광수가 귀국하고 나서 2개월 후인 1936년 8월에 부임한다. 그 후 일본어 사용 장려 과정은 다음과 같다. 1937년 2월 16일, 내부국장이 도부읍회(道府邑會)에 국어(일본어) 사용 장려 통첩. 3월 17일, 총독부가 일본어 사용의 철저화를 각 도에 통지. 5월 20일 조선인학교에서 수업 이외 일본어 사용, 학부형을 위한 강습 장려 통지.

1937년 6월, 일중전쟁의 발발을 한 달 앞두고 동우회 사건이 일어난다. 181명이 검거되고,[40] 자백의 강요와 고문으로 회원 2명이 죽고 1명이 폐인이 되었으며, 병으로 보석되었던 안창호도 이듬해 사망한다. 동우회 회원의 운명은 이광수의 결단에 달려 있었다. 이광수는 병상에서 체념으로 가득한 중편 「무명」을 집필하고,[41] 8월 재판의 시작에 뒤이어 11월에는 사상전향 진술서를 재판소에 제출한다.[42] 이듬해 1939년에 쓴 「육장기」에서 이광수는 지금까지 자기가 해 온 민족운동과 인격개조운동은 '피상적'이고 '무력'한 것이었다고 술회한다. 그의 마음속에 커다란 변화가 일어났음을 엿볼 수 있게 한다. 이 무렵부터의 그의 일본어 창작이 시작되고, 점차 본격화된다.[43]

---

40 『思想彙報』 第24号, 高等法院検事局思想部, 1940.9, p.187. 이 가운데 41명이 기소되었다. 당시 동우회원의 수는 130명 정도였다고 한다. 河かおる, 앞의 글, p.159.

41 『전집』 연보에 따른다.

42 "이광수 이하 28명은 지난 11월 3일 경축일 메이지절을 맞아 재판소의 허가를 얻어 경성에서 회합하고 사상전향 회의를 개최하여, 황거요배(皇居遙拜) 국가주악(國家奏樂) 황군(皇軍) 전몰장병(戰歿將兵)과 전상(戰傷) 백의용사(白衣勇士)의 위령(慰靈) 및 쾌유 기원 후, 전원이 모두 모여 조선신궁에 참배하고 나서 사상전향 합의서를 작성하여 재판장에게 제출함과 동시에 동우회 입회금 삼백 원 및 당일 출석자가 각출한 2,888원을 국방헌금하기로 결정하고 (…후략…)"(朝鮮總督府警務局 編, 『最近における朝鮮治安狀況(1938)』, 嚴南堂出版, 1978, pp.73~74) 1938년 11월 4일 자 『매일신보』에 '이광수 씨 등 33인 신민의 적성피력(赤誠披瀝) 신궁참배, 새전봉납(賽錢奉納)' 기사가 있다.

43 「친일반민족행위 진상규명 보고서」에 의하면, 이 시기 이광수가 쓴 최초의 일본어 작품은 1939년 『동양지광』 2월호에 발표한 「이따금 부른 노래(折にふれて歌へる)」이다. 이해 이광수는 3월 『경성일보』에 「무부츠 옹의 추억(無佛翁の憶出)」을 연재한 외에, 『동양지광』 8월호에 「산가일기(山家日記)」(단 말미에 편집부 번역으로 되어 있다)를 발표한다. 그리고 이듬해 3월부터 7월까지 『록기(綠旗)』에 본격적인 일본어 소설 『마음이 서로 닿아서야말로(心相觸れてこそ)』(미완)를 연재하고, 5월 『경성일보』에 「산사 사람들(山寺の人々)」, 9월 『총동원』에 「내선 청년에게 보냄(內鮮靑年に寄す)」, 10월 『경성일보』에 「동포에게 보냄(同胞に寄す)」 등을 발표하며, 또 일본에서는 4월 『도쿄아사히신문(東京朝日新聞)』에 「경성의 봄(京城の春)」, 8월 『모던니폰 조선판』에 「나의 교유록(我が交友錄)」, 『분게이슌쥬(文藝春秋)』 11월호에 「얼굴이 변한다(顔が變わる)」를 발표한다.

4) 마해송과 기쿠치 칸

「무명」은 1939년 『문장』 1월호에 발표된 후, 김사량에 의해 번역되어 11월 일본의 대중오락지 『모던니폰モダン日本』의 임시증간호 『모던니폰 조선판』에 게재되었다. 모던니폰샤의 사장 마해송은 개성 출신으로 유학 중 기쿠치 칸의 문하생으로 지냈고,[44] 분게이슌쥬샤의 사원을 거쳐 계열회사인 모던니폰샤의 사장이 되었다. 고향의 문화를 소개하는 일에 사명감을 갖고 있던 그는[45] 자신의 잡지에 1939년과 이듬해 2회에 걸쳐 조선특집호를 내는 것 외에, 기쿠치 칸의 출자를 얻어 '조선예술상'을 창설한다.[46] 1939년의 특집호에는 조선예술상 창설 안내와 함께 이광수의 「무명」, 이효석의 「메밀꽃 필 무렵」, 이태준의 「까마귀」, 그리고 김소월과 백석 등의 시가 번역 · 게재되어 있다.[47] 시와 소설은 따로 게재되었지만, 목차를 보면 '조선예술상 설정'이라는 표제 뒤에 작품 전체의 제목이 정리 · 나열되어 있어 게재된 작품은 그대로 '조선예술상' 후보작

---

44 마해송은 16세 때부터 니혼대(日本大)에서 기쿠치 칸의 강의를 청강했고, 19세 때 문하생이 되었다고 회상하고 있다. 馬海松, 「朝鮮に叫ぶ人々」, 『文藝春秋』, 1953.3, p.108; 菊池寛, 「臺灣と朝鮮」, 『其心記』, 建設社, 1946, p.106.

45 마해송은 최초의 임시 증간호에 대해 "잘 팔리더라도 그것 한 권으로 큰 이익을 보는 것은 아니지만, 팔리지 않으면 회사 경영을 계속하는 것이 어려워질 정도로 힘이 든다"는 것, 발행 직전 부친의 부고가 도착했으나 처음엔 고향에 돌아가려 하지 않았다는 것 등을 자서전에서 회상하고 있다. 마해송, 『아름다운 새벽』, 문학과지성사, 2000, 136쪽.

46 '조선예술상' 창설은 1939년 11월 발행 특집호 『모던니폰 조선판』에 발표되었다. 기쿠치 칸은 『분게이슌쥬』 1940년 3월호의 「말의 휴지통」에서 "『모던니폰』의 마해송 군의 의뢰로 조선예술상 자금을 내기로 했다 (…후략…)"고 적고 있다. 高松市菊池寛記念館 編, 『菊池寛全集』 24, 文藝春秋, 1995, p.424.

47 주요한 · 김기림 · 모윤숙 · 김소월 · 백석 · 정지용의 시가 김소운과 김종한의 번역으로 실려 있다. 소설은 이효석의 「장미꽃 필 무렵」(自譯), 이태준의 「까마귀」(박원준 역)가 실려 있다.

인 것처럼 보인다. 실제로 수상 결정 발표 심사평을 보면 분명하듯이, 일본 측 심사위원들이 읽은 이광수의 작품은 「무명」뿐이고, 조선 측 추천자의 추천 근거는 그때까지의 이광수의 업적이다.[48] 따라서 이듬해 1940년 2월 11일에 발표된 이광수의 제1회 조선예술상 수상자 선정은 마해송의 기획으로 보아야 할 것이다. 수상 발표 후 모던니폰샤는 곧 이광수의 단편집 『가실』을 간행하고, 『유정』, 『사랑』 전・후편과 아울러 모두 네 권의 번역서를 차례로 간행한다.[49] 요컨대 이광수는 모던니폰샤가 기획한 판매 전략에 편승했던 셈인데, 모던니폰샤의 배후에는 모회사인 분게이슌쥬샤가 있었다. 그때까지 일본 문단과의 관계라고는 야마모토 사네히코의 카이조샤가 전부였던 이광수는 마해송을 통해 기쿠치 칸의 분게이슌쥬샤라는 뒷배경을 갖게 되었던 것이다.

수상 후 기쿠치 칸은 『분게이슌쥬文藝春秋』의 칼럼 「말의 휴지통話の屑籠」에서 이광수를 "3월 중 도쿄에서 맞아들여 일본 문단에도 소개하고 싶다"[50]고 썼고 신문에도 3월 중 시상식이 열린다는 소식이 실렸지만,[51] 당시 재판 중이었던 이광수는 일본에 갈 수 없었다. 전년 1심에서 회원 전원이 무죄판결을 받았지만, 검찰 측이 당일 공소했던 것이다. 주목되는 것은 수상에 관여한 기쿠치 칸의 칼럼은 물론 신문기사에서도 창씨개명을 언급하고 있다는 점이다. 『아사히신문』의 기사는 "'씨氏'에 열광하는 조선―금일부터 접수 개시"라는 대표제하에 2월 11일 기원절을 기하

---

48 『モダン日本』, 1940.4, pp.140～143.

49 『가실』은 1940년 4월, 『유정』은 6월, 『사랑』 전편이 10월, 후편이 1941년 3월에 간행되었다.

50 『文藝春秋』(1940.4), 『菊池寛全集』 24, p.424.

51 『東京朝日新聞』, 1940.2.11.

여 조선에서 창씨개명이 시작되어 이광수가 카야마 미츠로香山光郎라고 창씨개명한 일을 전하고, 그 후 소제목으로 그의 조선예술상 수상 소식을 전하고 있다. 또 기쿠치 칸도 "이 사람은(이광수—인용자) 조선인이 일본 성을 따르게 되었을 때 곧 카야마 미츠로香山光郎로 이름을 바꾸었다고 한다"고 특별히 쓰고 있다. 제1회 조선예술상 수상자 발표 시기가 창씨개명의 접수와 아울러 전략적으로 선택되었고, 이광수의 적극적인 대일협력이 수상에 영향을 주었음을 엿볼 수 있게 한다.

이 해 8월 기쿠치 칸이 경성을 방문하여 이광수와 처음 대면한다. 문예가협회 회장이었던 기쿠치[52]는 문학자들이 모둠을 꾸려 각지에서 국민정신 고양을 위해 강연을 하는 '문예총후운동'을 제창하고, 조선・만주 모둠의 일원으로 고바야시 히데오, 구메 마사오, 오사라기 지로大佛次郎, 나카노 미노루中野實 등을 데리고 왔다. 그들은 경성에서 두 번 강연회를 열고, 『경성일보』 주최 좌담회에 참석했다.[53] 이광수는 기쿠치와 고바야시에게서 집필 의뢰를 받고 『분게이슌쥬』와 『분가쿠카이』에 수필을 썼다.[54] 이 무렵 『분가쿠카이』는 분게이슌쥬샤에서 발행되어 경영도 안정적이었고, 다수의 동인을 두어 '문단 강자强者 연맹'이라고까지 불

---

52 문예협회는 기쿠치 칸이 작가의 권리 옹호와 상호 부조를 목적으로 1921년에 설립한 소설가협회와 1920년 설립된 극작가협회가 1926년 합병된 단체이다. 1942년에 일본문학보국회에 흡수되었으나, 1945년에 일본문예가협회로 재건되어 재차 기쿠치가 회장에 취임했다.

53 경성에서는 강연회의 청중이 많았기 때문에, 이튿날 임시로 두 번째 강연회를 열었다. 「話の屑籠」(『文藝春秋』, 1940.8.9), 『菊池寛全集』 24, pp.439~442; 『경성일보』, 1940.8.6・7. 좌담회 기록은 「문인의 입장」이라는 제목으로 13일부터 20일까지 7회에 걸쳐 같은 지면에 연재되었다.

54 『분게이슌쥬』 1940년 11월호에 「얼굴이 변한다(顔が変る)」, 『분가쿠카이』 1941년 3월호에 「행자(行者)」를 발표한다.

렸다. 이광수는 일본 문단의 유력자와 관계를 가지게 되었던 것이다.

이듬해 1941년 11월 동우회 사건의 마지막 재판에서 이광수 등 회원 전원이 무죄선고를 받는다. '대동아'전쟁 발발을 한 달 앞둔 시점이었다.

5. 1942년 – 제1회 대동아문학자대회 참석

1) 일본문학보국회

1942년 국책國策에 대한 협력을 목적으로 하여 문학자의 단체인 일본문학보국회가 설립되었다.[55] 대동아문학자대회는 이 단체의 주요한 사업의 하나였던 "공영권 문화의 교류를 꾀하여 새로운 동양문화의 건설에 이바지"하는 것을 목적으로 1942년과 1943년은 도쿄에서, 그리고 1944년은 난징에서 개최되었다. 이광수는 제1회와 제3회 대회에 참석했다.

55 이때 문예협회가 보국회에 흡수되었다. 이에 대해 기쿠치는 저항하여 이사(理事)이면서도 보국회에도 비협력적이었지만, 대동아문학자회의에서는 회장을 맡는 등 동료에게 부탁받으면 힘이 되어주었다고 한다. 河上徹太郎, 『文學的回想錄』, 朝日新聞社, 1965, p.17.

2) 선전 활동

이광수는 제1회 대동아문학자대회에 참석하기 위해 1942년 11월 일본을 방문한다. 이듬해 1월 『분가쿠카이』에 발표한 기행문 「삼경인상기三京印象記」에서 그는 일본에서의 행적과 그 인상을 상세히 기록하고 있다. 11월 1일 도쿄역에 도착한 이광수는 신사참배, 환영연회, 군대 견학 등 많은 행사 일정을 소화하면서 회의에 참석하고 문학자들과 교류했다. 그것은 '공영권 문화의 교류'인 동시에 그의 선전 활동이기도 했다. 당시 중국 대표였던 장워쥔張我軍(베이징대 강사)이 대회에 참가한 목적은 일본어 교사로서 일본 견문이 필요해서였고, 무샤노코지 사네아츠武者小路實篤와 시마자키 토손島崎藤村 등과 직접 만나 번역에 대해 이야기하는 것이었다고 한다.[56] 또 만주에서 온 망명 러시아인 작가 바이콥Nikolay Apollonovich Baykov은 생활이 여의치 않았기 때문에 자필 스케치화 40~50점을 가져와 애독자에게 판매하려고 했으며, 기쿠치는 『분게이순쥬』의 칼럼 「말의 휴지통」에서 이를 선전하여 구매자에게는 자기가 쓴 시키시色紙(와카나 하이쿠를 쓰는 용도의 두껍고 네모난 종이. 유명한 사람이 자기 이름을 쓸 때도 있다)를 증정한다고 쓰고 있다.[57] 이러한 사례가 보여주듯, 당시 도쿄에 모인 작가들에게는 나름의 사정과 의도가 있었던 것이다.

이광수는 모던니폰샤에서 1년 전에 간행한 『사랑』 후편에 이어 5번째 책으로 이제 막 연재를 마친 『원효대사』를 출간하고 싶었던 것이 아

---

56 張欣, 「張我軍と大東亞文學者大會」, 『アジア遊學』 No.13, 2000.

57 『文藝春秋』(1942.12), 『菊池寛全集』 24, pp.505~506.

닐까 싶다.[58] 기쿠치 칸도 이런 사정을 알고 있었을 것이다. 3일 대회 개회식날 밤, 그는 이광수를 츠키지築地의 요릿집으로 안내하면서 "당신도 도쿄에서 소설을 팔겠지요. 그렇다면 도쿄의 문인들과 만나두는 것이 좋습니다. 얼굴을 모르면 좀체 비평을 써주지도 않을 테니까요"라고 말하고, 이광수는 이 말을 "나를 도쿄의 문인들에게 소개시키려는 노파심"[59]이라고 받아들이고 있다. 기쿠치는 이렇게 세심하게 상대를 배려하는 인물이었던 듯하다. 이광수는 이날 밤 카타오카 뎃페이片岡鐵兵, 카와카미 데츠타로河上徹太郎, 요코미츠 리이치橫光利一, 요시카와 에이지吉川英治, 후나바시 세이치舟橋聖一, 하야시 후사오林房雄 등을 소개받았고, 3일 후 하야시 후사오의 권유로 고바야시 히데오와 아오야마 지로靑山二郎 등과 취하도록 마시고 이튿날에는 하야시의 가마쿠라 자택에 놀러간다. 가마쿠라에는 하야시와 고바야시, 카와바타 야스나리川端康成 등 많은 작가들이 살고 있어 당시 문단에서는 '가마쿠라 문사'라는 말이 통용되고 있었다.[60]

도쿄에서의 일정을 끝낸 이광수는 다른 대회 참가자들과 함께 교토와 나라奈良의 절과 신사를 둘러보고, 11월 13일에 일본을 떠난다.[61] 도쿄에서는 중학 시절의 친구 야마사키 토시오와 32년 만에 재회하여 옛정을 나누었지만, 이에 관해 이광수는 「삼경인상기」에서 전혀 언급하지 않는다.[62] 또 야마모토 사네히코에 관해서도 마찬가지다. 카이조샤는 회의

58 『매일신보』 연재는 1942년 10월 31일에 끝난다.

59 이광수, 「三京印象記」, 『文學界』, 1943.1, p.70.

60 林房雄, 『文學的回想』, 新潮社, 1955, p.129.

61 대동아문학자대회의 상세한 일정 및 이광수의 행적에 대해서는 하타노 세츠코, 「이광수와 야마사키 토시오, 그리고 기쿠치 칸–「삼경인상기」에 씌어있지 않은 것」(『SAI』 11, 국제한국문학문화학회, 2011)을 참조할 것.

첫날밤 해외 참가자와 보국회의 임원을 위해 연회를 베풀었고, 거기서 이광수는 야마모토와 대면했을 테지만,[63] 그 일에 관해서도 쓰지 않았다. 「삼경인상기」는 그것이 게재될 『분가쿠카이』의 동인인 카와카미 테츠타로와 고바야시 히데오, 그리고 자신의 작품에 서평을 써줄 듯한 작가를 염두에 두고 쓴 것이었기 때문일 것이다.[64]

3) 일본의 상황

일본은 개전開戰 당초의 눈부신 승리 후 6월에 이미 미드웨이 해전海戰에서 대패大敗했고, 대동아문학자대회 개최 무렵은 과달카날에서 고전苦戰 중이었다. 당시 이러한 정보는 세간에 알려지지 않았기 때문에 사람들은 아직 의기양양했지만, 「삼경인상기」에서 기쿠치 칸이 저녁식사에서 마신 술을 반쯤 남겨서 츠키지의 요릿집에 가져간 일이라든

62 위의 글에서 저자는 이광수가 「삼경인상기」에 야마사키와의 일을 쓰지 않은 이유를 몇 가지로 추측했다. 그 후 이 글을 쓰는 과정에서 '선전 활동'설이 결정적이었던 것이 아닐까 하는 생각에 이르렀다.

63 테라다 에이(寺田瑛)는 「대동아문학자대회에(大東亞文學者大會へ)」에서 카이조샤의 환영 연회에 이광수가 참석했다고 적고 있다. 『新時代』, 1942.12, p.79.

64 그렇다고는 해도 대동아문학자대회의 전체 발언 기록을 수록한 카이조샤의 잡지 『분게이(文藝)』 1942년 12월호에 있는 편집부의 초대기(招待記) 「어서 오세요!(ようこそ!)」에 이광수의 이름조차 나와 있지 않은 것은 이상하다. 야마모토도 이번에는 이광수에게 원고를 의뢰하지 않았다. 추측건대, 야마모토는 이광수가 분게이슌쥬에 접근한 것과 대일협력 자세에 공감하지 않았던 것이 아닐까. 마찬가지로 이광수 쪽에서도 당국과 마찰을 일으키고 있는 『카이조샤』와의 접촉을 피하려는 기분이 있었을지도 모른다. 이해 『카이조샤』 8·9월호에 게재된 호소카와 카로쿠(細川嘉六)의 논문이 공산주의적이라고 하여 9월호가 발매금지되고, 곧이어 저자인 호소카와가 체포되었다. 이 사건은 결국 '요코하마 사건'으로 발전된다.

가 나라 호텔에서 구메 마사오가 위스키를 가지고 간 일 등의 일화를 보건대, 물자 부족이 일반화되어 있던 사실이 역력하다. 출판계에서는 종이가 부족하여 이미 2년 전부터 국가 통제가 시작되었고, 그 이듬해에는 출판사업령出版事業令이 공포되어 출판사의 통합·정리가 시작된다. 전황戰況은 급격히 악화되어 가고, 도쿄에서는 '소설을 팔기'는커녕 책을 내는 일 자체가 어려워지게 되었다. 그리고 이광수의 다섯 번째 단행본은 결국 출판되지 않았다.

6. 1943년—학도병 권유

1) 학도 출진

이듬해인 1943년 8월 제2회 대동아문학자결전대회가 도쿄에서 개최되었다. 전황의 심각함을 반영하여 대회에는 '결전決戰'이라는 글자가 덧붙여져 있다. 이광수는 4월에 발족한 조선문인보국회의 이사에 취임했지만 이 대회에는 참가하지 않았다.[65] 그러나 이로부터 3개월 후, 이광수는 갑자기 일본을 방문하게 된다. 유학 중인 조선인 학생들에게 지

---

65 임종국, 『친일문학론』, 고려서림, 1976, 145쪽. 당시 이광수는 아들의 진학 문제로 고생한 후 결핵이 재발해서 입원했다. 자세한 사정에 대해서는 이 책의 제4부 제2장 2항을 참조.

원병을 호소하기 위해서였다.

이해 10월 전황이 수렁에 빠진 일본은 병력의 부족을 보충하기 위해 법문法文계열 대학과 전문학교에 재학 중인 21세 이상 학생들의 징병 유예를 칙령으로 중지한다. 이른바 학도 출진出陣이다. 그런데 아직 징병이 시행되지 않은 조선과 대만의 학생은 징병 유예 정지의 대상이 아니었기 때문에, 성령省令 '육군특별지원병 임시 채용 규칙'에 의해 징병이 아닌 지원의 형태로 징집을 시행하게 된다.

이때 조선반도에 있던 적격자는 약 1,000명이었지만, 내지 일본에는 3배에 가까운 2,700명이나 되었다. 조선인의 고등교육에 냉담한 조선총독부의 방침 탓에 공부를 원하는 젊은이의 대다수는 일본에 유학가지 않을 수 없었기 때문이다. 접수 기간은 10월 25일부터 11월 20일까지로, 총독부는 온갖 수단을 써서 지원을 강제했고, 그 결과 조선에 거주하는 적격자 및 가족과 상의하기 위해 일본에서 돌아온 학생은 대부분 지원하지 않을 수 없었다. 접수가 마감된 이틀 후 『아사히신문』의 기사는 조선 거주자의 9할 이상, 일본에서 조선으로 돌아온 1,300명 거의 전원이 지원했다고 보도하고 있다. 그런데 이 기사는 일본에 남은 학생에 대해서는 언급하고 있지 않다. 조선총독부의 강권이 미치지 않는 일본에서는 지원이 저조해서 최종적인 지원자 수는 505명으로 겨우 36%에 불과했다. 이러한 낮은 비율을 지면에 게재할 수 없었을 것이다.[66]

---

66 姜德相, 『朝鮮人學徒出陣』, 岩波書店, 1997, p.263.

2) '일본 유학생 권유단'

일본에서의 지원 창구가 되었던 조선장학회는 접수가 시작되자마자 곧 지원이 저조할 것을 예측하고 이광수와 최남선을 비롯한 조선의 명사들에게 일본에 와서 학생들을 설득해 줄 것을 요청했다. 11월 7일 경성에서 갑작스레 명사 12인에 의한 '일본 유학생 권유단'이 조직되고,[67] 이광수는 최남선과 함께 선발대로 이튿날 경성을 출발한다. 간사이關西 지방의 학생을 설득하고 나서 12일 도쿄에 온 그들은 14일과 19일에 메에지대학 강당에서 강연회를 여는 외에, 숙소인 칸다 니시키초神田 錦町의 쇼헤이칸昌平館에서 밤낮으로 찾아오는 학생들과 무릎을 맞대고 지원을 권유했다.[68] '일본 유학생 권유단' 외에도 출신 학교별 대표단인 '모교 방문 설득단', '경북 대표단'과 '평남 대표단' 등 고향의 대표단, 도·군·읍 단위 행정관할 대표단, 종문회宗門會, 동창회, 마을의 개인 유지단有志團 등 "지연·혈연·학연 등 온갖 인간관계를 뒷배로 한 '사절使節'이 잇달아 바다를 건너"[69] 유학생들을 지원시키기 위해 설득을 벌였다. 이리하여 11월 10일 '200명 정도'였던 지원자 수[70]가 마감일인 20일에는 500명을 넘어섰다.

이로부터 5년 후, 이광수는 『나의 고백』(1948)에서 이렇게 쓰고 있다.

---

67 위의 책, p.251.

68 『朝日新聞』, 1943.11.19, p.3

69 姜德相, 앞의 책, p.263.

70 1943년 11월 11일 『아사히신문』 석간에 게재된 담화 기사 「일어서라, 반도 학도-내지 재학생에게 고이소 총독 줌(起て, 半島學徒-內地在學生へ小磯總督與ふ」에서 고이소 총독은 "지금까지 지원한 자는 2백 명 정도라고 일컬어지고" 있다고 기술하고 있다.

징용이나 징병으로 가는 당자들도 억지로 끌려 가면 대우가 나쁠 것이니 고통이 더할 것이요, 그 가족도 그러할 것이다. 그러나 자진하는 태도로 가면 대우도 나을 것이요, 장래에 대상으로 받은 것도 나을 것이다.[71]

(일본은—인용자) 대학·전문학교에 조선 학생이 입학하는 것을 종래에도 여러 가지 수단으로 제한하여 왔으나, (협력하지 않으면—인용자) 더욱 그 제한을 심하게 할 것이다. (…중략…) 우리 자녀들이 대학·전문학교에서 배척된다면 그것은 큰 일이 아닐 수 없다.[72]

당시 이광수의 우려는 지원이 저조한 가운데 발표된 고이소 쿠니아키小磯國昭 총독의 담화와 마지막까지 지원에 응하지 않았던 학생들이 이후에 받게 될 처우를 고려해야 이해할 수 있다.

내지에서 지원병이 200명 정도에 머물렀던 11월 10일 자의 기자 회견에서 고이소 총독은 '내지 재학생'들에게 다음과 같이 호소했다. 자신은 강요받아 지원하는 사람은 바라지 않으며, 전원이 자주적으로 적극 지원할 것을 믿고 있다고. 만일 지원하지 않는 자가 있으면 최근 점차 결실을 거두기 시작한 조선인의 가치를 일반에게 인식시키기 위한 노력과 실천(예컨대 전년 발표된 징병제 실시 결정이라든가—저자)은 수포로 돌아갈 것이라고. 그리고 '내지 재학생'은 사태의 중대성을 제대로 모르고 있는 듯한데, "자신으로서는 이번 지원 결과에 따라 반도 통치의 근본방침에 대해 재검토하지 않으면 안 된다고 생각하고 있다"고.[73]

---

71 『전집』 13, 268쪽.

72 위의 책, 269쪽.

요컨대 학생을 황민화시키지 않는 학교는 물론 황민화하지 않는 학생도 필요없다는 의미를 은근히 포함시킨 그야말로 공갈협박이었다. 마지막까지 지원하지 않았던 유학생들은 접수 마감 후 '비국민'의 낙인을 받아 대학에서 휴·퇴학 명령이나 제적 처분을 받고 체포·검속되었다. 어떤 이는 뒤늦게나마 지원에 응하여 군대에서 비참한 대우를 받았고, 어떤 이는 조선에 송환되어 총독부에 보내졌으며, 어떤 이는 일본에서 노동에 종사하면서 감시 처분을 받았다.[74]

3) 일본의 출판 상황

이처럼 심각한 목적의 일본 방문이었기 때문에, 이광수에게 전년에 교류했던 작가들과 만난 시간적·정신적 여유는 없었을 것이다. 어쨌든 이 무렵 일본의 출판계는 정리·통합이 진행되고 있어 혼란 상태였다. 이듬해 1월에 이루어진 통합의 결과 『분게이슌쥬』는 종합잡지 부문에 남지 못하고 문예지로 남았고, 그 여파로 『분가쿠카이』는 4월에 폐간되었다.[75] 『카이조』 역시 종합잡지로는 남지 못하고 시국잡지로 남았지만, 7월에는 당국으로부터 '자발적 폐업 해산'을 요구받고 폐간된다. 1943년 초 『신타이요新太陽』로 개칭했던 오락잡지 『모던니폰』은 마

---

73 『朝日新聞』, 1943.11.11.

74 마지막까지 잠복하여 체포를 면한 학생도 많아 그 수는 1,100명을 넘었다고 한다. 姜德相, 『朝鮮人學徒出陣』 11, 岩波書店, p.337, '비국민들' 참조.

75 『朝日新聞』, 1944.1.21·2.29, 3면; 『日本近代文學大事典』 第5卷 新聞·雜誌篇. 『분게이슌쥬(文藝春秋)』는 1945년 3월호까지 발행되었다.

해송 사장 체제로 간행을 계속할 수 있었다.[76] 이광수가 지원병 권유를 위해 일본을 방문했던 달에는 이 잡지에 이광수의 「병사가 될 수 있다兵になれる」[77]가 게재되고, 이듬해 같은 잡지 10월호에는 「소녀의 고백少女の告白」이 발표된다. 이광수가 마해송을 통해 일본 문단과 여전히 관계를 맺고 있었던 사실을 엿볼 수 있다. 거듭되는 공습으로 일을 단념한 마해송이 일본을 떠난 것은 1945년 1월 30일의 일이었다.[78]

7. 마치며

이 글에서는 이광수의 일본어 창작에 관한 여러 가지 의문을 해명하기 위한 준비로서 유학 후 그가 일본과 어떤 관계를 맺고 있었는지 정리했다. 이광수의 4회에 걸친 일본 여행과 1회의 장기 체류에 대해서 방문의 목적과 형태, 일본어 창작과의 관계, 일본 문단과의 접촉을 고찰하고, 그 과정에서 이광수의 일본어 창작의 계기가 된 것으로 보이는 동우회 사건

---

76 「東京對談」, 『朝鮮畵報』 1944년 1월호에 게재된 좌담회 기사에서 마해송의 직함은 '신타이요샤 사장'으로 되어 있다(김윤식, 『이광수의 일어창작 및 산문선』, 역락, 2007, 196쪽). 기쿠치는 전후 일본의 대만과 조선에 대한 태도에 관하여 쓴 글에서 마해송을 회상하면서 "지금은 신타이요샤로 바뀐 모던니폰을 일으킨 마해송"이라고 적고 있다(菊池寬, 「臺灣と朝鮮」, 『其心記』, 建設社, 1946, p.106).

77 『新太陽』(1943.11), 『近代朝鮮文學日本語作品集』(1939~1945) 創作篇 5, 綠陰書房, 2001.

78 「朝鮮に叫ぶ人々」(『文藝春秋』, 1953.3, p.108), 『아름다운 새벽』, 문학과지성사, 2000, 170쪽.

을 다루었다.

이광수는 일본어로 쓴 글을 많이 남겼는데, 대부분은 시국적인 문장이며 소설은 그다지 많지 않다. 조선에서 발표한 일본어 소설 가운데 장편 『마음이 서로 닿아서야말로心相觸れてこそ』, 『40년年』은 미완이고, 완결된 것은 단편 「파리蠅」, 「가가와교장加川校長」, 「대동아大東亞」, 「원술의 출정元述の出征」 정도이다. 일본에서 발표한 작품은 「사랑인가愛か」, 「만 영감의 죽음萬爺の死」, 「병사가 될 수 있다兵になれる」, 「소녀의 고백少女の告白」 등인데, 첫 두 작품은 대일협력과는 관계가 없다. 또 일본어로 쓰인 수필도 시국과 관계없는 것이 많다. 이광수의 일본어 창작에 관해서는 장르, 내용, 발표 지면, 집필 당시의 상황 등을 시야에 넣은 더욱 섬세한 연구가 필요하다. 금후의 과제로 삼고 싶다.[79]

---

79 본고를 집필한 후 이외에도 이광수가 일본을 방문한 사실을 알게 되었다. 『삼천리』 1935년 2월호의 칼럼 「담배 한 대 피어물고」에 있는 기사 「李光洙氏와 德富蘇峰氏」에 의하면, 1933년에 『조선일보』의 부사장이 된 이광수는 방응모 사장 및 임원들과 함께 일본을 방문하여 테이코쿠호텔(帝国ホテル)에서 숙박하는 호화여행을 하고 소호와도 만났다고 한다. 이외에도 이광수가 일본을 방문했을 가능성도 부정할 수 없다.

제4부

황민화 시대의 일본어 창작

제1장

「만 영감의 죽음」에서 『마음이 서로 닿아서야말로』까지

제2장

「카가와 교장」과 「파리」

제3장

「대동아」에 보이는 '대동아공영권'

제1장

「만 영감의 죽음」에서 『마음이 서로 닿아서야말로』까지*

1. 시작하며

『무정』의 작자이자 한국 근대문학의 아버지라고도 불리는 이광수는 일본어 소설을 쓴 것으로도 알려져 있다. 이른바 '친일소설'로 간주되어 한국에서의 연구는 그다지 활발하지 않았지만, 이경훈과 김윤식의 선구적인 연구와[1] 호테이 토시히로布袋敏博의 꼼꼼한 자료 정리 및 분류 덕분에 연구 환경이 마련되어[2] 최근에는 연구가 활성화되고 있다.[3] 그

* 이 글은 일본학술진흥회로부터 기반연구(B)「조선 근대문학과 일본어 창작에 관한 종합적 연구」(과제번호 25284072)의 과학연구비의 보조를 받은 연구 성과이다.

1 이경훈, 『이광수의 친일문학연구』, 태학사, 1998; 김윤식, 『일제 말기 한국 작가의 일본어 글쓰기』, 서울대 출판부, 2003.

러나 이들 연구는 작품 분석이 중심이고, 작품이 쓰인 외적 상황과 작품의 내적 논리 간의 관계에 대해서는 충분히 해명하지 못했다. 특히 이광수가 일본어로 문장을 쓰기 시작하는 원인이 된 동우회 사건과의 구체적인 관계에 대해서는 자료도 부족하고 거의 연구되지 않은 상황이다.[4]

이러한 상황을 염두에 두고 이 글에서는 이광수가 동우회 사건 전에 쓴 일본어 소설 「만 영감의 죽음萬爺の死」과 동우회 사건 후에 쓴 『마음이 서로 닿아서야말로心相觸れてこそ』를 중심으로, 이들 작품이 쓰인 당시의 정치・사회 상황, 이광수가 처해 있던 입장, 일본어 작품이 게재된 잡지의 경향, 그리고 이 시기 이광수가 조선어로 쓴 다른 소설을 시야에 넣고 고찰한다.[5] 이로써 두 작품에 내재하는 논리의 차이를 밝히

---

2 布袋敏博, 「日帝末期 日本語小説 研究」, 서울대 석사논문, 1996.

3 노상래는 「일제하 二重語文学의 研究成果와 期待効果」(『어문학』 102, 한국어문학회, 2008)에서 일본어 소설의 연구사를 정리하고 이 연구가 조선 근대문학에 기여한 성과를 지적했고, 권보드래는 「1910년대의 이중어 상황과 문학언어」(『동악어문학』 54, 동악어문학회, 2010)에서 일본어 소설을 조선근대문학의 기원에 관한 문제라는 획기적인 시야를 도입했다. 최근의 작품 연구로는 김경미의 「이광수 후반기 문학의 민족담론의 양가성」(『어문학』 97, 한국어문학회, 2007), 노상래의 「죽음의 미적 근대성에 대한 一考察」(『한민족어문학』 55, 영남대, 2009), 이승신의 「이광수의 이중어문학 고찰」(『제국일본의 이동과 동아시아 식민지문학』, 문, 2011) 등이 있다. 일본에서는 任展慧, 『日本における朝鮮人の文学の歴史』(法政大学出版局, 1994), 大村益夫・布袋敏博, 『朝鮮文学関係日本語文献目録 1882.4~1945.8』(緑蔭書房, 1997), 白川春子, 「李光洙の日本語小説について」(九大『年報朝鮮学』 5, 九州大学朝鮮学研究会, 1995), 鄭百秀, 『韓近代文学の交差と断絶』(明石書店, 2013) 등이 있다.

4 布袋敏博, 앞의 글에서 호테이는 이광수의 일본어 소설을 동우회 사건의 재판을 향한 '시위운동'이었다고 언급하고 있다.

5 시라카와 유타카(白川豊)는 이전의 논문에서 이석훈의 조선어 창작과 일본어 창작을 별개의 연구대상으로 간주되고 있는 것을 비판하고 "한 작가의 활동을 총체적으로 보기 위해서는 일본어와 조선어 창작을 모두 대상으로 하지 않으면 안 된다"고 언급했다. 이광수 연구에 관해서도 마찬가지로 말할 수 있다. 白川豊, 「李石薫(牧洋)作品考－資料整理を中心に」, 『朝鮮学報』 160, 朝鮮学會, 1996, p.135.

고, 동우회 사건이 이광수의 일본어 소설 창작에 미친 충격에 대해 생각해보고 싶다.

호테이 토시히로는 『미야코신문都新聞』에 이인직의 단편 「과부의 꿈寡婦の夢」이 게재된 1902년부터 1945년 8월의 '해방'에 이르는 시기까지 조선문학에 등장한 일본어 소설을 정리하고, 일본어 소설의 발표 수가 급증하는 1939년 이후를 일본어 소설 연구에서의 '일제 말기'로 규정했다. 이광수가 일본어 문장을 많이 쓴 것도 1939년 이후이지만, 그는 그 이전에도 두 편의 일본어 소설을 썼다. 그 가운데 하나가 그의 '첫 작품'이라는 사실이 보여주듯 이광수는 작가로서의 경력 시작부터 일본어와 긴밀한 관계를 갖고 있다. 우선 이광수와 일본어의 관계를 부감해 둔다.

이광수가 일본어와 만난 것은 세는나이로 12세, 동학의 전령傳令으로 활동하던 때이다.[6] 전해 부모를 잃고 떠돌이 생활을 했던 이광수에게 일본어는 살아가기 위한, 세상으로 나가기 위한 수단이었다. 일본어를 독학했던 그는 상경하여 동학에서 운영하던 학교에서 교사로 일하고,[7] 거기서 선발되어 일본으로 유학을 간다.[8] 반년 만에 일본어를 익혀 다이세이중학大成中學에 입학하고, 이어서 편입한 메이지학원明治學院

6 波田野節子, 『李光洙・『無情』の研究』, 白帝社, 2008, pp.4~10.

7 이광수, 「主人조차 그리운 二十年前의 京城」, 『이광수전집』 14, 삼중당, 1962, 313쪽. 이하 『전집』, 쪽수만 표기. 이 글에서 이광수는 일본어 발음이 한글로 표기되어 있는 유바 쥬에이(弓場重栄)의 『日語独学』이라는 책으로 독학한 일을 회상하고 있는데, 현재 이 책은 일본 국회도서관 디지털 컬렉션에서 볼 수 있다. http://dl.ndl.go.jp/info:ndljp/pid/862075

8 이 학교는 나중에 광무학교가 되었다. 일진회의 간부가 학교에 와서 학생들에게 유학을 권유하는 연설을 한 일을 이광수는 「主人조차 그리운 二十年前의 京城」에서 회상하고 있다(『전집』 14, 312~314쪽). 이광수가 유학차 도쿄에 간 것은 1905년 여름의 일이다.

보통학부에서 그는 문학과 만났다.[9] 활자화된 그의 첫 소설은 중학졸업을 앞두고 교지에 투고한 「사랑인가愛か」[10]이다. 그러나 「사랑인가」와 거의 동시에 이광수는 그때까지 근대적인 정감을 표현한 바 없는 조선어로 단편 「무정無情」을 썼다.[11] 「사랑인가」에 비하면 서투르고 경직된 인상을 주는 이 단편은 그가 쓴 최초의 조선어 소설이다. 이광수가 조선어를 문학 언어로 개척해가는 데 일본어는 커다란 역할을 했다. 그는 영화와 일본어 텍스트를 조선어로 '번역'하면서 조선어의 문학적 표현의 폭을 넓혀간 것이다.[12] 1917년에 발표된 조선 근대 장편의 효시 『무정』의 조선어는 이러한 문장 단련의 성과였다. 그리고 이 단련은 그의 일본어 표현력을 높이는 결과를 낳았는데, 이는 『무정』에 뒤이어 『경성일보』에 연재된 「오도답파여행기五道踏破旅行記」의 뛰어난 일본어 문장이 보여주고 있다.[13] 그 후 이광수는 일본어로 논설을 몇 편 썼다.[14]

9 메이지학원을 졸업한 채에 동료들과 낸 잡지 『신한자유종』에서 이광수는 '孤峯'이라는 호로 친구인 체하며 자신의 경력을 언급하고 있다. 이 책 제1부의 제2장 참조.

10 『白金学報』 19, 1909.12.

11 『大韓興学報』 11, 1910.3.

12 波田野節子, 「李光洙と『翻訳』―アンクルトムズ・ケビンを中心に」, 『韓国朝鮮文化研究』 13, 東京大大学院 人文社会学研究科 韓国朝鮮文化研究会, 2014 참조.

13 「오도답파여행기」는 『경성일보』에 1917년 6월 30일부터 9월 7일까지 연재되었다. 大村益夫・布袋敏博 編, 「解説」, 『近代朝鮮文学日本語作品集 1901～1938 評論随筆篇三』, 緑蔭書房, 2004; 최주한・하타노 세츠코 편, 『이광수 초기 문장집』 II(1916～1919), 소나무, 2015 수록.

14 재조선 일본인인 이치야마 모리오(市山盛雄)가 편집 간행한 『조선민요의 연구(朝鮮民謡の研究)』(坂本書店, 1923)에 이광수의 「조선의 민요에 나타난 조선민족의 민족성(朝鮮の民謡に現われた朝鮮民族の民族性)」이 최남선의 「조선민요의 개관(朝鮮民謡の概観)」과 함께 수록되어 있다. 이 책의 '일러두기'에 의하면, 이 글은 이치야마가 편집했던 월간잡지 『신진(真人)』 특집호에 게재되었던 것이다. 이광수는 또 1932년 6월에 일본의 잡지 『카이조(改造)』에 「조선의 문학(朝鮮の文学)」이라는 논설을 게재하고 있다. 波田野, 「李光洙の日本語創作と日本文壇」, 『韓国近代文学研究―李光洙・洪命憙・金東仁』, 白帝社, 2013, p.7.

그러나 소설은 1936년 8월 『카이조改造』에 발표한 「만 영감의 죽음」이 「사랑인가」 이후 처음이다.

여기서 호테이의 구분에 따라 이광수가 1939년 이전에 쓴 일본어 소설을 '전기 일본어 소설', 그 이후 곧 일제 말기에 쓴 것을 '후기 일본어 소설'로 부르기로 한다. 지금까지 확인된 바로는 이광수는 전기·후기를 아울러 10편의 일본어 소설을 썼다.[15]

전기 일본어 소설	「愛か」, 『白金學報』, 1909.11
	「萬爺の死」, 『改造』, 1936.8
후기 일본어 소설	『心相觸れてこそ』, 『綠旗』, 1940.3~7
	「加川校長」, 『國民文學』, 1943.10
	「蠅」, 『國民總力』, 1943.10
	「兵になれる」, 『新太陽』, 1943.11
	『大東亞』, 『綠旗』, 1943.12
	『四十年』. 『國民文學』, 1944.1~3
	「元述の出征」, 『新時代』, 1944.6
	「少女の告白」, 『新太陽』. 1944.10

「만 영감의 죽음」을 발표한 후 이광수는 동우회 사건으로 체포되어 부득이하게 '전향'하게 된다. 그리고 「만 영감의 죽음」과는 전혀 다른

15 호테이는 이광수의 일본어 소설 목록에 1939년 1월 『총동원』에 게재된 「옥수수(玉蜀黍)」와 1904년 5월 17일부터 24일까지 『경성일보』에 연재된 「산사 사람들(山寺の人々)」를 넣고 있지만(「日帝末期日本語小説研究」, 서울대 석사논문, 1996, 88쪽), 이 글에서는 수필로 간주하고 소설에 넣지 않는다.

논리를 가지고 『마음이 서로 닿아서야말로』를 쓰게 된다. 다음의 2절에서는 「만 영감의 죽음」이 일본어로 쓰인 경위 및 당시 조선의 상황, 그리고 이광수의 심적 상태를 고찰한다. 3절에서는 동우회 사건이 야기한 이광수의 '전향'과 『마음이 서로 닿아서야말로』에 내재하는 작품의 논리를 고찰하고, 그 직후 조선어로 쓰여진 『그들의 사랑』(1941)과의 관계를 고찰한다.

2. 「만 영감의 죽음」

1943년 이광수는 돌연 패혈증으로 아들을 잃는다.[16] 이 사건을 계기로 정신적으로 동요를 겪은 이광수는 바로 전해 이직한 조선일보사를 퇴직하고 홍지동에 집을 지어 칩거한다.[17] 연재 중이던 『그 여자의 일생』은 이때 중단했다. 그러나 이광수는 이듬해 집필을 재개하여 이 장편을 완성하고, 이어서 『이차돈의 사』(1935~1936), 『애욕의 피안』(1936), 『그의 자서전』(1936~1937) 등 잇달아 장편을 연재하는 한편, 잡지에도 단편과 수필을 왕성하게 발표했다. 자식의 죽음에 대한 충격을 불교에 침잠하여

16 『삼천리』 1935년 3월호에는 아들의 죽음 1주기를 맞은 이광수 부처의 수기(手記)가 실려 있다.

17 「春園 出家 放浪記 朝鮮日報 副社長 辞任 内面과 山水放浪의 前後 事情記」, 『삼천리』, 1934.5. 이광수는 조선일보사 부사장을 사직하고 방랑할 것이라는 글을 신문지상에 공표하고 그후 일시 행방불명되었다.

극복한 이광수는 이 시기 그 나름으로 안정을 찾은 상태였다. 그의 인생에서 중심적인 위치에 있는 동우회와 관련해서는 이 무렵 평양 근교에 머물고 있던 안창호의 지시에 따르면 그만이었다. 신문사를 그만둔 후의 수입원은 원고료뿐이었다. 이광수는 작가 활동으로 가족의 생활비, 집의 신축비, 아내의 산원産院 개업 자금(1936년 효자정에 토지를 구입한다)[18]을 벌었다.

「만 영감의 죽음」을 쓰게 된 계기는 가족의 일본 체류에서 비롯되었다. 1935년 여름, 산원의 개업 준비로 허영숙은 도쿄의 닛세키日赤병원에서 연수했다. 이광수는 아내와 세 아이들이 있는 '동경의 집'에서 1936년 정월을 맞고 5월과 6월을 일본에서 지냈다.[19] 이때 그는 이전부터 알고 있던 카이조샤의 야마모토 사네히코山本實彥 사장의 초대로 일본문단의 작가들과 함께 스모를 관람했다.[20] 아마도 그때 원고를 의

---

18 허영숙이 산원 개업 부지로 효자정을 선택한 데는 같은 시기에 도쿄 닛세키병원(日赤病院)에서 연수했던 재조선 일본인 산파 타카하시 마사(高橋マサ)와의 관계가 있었던 것이 아닐까 추측된다. 이와테현(岩手県) 출신인 타카하시 마사는 1932년 교원인 남편과 함께 조선에 건너와 경성의 효자정에서 산파로 일했다. 같은 효자정에 거주했던 타카하시 집안과 이광수 집안은 허영숙과 마사 간의 산과의사와 산파라는 직업상의 관계를 넘어 가족 모두의 교제였다고 한다. 저자는 마사의 아들 타카하시 칸야 씨(北上市 거주)에게 2014년 1월 11일 인터뷰 조사를 했다. 이 자리를 빌려 타카하시 씨에게 감사드린다. 또 타카하시 씨는 지명관(池明観)의 의뢰로 한국의 잡지 『역사비평』 8호(1989)에 「이광수 선생님을 생각하고」를 기고하고 1990년 9월에는 직접 관여하고 있는 경성중학 졸업생의 동인잡지 『쵸류(潮流)』 4호(文芸同人 潮流社)에 일본어로 싣고 있다. 이 글은 2007년 13호에 재수록된다. 자택의 마당에서 일본 실내복을 걸치고 게다를 신은 느긋한 모습의 이광수의 사진도 실려 있는데, 상반신 사진으로 게다를 신은 부분은 잘려 있다. 저자는 이 사진의 실물을 타카하시 씨에게서 받아 2014년 3월 필라델피아에서 개최된 AAS학회에서 만난 이광수의 막내딸 이정화 씨에게 증정했다.

19 「추억의 도쿄(思い出の東京)」, 『삼천리』, 1942.1. 이광수는 이 글에서 도쿄에 처음 간 것은 1905년 여름, 두 번째가 1915년의 와세다 유학, 세 번째가 1923년의 '진재(震災) 직후', 네 번째가 1935년으로 "1937(6)의 정월을 아자부(麻布) 우메다초(梅田町) 야시키마치(屋敷町) 거처의 2층에서 후지산(富士山)의 모습을 바라보면서 맞았"다고 쓰고 있다. 우메다초(梅田町)는 실재하지 않으므로 사쿠라다초(櫻田町)의 잘못으로 생각된다. 波田野節子, 「李光洙の日本語創作と日本文壇」, 『韓国近代文学研究』, 白帝社, 2013, p.10 참조.

되받았을 것이다. 귀국하고 얼마 지나지 않은 8월, 그는 『카이조』에 「만 영감의 죽음」을 발표했다. 줄거리는 다음과 같다.

'나'는 3년 전부터 북한산 기슭에 자리한 마을에 살고 있다. 이웃인 만 영감은 취미도 없고 담배도 술도 즐기지 않지만 "여자 없이는 하루도 살 수 없"다는 말수 없는 석공石工으로, 지금까지 열 명 이상의 여자와 살았으나 모두 달아났다. 그는 3년 전에 손에 넣은 아름다운 여자를 붙잡아 두기 위해 소유한 부동산을 그녀와 공동 명의로 하려다가 친척들의 맹렬한 반대에 부딪히고, 달아난 여자로 인해 미쳐버린다. 친척들에 의해 기둥에 묶여 미친 채 죽어간 만 영감을 위해 '나'는 "저 세상에서는 좋은 곳으로 가라"고 기도한다.

만 영감의 가계는 남자에게 자손이 생기지 않는다는 사실이 곳곳에 암시되어 있다. 김윤식도 지적하고 있듯이, 이 소설은 같은 해 1월 『삼천리』에 실린 수필 「성조기成造記」와 긴밀한 관계가 있다.[21] 「성조기」는 자식을 잃은 후 팽의문(자하문) 밖의 절에서 여름을 지낸 이광수가 산책 중에 발견한 토지가 마음에 들어 결국 그곳에 집을 짓는 이야기다. 작품의 후반부에는 건축과 관련 있는 다양한 인물의 경력과 성격이 독특한 필치로 묘사되어 있는데,[22] 그중에서도 인상적인 것은 석공 박 선달이다. 조선 팔도를 돌아다녔고, 한때는 포병대에서 하사로도 지냈다는 박 선달은 선천적인 성적 결함 탓에 아내를 맞아도 하루만에 모두

---

20 5월 8일에 야마모토(山本)의 초대로 후지모리 세이키치(藤森成吉), 하야시 후미코(林芙美子)와 함께 국기관(国技館)에서 나츠바쇼(夏場所)를 구경했다. 위의 글, pp.10~12.

21 김윤식, 『이광수와 그의 시대』 2, 솔, 1999, 263쪽.

22 이 작품은 『전집』 13에 수록되어 있다. 『삼천리』 게재 당시 표제에 붙어 있던 '감상'이라는 문자가 전집에는 빠져 있고, 장르는 '수필'로 되어 있다. 그러나 후반의 인물묘사에는 창작의 요소가 짙다.

달아나 버린다는, 요컨대 만 영감과 같은 종류의 인간이다. "이것이 철천지한이올시다"라고 얼굴에 경련을 일으키면서 소년 같은 성기性器를 보이는 그의 이야기를 이광수는 이렇게 쓰고 있다.

박 선달의 일생은 魯迅의 阿鬼와 비슷한 점이 있어서, 인생의 한 표본으로 썩 재미있는 인물이다. 만일 그의 今生을 결정하는 因이 되는 前生의 業이 무엇인 것과 今生의 그의 業과 願이 어떠한 來生을 가져올 것을 안다 하면 더욱 재미있을 것이다.[23]

'색광色狂'인 만 영감은 박 선달의 '전생'이나 '내생'의 모습이다. 이광수는 박 선달이라는 인간의 윤회에 상상력을 자극받아 마침 의뢰받은 『카이조』에 이 제목을 사용했을 것이다.[24] 『카이조』의 의뢰가 아니었다면, 이광수는 이 작품을 조선어로 썼을 가능성이 높다. 일본에 장기 체류하며 일본어에 대한 자신감을 회복한 무렵 『카이조』라는 일류 잡지의 의뢰를 받고 이광수는 오랜만에 일본어로 써보자는 마음이 들었을 것이다. "일본 문단에 기를 들고 나설까"라고 일기에 썼던 26년 전의 꿈을 떠올렸을지도 모르고,[25] 일본 문단에서 활약하고 있던 장혁주에 대한 은밀한 대항심이 작용했을지도 모른다.[26] 조선보다 훨씬 높

---

23 「成造記(感想)」(『삼천리』, 1936.1, 246쪽), 『전집』 13, 342쪽.

24 이광수는 이 인물에게 꽤 강한 인상을 받았던 듯 5년 후에 쓴 장편 『봄의 노래』의 여주인공 토시코의 부친도 박 선달과 만 영감의 모습을 투영시키고 있다.

25 「일기(1910.1.12)」(『조선문단』 6, 1925), 최주한 · 하타노 세츠코 편, 『이광수 초기 문장집』 I, 소나무, 2015, 45쪽.

26 이해 『신인문학』 1월호에 실린 춘성(春城) 노자영과의 좌담회에서 이광수는 "장혁주 같은 사람은 일본어로 소설을 쓰고 있습니다만, 동경에서 발표만 되면 훌륭하다고 생각

은 원고료도 매력적이었을 것이다. 이 시점에서 그의 일본어 창작은 국가나 민족의 문제와 관련되어 있지 않았다. 김윤식의 말을 빌리면, 이때 「만 영감의 죽음」을 이광수가 일본어로 쓴 것은 "존중해야 할 취미의 문제"에 속한다.[27]

토속적인 제재를 다룬 이 작품을 일본어로 쓰면서 이광수는 그 나름의 전략을 펼친 듯하다. 우선 만 영감을 주인공으로 한 3인칭 소설이 아니라 '나'가 이야기하는 1인칭 소설을 설정한 것이 그것이다. 이는 전작 「성조기」의 수필 형식을 이어받은 측면도 있는데, 도회에서 온 지식인인 '나'의 시점을 도입함으로써 일본인 독자에게 과도한 위화감을 주지 않는 효과를 낳고 있다. 만 영감이 친척들에게 묶인 몸이 되어 죽고 마는 결말은 잔혹하고 야만적이지만, "사람의 도리상 이대로 있어서는 안 될 것 같았다"고 생각하는 '나'가 개입되어 받아들이기 쉬워진다. 다음으로 '뻐꾸기(늦봄과 초여름에 걸쳐 우는 두견속의 일종)' 등 괄호 각주와 '저고리チョゴリ', '치마チマ', '지게チゲ' 등 루비를 통해 향토색을 나타내면서 의미 전달을 꾀하고, 또 시골 사람의 경제생활에 대해 설명하거나 '직업소개소', '전등', '호적', '공동명의' 등 현대적인 어휘를 곳곳에 삽입함으로써 조선 농촌이 확고히 현대사회로 편입되어 있음을 강조하고 있다.

이러한 배려를 담고 있음에도 불구하고 이광수가 사반세기 남짓 만

할 수는 없으니까요"라고 빈정거리고 있다. 「対談 李光洙氏와의 一問一答記」(『신인문학』 1936.1), 『전집』 20, 253쪽.

27 金允植, 「一九四〇年前後在ソウル日本人の文学活動」, 『岩波講座近代日本と植民地 7 文化のなかの植民地』, 岩波書店, 1993, p.236. 단 이는 젊은 시절 최재서의 일본어 애호에 관해 언급한 것이다.

에 쓴 이 일본어 소설은 거의 화제에 오르지 못하고 말았다. 목차에 '창작란'에 속하지 않고 외국인의 소설로 취급되어 있는 점, 그리고 일류 잡지라고 생각되지 않을 정도로 교정이 소홀한 점에서 『카이조』의 편집부가 이 소설에 내린 판단을 엿볼 수 있다.[28]

그렇다 해도 5년 전의 이광수는 "나는 내 소설이 조선인 이외의 사람에게 읽혀지는 것을 바라지 않는다"고 썼다.[29] 바로 반년 전의 어느 좌담회에서도 일본 문단에서 활약하고 있는 장혁주를 비판하고, 조선어로 씀으로써 이 언어를 풍부하게 하는 것이 조선 작가의 역할이라고 언급하고 있다.[30] 그런 그가 카이조샤의 의뢰에 응하여 아무런 저항 없이 일본어로 창작하고 있는 데서 그의 내부에 일어난 정신적 이완을 감지할 수 있다. 이 이완은 그의 정신적 지주였던 동우회의 동향, 그리고 특히 1930년대 전반의 사회 상황과 관련이 있다.

3・1운동 후 망명처인 상하이에서 안창호의 실력양성단체 흥사단의 단원이 되었던 이광수는 국내에서 이 운동을 펼치기로 결심하고 1921년 귀국했다. 이듬해 사이토 마코토 총독의 내락을 얻어 수양동맹회를 발족하고 1926년에는 안창호의 지령으로 평양의 동우구락부와 합류하여 수양동우회로 개칭하고 기관지 『동광東光』을 창간했다(이듬해 종간). 1920년대 말 수양동우회는 보다 투쟁적인 단체를 지향하여 회칙을 개

28 「만 영감의 죽음」의 문장은 구두점이 이상하게 많아서 읽기 어렵지만 소리를 내어 읽으면 의외로 유창했다. 당대 일본문단의 다른 작품에 비하여 어느 정도의 수준이었는지 저자는 판단을 내릴 수 없어서 일본 근대문학 연구자인 고미부치 노리츠구(五味淵典嗣)씨(大妻女子大学)에게 물었더니, 당시는 이렇게 구두점이 많은 문체도 있었고 그다지 나쁘지 않은 문장으로 생각된다는 의견을 주셨다.

29 「余의 作家的 態度」(『동광』, 1931.4), 『전집』 16, 192쪽.

30 「對談 李光洙氏와의 一問一答記」, 『전집』 20, 253쪽.

정하고, 회의 발전에 지장이 된다고 하여 '수양'이라는 글자를 떼어냈다. 이광수는 이 방침에 반대였지만 다수결에 따랐다.

1930년대 들어서 동우회는 『동광』을 재간하고,[31] 이광수가 편집국장을 맡고 있던 『동아일보』의 브나로드운동을 통해 농촌운동을 적극적으로 전개했다. 그러나 운동은 총독부의 간섭과 탄압을 받고 또 총독부 측이 추진하는 농촌정책에도 눌려 점차 침체되어 간다. 안창호가 체포되고 『동광』도 종간되어 1935년 무렵의 동우회 활동은 실질적으로 침체 상태에 빠졌다.[32] 한편 그동안 만주사변이 일어나 사회의 공기가 크게 달라진다. 서춘徐椿은 만주사변 무렵부터 일본 통치에 대한 사람들의 사고방식이 급격히 바뀌어 간 사실을 회상하면서 "일본은 의외로 강했고, 조선의 독립은 도저히 바랄 수 없다는 것을 알게 되었다"[33]고 언급하고 있다. 만보산 사건이 조선 민중의 선동에 성공하고 총독부의 조선 공업화 정책도 어느 정도 성공을 거두어 조선인 자본가층에게 만주 진출에 대한 기대를 품게 만들었다.[34] 만주사변과 만주국 건국, 일본의

---

31 1926년 5월에 창간된 『동광』은 1927년 9월에 정간되고, 1931년 1월에 재간되어 1933년 1월에 종간되었다.

32 김상태, 「1920~1930년대 동우회 · 흥업구락부 연구」, 『한국사론』 28, 서울대 인문대 국사학과, 1992, 252쪽; 河かおる, 「植民地期朝鮮における同友会」, 『朝鮮史研究会論文集』 36, 朝鮮史研究会, 1998, p.153.

33 徐椿, 「朝鮮に於ける愛國運動」, 『緑旗』, 1939.3, p.37. 이광수도 『나의 고백』의 '나의 훼절' 장 서두에서 "만주사변은 국내의 민족운동 전선에 커다란 후퇴의 계기가 되었다"고 회상하고 있다(『전집』 13, 254쪽). 朝鮮総督府警務局, 『最近に於ける朝鮮治安状況 昭和八年』(巖南堂書店, 1978)과 『最近に於ける朝鮮治安状況 昭和一一年』(不二出版, 1986)의 「치안상황 개설(概説)」에는 "민심이 차츰 안정되고 있다" "점차 사상 정화의 서광이 인정되고 있다" 등의 문구가 보이고, 미키 하루오(三木治夫, 森田芳夫의 필명-시라카와 유타카에 의한다)도 "만주사변 이후 조선의 사상계는 점점 변했다"고 쓰고 있다. 일본인 측에서 보아도 이 시기에 커다란 변화가 있었던 것을 알 수 있다. 「内鮮一体 · 東亜共同体の問題」, 『東洋之光』, 1939.5, p.23.

34 김상태, 앞의 글, 249쪽.

국제연맹 탈퇴라는 일련의 사건을 통해 조선을 절대로 독립시키지 않는다는 일본의 결의를 분명히 알게 된 조선인들 사이에서는 이러한 현실 인식을 바탕으로 달리 살아갈 방도를 모색해야 하는 것은 아닐까라는 분위기가 확대되고 있었다.

이러한 상황이 이광수로 하여금 자기가 해 온 민족운동의 한계를 절감케 했을 것이다. 자식의 죽음과 더불어 그는 불교에 경도되어 간다. 나중에 그는 자기가 지은 집을 팔게 되는데, 그때 쓴 수필에서 이 집을 지을 무렵 자기에게는 "민족주의운동이라는 것이 얼마나 피상적인 것인지 알게 되었다"고 적고 있다.[35] 「만 영감의 죽음」을 쓸 무렵 이광수는 그런 심경이었다. 그리고 1년 후 동우회 사건이 일어난다.

---

35 이광수, 「육장기」(『文章』, 1939.9), 최주한 · 하타노 세츠코 편, 『이광수 후기 문장집』 II, 소나무, 2017, 200쪽. 이 작품은 동우회 사건을 거쳐 전향 성명을 낸 후에 쓰인 것이지만, 과거의 기억을 수정하고 있는 것처럼 보이지는 않는다. 솔직하게 술회한 것이 아닐까 생각된다.

3. 『마음이 서로 닿아서야말로』

1) 동우회 사건과 '전향'[36]

1937년 6월 이광수와 안창호 등 동우회의 회원이 돌연 체포되었다. 일중전쟁이 발발하기 한 달 전이었다. 취조가 시작되고 나서 바로 그것이 신민회사건과 마찬가지로 동우회 탄압을 위한 날조인 것을 깨달았다고 이광수는 회상하고 있다.[37] 취조는 가혹해서 회원 두 사람이 사망하고, 한 사람은 폐인이나 다름없이 되었다. 이광수와 안창호는 연말에 병으로 보석되어 입원하고, 안창호는 이듬해 3월 사망하게 된다. 상하이 망명 시절부터 항상 안창호를 스승으로 우러르고 그의 존재를 마음의 지주로 삼아 활동해 온 이광수에게 그것은 헤아릴 수 없을 정도로 큰 타격이었다. 게다가 안창호의 죽음으로 인해 그는 동우회를 대표하는 입장에 놓였다. 회의 취지에 따라 성실한 가장이자 사회인으로 살아왔던 중산계급의 회원들은 이제 직장을 빼앗기고 생활이 파괴될 위기에 직면했다. 이광수는 그들의 운명도 짊어지게 되었던 것이다.

안창호의 사망 후 이광수는 병상에서 「무명無明」과 『사랑』을 쓴다. 이 세상의 가장 밑바닥인 감옥에서도 욕망에 사로잡혀 살아가는 구제

---

36 '전향'이라는 말은 여러 가지 의미를 포함하고 있어 사용법이 어려운데, 후술하듯 이광수 자신도 '전향'이라는 말을 쓰고 있어서 이 글에서도 이 말을 사용한다. 경성지방법원 검사국이 1937년부터 이듬해에 걸쳐 작성한 「동우회 관계보고」(한국국회도서관 마이크로필름, 『朝鮮人 抗日運動 調査記録』, 문서번호 074)에서는 '사상전향회의', '사상전향문' 등 이광수의 행동에 대해 이 말을 사용하고 있다.

37 『나의 고백』, 『전집』 13, 256쪽.

불가능한 사람들의 모습을 담담한 필치로 그린 1인칭 소설 「무명」은 불교적 체념의 정서가 넘치고 있다. 이미 민족주의운동의 한계를 통감하고 있던 이광수에게는 점점 그런 생각이 강해져 불교에서 구원을 찾는 마음이 증폭되어 갔던 것으로 보인다. 한편 『사랑』의 주인공은 이상할 정도의 열정으로 지고한 사랑을 추구하는 여성이다. 존경하고 사모하는 기혼 남성에 대한 사랑을 관철시키기 위해 그녀는 자기를 짝사랑하는 다른 남성과 결혼한다. 만약 짝사랑하는 남성을 일본으로 해석한다면, 그녀의 이상하기까지 한 자기희생이 결과적으로 그와 그의 어머니, 아이까지 죽음으로 이끌어가는 서사의 전개에서는 모종의 섬뜩함이 느껴진다. 『사랑(전편)』은 10월에 박문관의 '현대걸작장편소설전집'의 한 권으로서 단행본으로 간행되는데, 그것으로 이광수는 입원비를 변통했다고 한다.[38]

이 1938년에는 많은 조선인이 '전향'했다. 5월에 일어난 흥업구락부 사건에서는 관계자가 「사상전향성명서」를 제출하여 9월 불기소 처분되고,[39] 6월에는 동우회 회원 가운데 기소유예된 김여제와 전영택 등 17명이 '전향성명'을 내고 대동민우회에 입회했다.[40] 8월에 이광수 등 41명의 재판이 시작되고, 3개월 후 그들도 '전향'을 표명한다. 기소된

---

38 이광수는 1917년에 『무정』과 『개척자』를 『매일신보』에 연재하고 작가로서 각광받았지만, 그 후는 『동아일보』와 『조선일보』에 장편소설을 연재하고 『매일신보』에는 쓰지 않았다. 동우회 사건으로 『공민왕』이 중단된 후 장편소설을 신문에 연재하지 않고 단행본으로 간행했다. 그러나 1940년에 양 신문이 폐업에 몰린 후 1942년에 『원효대사』를 『매일신보』('每日申報'에서 '每日新報'로 개칭)에 연재하여 기이하게도 최초와 최후의 장편소설을 이 신문에 발표하게 되었다.

39 朝鮮総督府 警務局 編, 『最近に於ける朝鮮治安状況(昭和十三年)』, 巌南堂出版, 1978, p.387.

40 『朝鮮人抗日運動調査記録』, 「同友会関係文書」MF006033-074 京高特秘大一二八四號 「同友会事件関係者の転向声明書発表に関する件」, 1938.6.14.

41명의 회원 가운데 미결수와 결석자를 제외한 28명은 사전에 허가를 얻어 11월 3일 메이지절에 '사상전향회의'를 열고 재판소에 합의서를 제출했다. 이날 오전 9시 일동은 허영숙 산원이 있는 효자정의 이광수 집에 모여 황거요배皇居遙拜, 국가國歌 연주(레코드), 묵도 후, 조선신궁에 가서 참배하고 집에 돌아와 전원이 합의서에 서명 날인한 다음 만세 삼창으로 폐회했다.[41]

재판은 3년간 이어졌다. 제1심에서는 전원이 무죄판결을 받지만 검사측이 당일 항고抗告하고, 제2심에서는 전원 유죄판결을 받아 피고측이 상고上告, 최종심에서 무죄판결을 얻은 것은 '대동아전쟁' 발발을 한 달 앞둔 1941년 11월이었다. 그동안 이광수는 항상 재판의 동향을 염두에 두고 행동하지 않을 수 없었다. 재판소에 이 합의서를 제출한 것도 그 하나였다. 약간 길지만, 합의서 전문을 인용한다.

> 합의(申合)
>
> 우리들은 병합 이래 일본 제국의 조선통치를 영국의 인도 통치나 프랑스의 베트남 통치와 같이 단순한 이른바 식민정책으로 생각해 왔다. 그리고 조선 민족은 일개 식민지 토인으로 영원히 노예의 운명에 놓인 것이라고 한탄해 왔다. 메이지 대제(大帝)의 일시동인(一視同仁)의 말씀은 실제로는 영구히 실현되지 않을 것이라고 생각했던 것이다. 이에 우리들은 독립사상을 품고, 조선 민족을 일본 제국의 굴레로부터 해방하는 것이 우리들이 의무라고 믿어

41 京畿道警察部報告, 「同友会事件保釈出所者の思想転向会議開催に関する件(受理日 11.7)」; 『朝鮮治安状況(1938)』, pp.73~74; 「李光洙氏等 三十三人 臣民의赤誠 披瀝 神社参拝, 賽銭奉納」, 『毎日新報』, 1938.11.4.

왔던 것이다.

그러나 우리들은 과거 1년 반 깊이 반성한 결과, 조선 민족의 운명에 대해 재인식하고 종래 우리들이 품었던 사상에 대해 재검토함으로써 일본 제국의 조선통치의 진의에 대하여 올바른 이해에 도달할 수 있었다. 우리들을 이 기쁜 결론으로 이끈 가장 유력한 원인이 된 것은 지나사변으로 인해 명백해진 일본의 국가적 이상과 미나미 총독의 몇 가지 정책과 의사표시이다.

우리들은 지나사변에 있어서[42] 일본 제국의 국가적 이상이 서양의 제국주의 국가들의 그것과는 매우 현격한 차이가 있음을 인식했다. 일본은 팔굉일우(八紘一宇)의 이상을 깊이 인식하여 우선 아시아 제민족을 구미 제국주의와 공산주의의 질곡으로부터 벗어나게 하고 동양 본래의 정신문화 위에 공존공영의 신세계를 건설하는 데 일본 제국의 국가적 이상이자 목적을 두었음을 이해하는 동시에, 조선 민족도 결코 종속자나 추수자로서가 아니라 함께 일본 국민의 중요한 구성분자로서 이 위업을 분담하고 또 이로부터 다가올 행복과 영예를 향수할 자임을 국가로부터 허락받고 또 요구받았음을 우리들은 이해할 수 있었던 것이다. 이미 교육의 평등은 실현되었다. 가까운 장래에는 의무교육도 실시되고 병역의 의무를 조선 민족에게 실시케 할 것도 암시되어 있다. 일언이폐지하면, 일본 제국은 조선 민족을 식민지의 피통치자로서가 아니라 진실로 제국의 신민으로서 받아들였고, 그리고 거기에 신뢰하고자 하는 진의가 있음을 우리들은 이해하고 또 믿을 수 있게 된 것이다.

이리하여 우리들은 종래 우리들의 오해에 기초한 조국에 대해 진실로 죄송

---

42 동우회 사건 담당 검사였던 나가사키 유조(長崎祐三)는 여기서부터 시작하는 한 단락과 마지막 조항의 일부분을 『록기(緑旗)』 1939년 8월호에 발표한 논설 「시국 전향자의 장래(時局の転向者の将来)」에서 인용하고 있다.

스러운 사상과 감정을 청산하고 새로운 희망과 환희와 열정을 갖고 다음과 같이 결의한다.

一. 우리들은 지성으로써 천황에게 충의를 바치자.

二. 우리들은 일본 국민이라는 신념과 긍지로써 제국의 이상 실현을 위해 정신적・물질적으로 전력을 다하자.

三. 지나사변은 우리가 일본 제국의 국가적 이상 실현의 기초에 관계되는 것임을 확실히 파악하고, 작전 및 장기 건설을 위한 온갖 국책의 수행에 최선의 노력을 하자.

이에 메이지절을 택하여, 우리들은 숙려를 거듭하여 합의를 이룬 바이다.

1938년(昭和 13) 11월 3일 전 동우회 회원 일동

자신들은 메이지 천황의 '일시동인一視同人'이라는 말을 믿지 않았고 일본이 조선을 식민지의 노예처럼 지배한다고 생각하여 민족 독립사상을 품어 왔으나, 일중전쟁에서 일본이 보여준 동양공영東洋共榮이라는 국가적 이상과 미나미 총독의 '몇 가지 정책'과 '의사표시'로 인해 오해는 풀리고 조선인도 제국의 국민으로서 평등한 취급을 받게 될 것이라고 믿을 수 있었고, 이런 까닭에 이제부터 일본 국민으로 살아갈 것을 결의했다는 내용이다. 요컨대 전에는 일본을 '믿지 않았'지만 지금은 '믿는다'는 것이다.[43] 그 계기가 된 '미나미 총독의 몇 가지 정책'이란 이해 2월에 시작된 육군지원병제도와 3월의 조선교육령 개정을, 그리

43 각주 40의 김여제 등의 전향성명도 그 골자는 전적으로 동일하다. 담당인 나가사키 유조 검사가 유도하여 쓰여진 것이기 때문일 것이다.

고 '의사표시'란 '내선일체'를 가리키는 것으로 생각된다.

다음달 12월 그는 경성 부민회관 강당에서 열린 '시국 유지有志 원탁회의'에 출석하여 "조선인이라는 고집을 버리고 일본인이 되고 일본정신을 가지기로 결심했습니다"라고 진술했다. 이후 이광수는 합의를 성실하게 실행하여 '내선일체' 추진에 협력하게 된다.[44] 신문 보도 등으로 이광수의 '전향'을 알았던 사람들은[45] 이때 그의 입에서 직접 그 사실을 확인하게 된다. "시대가 어떻든 누가 어떻게 혹평했다고 하든 어디까지나 민족주의로써 일관하여 가는 작가"[46]라고 하여 대중에게서 특별한 존경을 받고 있던 이광수의 '전향'은 많은 사람들에게 놀라움을 주었을 것이다. 이광수의 처신을 보고 시세를 받아들인 사람도 꽤 있지 않았을까.[47]

회의 석상의 이광수는 마음을 훈련시킴으로써 '국민적 감정'을 갖고 일장기를 게양하고 신사를 참배할 수 있게 된 체험을 말하고, "내선일체의 길은 오직 이러한 국민적 감정을 철저히 배양키 위하여 일상행동을 훈련하는 것에 있다고 생각합니다"[48]라고 진술했다. 이 언급에서는

---

44 이광수는 『나의 고백』에서는 합의서와 시국유지원탁회의에 관해서는 언급하지 않고 이듬해 4월의 황군위문 문단사절 장행회(壯行會)에 출석한 일을 "이것이 내가 이른바 일본에 협력하는 일에 참여한 시초였다"고 적고 있다. 『전집』 13, 263쪽.

45 「李光洙氏等 三十三人 臣民의赤誠 披瀝 神社参拝, 賽銭奉納」, 『매일신보』, 1938.11.4.

46 鄭順貞, 「朝鮮文人オンパレード」, 『京城日報』, 1933.5.6. 조선의 현대 작가들을 소개하는 이 칼럼에서 저자는 이광수가 소설보다 오히려 그의 사상 그 자체로써 독자를 획득하고 있는 작가이며, 그의 현재 사상은 시대착오적이지만 왕년의 자유연애사상에 각인된 사람들의 '선입관적 호의'에 의해 지탱되고 있는 특별한 작가라고 쓰고 있다.

47 「春園 出家 放浪記 朝鮮日報 副社長 辞任 内面과 山水放浪의 前後 事情記」(『삼천리』, 1934.5)에 보이는 "全朝鮮 数万의 春園宗 愛読者"라는 구절은 각주 46의 칼럼 내용과 동일하며, 당시 사람들에게 이광수가 지닌 커다란 영향력을 시사한다.

48 「時局有志円卓会議」, 『삼천리』, 1939.1, 43쪽.

'일상 행동의 훈련'을 통해 자기를 '개조'하는 동시에 다른 사람들에게도 '내선일체'를 계몽하고자 하는 적극성이 느껴진다. 유진오는 이광수를 회상하여 "그는 무엇에든 열중하는 성격이었다. 내선일체를 주장한 것도 그의 이런 성격에서 온 것이라고 생각된다"[49]고 쓰고 있다. 아마 유진오도 이광수의 이런 적극성을 느꼈을 것이다.

그러면 이광수는 '내선일체'를 어떠한 것이라고 생각하고 있었던 것일까. 이 자리에서 현영섭이 '내선일체'를 위해 언어 풍속까지 융합일체화해야 한다고 발언한 것에 대해 이광수는 "조선의 문화, 언어 등 이런 것을 끝까지 보존하지 않으면 안 된다고 생각합니다. 조선의 언어, 문화 등을 끝까지 보존하면서도, 조선인은 진심으로 일본을 사랑하는 일본 백성이 되고 천황폐하를 진심으로 자기의 '임검'으로 경배하는 마음을 가질 수 있다고 생각합니다. 또 이리하는 것만이 내선일체의 진정한 길이라고 저는 믿습니다"[50]라고 언급하고 있다. 이러한 언급이 보여주듯 그는 천황과 일장기를 경애하면서도 조선의 문화와 언어를 보존할 수 있다고 생각했다. 또 이러한 생각이 이 시기에는 주류였고, 현영섭과 같은 주장은 오히려 극단적인 논의로 간주되었던 것이다. 수개월 전 현영섭이 미나미 총독에게 조선어 사용을 전폐할 것을 진언했을 때, 미나미는 이를 거부하고 국어보급운동은 조선어 폐지운동이 아님을 분명히 했다는 기사가 『삼천리』 칼럼에 실린다.[51] 또 『내선일체론의 기

49 『명사 교유도 시리즈 1－현대사를 엮어온 사람들의 이야기』(중앙출판인쇄, 1977, 17~18쪽), 최종고, 「李光洙의 京城帝大 入学과 最近 断想」, 『춘원연구학회 뉴스레터』 8, 2012, 15쪽에서 재인용.

50 「時局有志円卓会議」, 앞의 책, 44쪽.

51 「機密室」, 『삼천리』, 1938.8. "朝鮮語 排斥 不可 南総督이 迷妄者에 一針."

본이념內鮮一體論の基本理念』[52]의 저자인 츠다 카타시津田剛는 이 무렵 쓴 논설에서 '내선일체'는 결코 맹목적인 내지화內地化를 의미하는 것은 아니라고 하여, "조선옷은 순수한 일본옷인 것이다. 일본인 외에 세계 어느 곳에 조선옷을 입은 국민이 존재할 것인가"[53]라고 단언했다.

미야타 세츠코宮田節子는 '내선일체'라는 말은 상황 변화에 따라 내용을 융통무애하게 변화시키는 "아메바와 같이 부정형不定形"인 것이었다고 표현하고 있다.[54] 일중전쟁에서 이른바 대동아전쟁에 걸쳐 미나미는 민족차별 해소로 나아가는 비장의 카드나 되는 것처럼 이 말을 연발했지만, 그 자신은 '내선일체'라는 말이 실효성 없음을 잘 알고 있었다. 조선총독부가 이해 9월에 마련한 시국대책조사회의 「내선일체의 강화에 관한 건」에 대한 심의에서 분명해진 것은 내선일체를 방해하는 것은 오히려 기득권을 고집하고 있는 일본인이라는, 일본인에 대한 조선인 측의 뿌리 깊은 불신, 그리고 조선인 차별, 관리의 우대, 의무교육, 병역, 참정권, 내지 도항渡航의 규제 및 만주와 내지의 정책적 일관성의 부재 등 "쉽게 해결할 수 없는 문제들"이 산적해 있다는 사실이었다.[55] 심의 내용을 분석한 미츠이 타카시三ッ井崇는 "'내선일체'를 부르짖는 순간 막다른 골목으로 깊숙이 들어가는 예감이 이 시점에서 분명해졌

---

52 『내선일체의 기본이념(內鮮一体論の基本理念)』은 1939년 11월 '금일의 조선문제 강좌' 제1권으로 록기연맹에서 간행되었다.

53 「東亜共同体の建設と内鮮一体の完成」, 『緑旗』, 1939.1, p.11. 이 외에도 평론가 인정식의 「內鮮一体와 言語」(『삼천리』, 1939.1) 및 「內鮮一体의 文化理念」(『인문평론』, 1940.1)을 비롯하여 이러한 주장이 많았다.

54 宮田節子, 『朝鮮民衆と皇民化政策』, Ⅳ.'内鮮一体'の構造, 未来社, 1985, p.148.

55 三ッ井崇, 「揺らぐ'内鮮一体論'像－日中戦争と朝鮮植民地支配」, 『現代中國研究』 33, 中国現代史研究会, 2013, p.53.

다는 것이 이 조사회의 성격이 아니었을까"라고 쓰고 있다.[56] 손댈 수 없을 정도의 여러 문제를 덮어둔 채 '평등'을 내걸고 '황민화皇民化'를 향한 내발성內發性을 조선인에게서 끌어내려고 한 것이 '내선일체'라는 슬로건이었다.

이광수는 '내선일체'의 이러한 애매성을 받아들이면서 그것에 내기를 걸었다고 생각한다. 자기가 살아있는 동안, 아니 그 후에도 일본의 통치가 계속될 것이라고 각오한 그는 그것을 받아들이고 적극적으로 변했던 것이다. 와세다대학 시절 이광수는 일본잡지 『홍수이후洪水以後』에 「조선인 교육에 대한 요구朝鮮人教育に對する要求」라는 논설을 투고하고 '동화'의 논리를 역이용하여 동일한 '천황의 적자'인 조선인에게도 일본인과 동일한 교육제도와 동일한 교육을 시행하라고 요구한 적이 있다.[57] 이번에도 이광수는 '내선일체'의 논리를 역이용함으로써 '차별로부터의 탈출'이라는 실리를 취하고자 했을 것이다. 대학생이었던 이광수는 수사修辭라고는 해도 지나치게 비굴한 문장을 쓴 데 자기혐오를 느끼고 다음 달 같은 잡지에 일본을 매도하는 글을 장황하게 써서 익명으로 투고했다. 그러나 이번에는 그렇게 할 수 없었다. 그는 자기를 완벽하게 '개조'하기 위해 '일상 행동의 훈련'을 계속 이어가게 된다.[58]

그 후 이광수는 일본어 문장을 발표하기 시작한다. 이듬해 1940년에는 카야마 미츠로香山光郎라고 창씨개명하고 조선예술상을 받으며 일본에서 네 권의 번역서를 간행하는 한편, '내선일체'를 지지하는 일본어

---

56 위의 글, p.54.

57 波田野節子, 「李光洙の第二次留学時代」, 『韓国近代作家たちの日本留学』, 白帝社, 2013, p.43.

58 다른 사람이 보지 않는 장소에서 국기에 경례하고 있던 이광수의 이야기가 전해지고 있지만, 이광수에게 그것은 '일상행동의 훈련'이었을 것이다.

문을 다수 발표했다. 동년 9월 국민정신총동원조선연맹의 기관지 『총동원』에 「내선청년에게 보냄内鮮青年に寄す」, 10월 『경성일보』에 「동포에게 보냄同胞に寄す」, 이듬해 1월 같은 지면에 「중대한 결심—조선의 지식인에게 고함重大なる決心—朝鮮の知識人に告ぐ」, 그 다음달 재일본 조선인의 황민화교육기관인 중앙협화회의 『협화사업協和事業』에 「내선일체수상록内鮮一体随想録」을 발표한다.

일본인과 조선인 양쪽에 호소하는 것처럼 보이는 이들 문장은 차라리 일본인을 향한 것이었다고 할 수 있다. 1936년의 통계에 의하면, 조선인 2,150만 명 가운데 "보통 회화에 지장이 없는 자"의 수는 105만 명으로 전체의 약 5퍼센트였는데,[59] 논설과 소설까지 읽을 수 있는 사람의 수는 당연히 이보다 훨씬 적었을 것이다. 1940년에 발표된 김사량의 소설 「천마天馬」의 등장인물은 "조선인의 8할이 문맹이고, 더욱이 글자를 해독하는 자의 90퍼센트가 조선문자밖에 읽을 줄 모른다"고 말하고 있다. 요컨대 일본어로 소설을 읽을 수 있는 사람은 2퍼센트, 즉 40만 명이라는 것이 당시 작가의 실감이었다.[60] 한편 당시 재조선 일본

---

59 「国語を解する朝鮮人表(1935)」, 京城日報社編纂, 『昭和一四年度朝鮮年鑑』, 高麗書林, 1992, p.887. '일본어 보급'을 다룬 이하의 논문에 의하면, 1940년의 『朝鮮総督府施政年報』에서는 조선인이 "쉽게 이해할 수 있는" "보통회화에 지장이 없는" 비율은 1할 4푼으로 제시되어 있지만, 이들은 논설을 이해할 수 있는 수준은 아니다. 井上薫, 「日本統治下末期の朝鮮における日本語普及・強制政策—徴兵制度導入に至るまでの日本語常用・全解運動への動員」, 『北海道大学教育学部紀要』 73, 1997, p.129; 三ッ井崇, 『朝鮮植民地支配と言語』, 明石書店, 2010, pp.50~56; 三ッ井崇, 「日中戦争期以降における朝鮮総督府の言語政策と朝鮮社会—日本語'普及'問題を中心に」, 『翰林日本学』 23, 翰林大学翰林科学院日本学研究所, 2013, p.44.

60 김사량의 「천마(天馬)」는 1940년 6월 『분게이슌쥬(文藝春秋)』에 발표되었다. 이것은 「천마」 제2장에 나오는 평론가 이명식의 말이다. 2퍼센트라는 수는 지나치게 낮은 듯 생각되지만, 작가의 체험에는 신빙성이 있다. '일본어를 할 수 있는' 것과 일본어로 소설을 읽을 수 있는 것은 전혀 수준이 다르다. 김사량은 다른 곳에서 "조선인 대부분이 읽을 수 없는 내지어로 쓴다면 그것이야말로 피리를 불어도 사람들은 춤추지 않게 될

인의 수는 65만 명으로, 이 가운데 신문의 논설을 읽는 사람을 3분의 2로 가정하면 숫자상 그다지 차이가 없다. 그러나 『경성일보』와 같은 일본인 중심의 매체에 발표된 점에서 보더라도 이광수의 일본어 문장은 역시 일본인을 대상으로 한 것이었다고 볼 수 있을 것이다.

이것은 내용을 보면 더욱 분명해진다. 「내선청년에게 보냄」에서는 '내지청년'과 '반도청년'에게 각각 호소하고 있지만, 특히 '내지청년'에 대한 호소에서는 조선인 친구와 마음을 터놓아 달라는 이광수의 주장이 강력히 담겨 있다. 「내선일체수상록」은 서두는 조선인을 향해 "천황의 신민이 되자"고 부르짖으며 시작하지만, 마지막은 조선인을 동포로 삼아 사랑하기 바란다는 일본인에 대한 절절한 호소로 맺고 있다.[61] 사실 일본에 있는 조선인 노동자가 이러한 일본어 논설을 읽었을 리가 없다. 이 글을 읽은 것은 협화회사업과 관계가 있는 일본인들이었을 것이다. 「중대한 결심－조선의 지식인에게 고함」[62]은 제목을 보면 조선인을 향한 메시지 같지만, 구독자의 다수가 재조선 일본인인 『경성일보』라는 매체에 발표되었다는 사실로 인해 의미가 변용된다. 일본인은 결코 "속이지 않는 민족"이므로 "어린아이가 어머니에게 매달리는 것같이" 일본인을 믿으라는 조선인 지식인을 향한 호소는 이것을 읽는 일본인에 대해서는 '속이지 않는 민족이 되라'는 메시지가 되는 것이다.

같은 『경성일보』에 1940년 10월 1일부터 9일까지 연재된 「동포에

것"이라고 쓰고 있다. 김사량, 「朝鮮文学と言語問題」, 『삼천리』, 1941.6.

61 香山光郎, 「內鮮一體隨想錄」(『協和事業』 3-2, 1941.2), 최주한・하타노 세츠코 편, 『이광수 후기 문장집』 II, 소나무, 2018, 472~481쪽 수록. 이 글은 5월 중앙협화회에서 같은 제목의 소책자로 간행되어 배포되었다.

62 香山光郎, 「重大なる決心－朝鮮の知識人に告ぐ」(『京城日報』, 1941.1.21~24), 위의 책, 646~471쪽.

게 보냄」[63]에서 '동포'는 명백히 일본인이다. 이광수는 '동포'인 '자네'에게 지금까지 '나'가 '일본신민'이 아니었던 것을 참회하면서 왜 '신민臣民'이 될 수 없었는지 그 이유를 진술하고 있다. 그것은 합의서의 내용과 전적으로 동일하며, 이광수가 과거 자신의 태도를 고백하고 이제부터는 '내선일체'를 위해 노력하겠다는 결의로 이어진다. 거기서 이광수는 '내선일체'가 실현하는 구체적인 이미지를 "폐하의 육해군 가운데 조선인 병사와 사관이 4분의 1 내지 3분의 1이나 더해지"고 "내가 자네와 동등하게 (…중략…) 절대 무차별의 수준"이 되며, 정치 참여의 문제도 해결되어 "국회의원의 약 4분 내지 3분의 1은 조선인"으로 "조선 출신의 대신大臣과 대장을 보는 날"이라고 표현하고 있다. 그리고 "불행히 자네가 내가 하는 말을 백일몽이라고 생각한다면 모든 것은 엉망진창"이라고 하여 '내선일체'가 일본인의 단순한 슬로건이어서는 안 된다는 것을 경고하고 있다. 1941년 1월 이광수는 이들 일본어 문장을 정리하여 박문서관에서 단행본 『동포에게 보냄同胞に寄す』을 간행했다.

---

63 香山光郎, 「同胞に寄す」(『京城日報』, 1940.10.1~9), 위의 책, 419~435쪽. 이 논설은 단행본 『동포에게 보냄(同胞に寄す)』(香山光郎, 『同胞に寄す』, 博文書館, 1941)의 서두에 수록되어 있다. 또 당시 어느 정도 재조선 일본인과 조선인이 『경성일보』를 구독하고 있었는지 알고 싶지만, 발행부수, 구독자 내역 모두 확실하지 않다. 나가시마 히로키永島広紀의 조사에 의하면, 1939년 말 당시 구독자 수는 "내지인 39,093명, 조선인 15,795명"(『昭和十四年中に於ける朝鮮出版警察概要』, 朝鮮總督府警務局圖書課)라는 기록이 있고, "1942,3년 무렵에는 20만에 달함"(崔埈, 『韓国新聞史』, p.305) 혹은 "발행부수는 42만가량이었으나 전후(戰後) 10만가량으로 격감"(『横溝光輝氏談話速記録』(下), 内政史研究会, 1937)이라는 증언이 있다고 한다. 1940년 8월에 조선어 신문이 폐간된 후 조선인도 일본어를 읽을 수 있는 사람은 『경성일보』를 읽었을 것이므로 발행부수는 급격하게 늘었을 것이다. 이 자리를 빌려 나가시마 씨의 도움에 감사드린다. 각주 18에서 소개한 타카하시 칸야 씨는 1940년대 경성에서 경성중학과 경성의전에 재학했는데, "일본인은 모두 『경성일보』를 읽었다"고 이야기하고 있다.

2) 『마음이 서로 닿아서야말로』

1940년 3월부터 재조선 일본인 잡지 『록기綠旗』에 연재된 일본어 소설 『마음이 서로 닿아서야말로心相觸れてこそ』는 『동포에게 보냄』과 동일한 흐름 속에서 쓰여지고 있다. 4년 전 「만 영감의 죽음」이 우연히 일본어로 쓰인 것이었다면, 『마음이 서로 닿아서야말로』는 처음부터 조선에 거주하는 일본인에게 '내선일체'를 호소할 목적에서 일본어로 쓰여진 것이다. 줄거리는 다음과 같다.

김충식은 경성제국대학 의학부에 근무하는 외과의사, 히가시 타케오東武雄는 2년 아래 법문학부 학생이다. 충식이 북악산에서 조난당한 타케오를 구조한 사건부터 충식과 석란, 타케오와 후미에文江 두 쌍의 오누이 사이에 이른바 '내선연애'가 생겨난다. 이윽고 타케오는 출정하여 부상당하고, 종군 간호부가 된 석란과 야전병원에서 재회한다. 실명失明한 타케오는 단독 선무공작宣撫工作을 결심하고 통역으로 동행할 뜻을 표한 석란과 약식 결혼식을 올린다. 적지敵地로 들어가 적장敵將과 만난 타케오는 열변을 토하지만, 그 뒤 감옥에 갇히고 만다.[64] 두 사람이 죽음을 각오하고 손을 맞잡는 것으로 제5회가 끝나고, '계속'이라는 안내에도 불구하고 연재는 거기서 중단되고 있다.

육군대좌인 타케오의 부친과 일찍이 독립운동가였던 충식의 부친을 끌어들여 '내지인'과 '반도인' 사이에 생겨나는 마음의 만남을 묘사함으로써 일본인에게 '내선일체'를 부르짖는 것이 이 소설의 목적이다.

---

64 선무공작의 본래 의미는 점령지에서 정령군의 방침을 주민에게 알림으로써 인심의 안정을 도모하기 위한 공작이다. 적장을 설득하는 행위는 여기서 벗어나 있다.

그중에서 우선 주목되는 것은 충식의 부친인 김영준이다. 독립운동을 하고 만주사변 직후 체포되어 작년에 가석방된 '불령선인不逞鮮人'인 그는 일본의 강함을 잘 알고 있고 조선인은 일본 신민으로서 살아갈 운명이라는 것을 인정하고 있다. 그런 그가 일본의 통치에 반대하는 것은 이제까지 해온 독립운동에 대한 '의리'와 조선인이 영구히 식민지의 토착민으로서 천대받지 않으면 안 된다는 사실에 대한 '비분'이다. 이러한 그의 태도는 조선인이 '일개 식민지의 토인土人'으로서 통치되는 것이라고 생각하고 일시동인一視同仁이라는 말을 믿지 못해 독립사상을 품어왔다는 이광수의 「합의」를 상기시킨다. 김영준은 일본이 조선에 "우선 평등"을 주기만 하면 조선민중을 위해 독립주의를 포기해도 좋다고 생각하고 있다. 자식들의 모습은 그런 영준의 마음을 움직이고, 결국 그는 충식의 군 지원을 허락하게 된다. 영준은 '믿지 않았던' 일본을 '믿게' 되었던 것이다. 이것은 「합의」와 동일한 마음의 움직임이다. 「합의」의 내용을 성실히 실행하고 있는 이광수가 자신의 태도 혹은 그래야 마땅하다고 생각하는 태도를 이 인물에게 의탁하고 있는 것을 엿볼 수 있다.

다음으로 주목되는 것은 경제적인 면을 제외하면 조선인이 일본인보다 모든 면에서 우위에 있다는, 현실과는 반대되는 설정이다. 충식은 의사이고 타케오의 선배이자 생명의 은인이다. 석란은 타케오 남매보다 "유창한, 진짜 동경말"을 하는 데다 중국어도 능숙하며, 중국에 이르면 타케오는 석란 없이는 걷는 것초자 불가능하다. 이것은 그들을 정신적으로 동등한 위치에 두기 위한 전도顚倒 장치가 아니었을까 생각된다. 이러한 설정은 일본인과 조선인이 평등한 감각을 가지고 연애하기 위해서는 그만한 격차가 필요했던 당시 조선의 현실을 보여주는 동시에, 일본은 조선 없이는 전쟁을 수행할 수 없다는 이광수의 은밀한 생각이 투영된 것이라 할 수 있다. 타케오와 약식 결혼식을 올린 석란이 일본과 하나가 된 조선을 체현하고 있다고 해석한다면, 이 소설의 결말 방식은 암시적이다.[65] 실명한 타케오가 집으로 돌아가고 석란이 히가시 가문에 들어가 완고한 시어머니의 마음을 열면 해피엔딩이 될 텐데, 이광수는 그렇게 하지 않았다. 혈기왕성한 타케오의 단독 선무공작이라는 무모한 행동은 석란의 협력을 전제로 한 것이다. 중국어도 할 수 없는 눈먼 일본 병사가 힘없는 조선인 신부를 안내자 삼아 적지로 들어가 감옥에서 죽음을 각오하며 손을 맞잡는다는 '내선연애'의 말로는 비참하고, 『사랑』의 경우와 마찬가지로 뭔가 씌운 듯한 섬뜩함을 느끼게 한다. 이 소설이 여기서 중단된 이유는 분명하지 않지만, 적장의 설득이 실패하면 기다리고 있는 것은 처형이고 설령 성공하더라도 그 후의 전개는 진행 중인 전황戰況과 맞추기 어려워 황당무계하게 될 위험성을 내포하고 있다. 차라리 이광수는 이 감옥 장면에서 소설을 끝내기를 바라고 있었던 것은 아니었을까.[66]

셋째, 무엇보다 주목할 만한 것으로는 『마음이 서로 닿아서야말로』의 집필은 발표 매체인 『룍기綠旗』 및 그 인맥을 형성하고 있던 경성제국대학과 깊은 관련이 있다는 점을 들 수 있다.[67] 『룍기』를 간행하고 있던 룍

---

65 이경훈은 눈 먼 신랑과 결혼하여 이국의 감옥에 갇힌 조선인 신부 석란의 운명에서 "친일문학을 규정하는 하나의 상징"을 보고 있다. 이경훈, 『이광수의 친일문학연구』, 태학사, 1998, 285쪽.

66 한편 검열에 의한 중단일 가능성도 있다. 조선인의 내발성을 끌어내기 위한 수단에 불과한 내선일체를 차별 철폐와 결부지어 진지하게 좇는 것은 당국도 바라지 않았을 것이다.

67 이하 『룍기』에 관해서는 주로 永島広紀, 「第一章―昭和前期の朝鮮における「右派」学生運動

기연맹은 1920년대 경성제대 예과의 화학 담당이었던 츠다 에이津田榮가 학생들을 모아 만든 니치렌日連 사상의 연구 그룹이 발전되어 온 것으로, 1938년에는 2천 명의 회원을 가진 사회교화 단체가 되었다. '록기綠旗'의 녹색은 생명의 발전을 의미하며, 회의 이름은 "사람의 마음에 초록의 마음을 심는다"는 취지라고 한다.[68] 1932년 츠다 에이의 동생인 츠다 카타시津田剛와 모리타 요시오森田芳夫가 경성제대를 졸업하고 전임 연구원이 되면서 회의 활동이 본격화되고,[69] 이듬해에는 기존의 몇 단체가 통합되어 록기연맹이 발족했다. 『록기』는 1936년에 창간되었고, 이듬해 봄에는 츠다 들과 동기인 현영섭이 록기연맹의 직원이 되어 붓을 휘둘렀다.[70] 그는 "내선일체의 정신은 조선인이 감수해야 할 의무인 동시에 내지인에게도 당위가 된다. 조선을 식민지시하는 것 같은 일은 절대로 허용할 수 없다"[71]고 하여 '내선일체'가 차별의 부정임을 강조하고,

---

論－京城帝大予科立正会・緑旗聯盟の設立過程をめぐる基礎的考察」(『戦時期朝鮮における'新体制'と京城帝国大学』, ゆまに書房, 2011) 참조. 그밖의 자료는 다음과 같다. 永島広紀, 「'緑旗'とその時代－影印復刻版『緑旗/興亞文化』誌の解題に代えて」, 『『緑旗』 別巻索引(記事・人名)』, オークラ情報サービス, 2009; 高崎宗司, 「朝鮮の親日派－緑旗連盟で活動した朝鮮人たち」, 『近代日本と植民地6抵抗と屈従』, 岩波講座, 1993; 鄭惠瓊・李承嬅, 「日帝下緑旗聯盟의 活動」, 『韓國近代史研究』 10, 韓国近現代史学会, 1999; 朴成鎭, 「日帝末期緑旗聯盟의 内鮮一体論」, 위의 책.

68 「緑旗聯盟の運動を語る」, 『緑旗』, 1940.10, p.120.

69 위의 글, p.119. "녹기연맹 운동은 츠다 카타시 선생과 모리타 요시오 선생이 경성대학을 나와 경성전문에서 근무하게 되었을 때부터 첫걸음을 내디뎠다고 할 수 있겠지요." 츠다 카타시는 법문학부 철학과, 모리타 요시오는 법문학부 사학과를 1932년에 함께 졸업했다. 永島広紀, 『戦時期朝鮮における'新体制'と京城帝国大学』, ゆまに書房, 2011, pp.49～50.

70 현영섭은 츠다 들보다 한해 전에 경성제대를 졸업하고 있지만, 예과는 그들과 마찬가지로 문화B 분과의 제3회생이었다. 현영섭의 경력에 관해서는 永島広紀, 앞의 책, p.53; 高崎宗司, 앞의 글, pp.129～135 참조. 호테이 토시히로는 츠다 카타시와 현영섭과 테라모토 키이치(寺本喜一)가 예과 시절 경성제대의 문예부 잡지 『청량(清凉)』에 최재서 및 유진오와 함께 작품을 실은 사실을 밝히고 있다. 布袋敏博, 앞의 책, p.40.

71 玄永燮, 「緑旗連盟の朝鮮に於ける役割」, 『緑旗』, 1938.2, p.21.

『록기』는 이러한 논조를 존중하면서 '내선일체' 문제를 다뤘다. 물론 직원에게 민족에 따른 대우의 차별은 없었다. 츠다는 『록기』에 논설을 잇달아 발표하고, 1939년 말에는 『내선일체론의 기본이념内鮮一體論の基本理念』을 출판한다.[72] 이해 『록기』 지면에는 일본인과 조선인 양쪽으로부터 '내선일체'에 대한 활발한 논의가 이루어졌다.[73]

8월호의 앙케이트 기획 「내선일체는 우선 무엇부터 시작해야 하는가」에는 교육자와 경제인으로부터 다양한 의견이 제안되어 있다. 그중에서도 "젊은이가 그러한 마음이 되는 것"이라고 대답한 경성제대 교수 오다카 아사오尾高朝雄은 그 후 『록기』에 「조선에서 공부하는 학생 여러분에게」라는 글을 기고하여 제자들 사이에 존재하는 '내선관계의 벽'을 해결하기 위한 방책으로 양쪽의 학생에게 '내선우정'을 부르짖었다.[74] 경성제대의 관계자가 운영하고 있는 잡지였던 만큼, 경성제대 내의 '내선일체'가 독자의 커다란 관심사였던 것을 알 수 있다. 어느 일본인 학생은, 조선인 학생은 교실 안에서만이라도 일본어를 사용하기를 바라며 그 대신 내지인 학생은 그들의 발음이나 잘못을 비웃어서는 안 된다고, 상대방을 이해하고자 하는 배려심이 중요하다고, '서로 마음을 터놓을' 것을 호소하고 있다.[75]

---

72 津田剛, 『内鮮一体論の基本理念』, 緑旗聯盟, 1939.

73 『緑旗』, 1939.8. 단 이러한 논조의 한편으로 "역사적 발전 단계를 달리하는 자가 평등의 지위에 선다는 것은 실은 도리어 불평등이다"(京城帝大助教授・森谷克巳, 「東亜共同体の理念と内鮮一体」, 『緑旗』, 1939.8)와 같이 일본인 측의 속내를 엿볼 수 있는 의견도 산견된다. 또 츠다 에이는 국가가 통제하는 활동을 하기 위해서는 "하나의 결정된 국어"를 사용할 필요가 있고 방언은 없애도록 노력하지 않으면 안 된다고 쓰고 있지만(津田栄, 「内鮮一体と言葉の問題」, 『緑旗』, 1938.3), 이것은 츠다 카타시가 "조선옷은 순수한 일본옷"(각주 53 참조)이라고 쓴 것과 또렷이 다른 입장이다.

74 尾高朝雄, 「朝鮮に學ぶ學生諸君へ」, 『緑旗』, 1939.10.

이광수는 경성제대 내 학생들의 반목을 걱정했고 『록기』의 기사도 읽었을 것이라고 생각된다. 『마음이 서로 닿아서야말로』는 경성제대의 조선인 학생과 일본인 학생 사이의 반목을 배경으로 하고 있다. 충식의 집에서 의식을 회복한 타케오는 석란에게서 자기를 살려준 충식이 경성제대 선배라는 이야기를 듣고 자기 학교의 조선인 학생들에 대해 생각한다. 타케오는 지금까지 조선인 학생과 교제가 거의 없었고, 교실에서 조선인 학생이 조선어를 말하는 것을 보면 "패주고 싶을 정도"의 불쾌감을 느끼는, 요컨대 전형적인 일본인 학생이었다. 그런 타케오가 석란을 사랑하게 됨으로써 변모하고 "조선인도 일본인도 결국 다를 것이 없다"고 하여 김영준을 놀라게 한다. 그리고 충식에게 "우리들 일본인은 조선 동포에 대한 사랑과 존경이 부족했다"고 사과하는 것이다. 여기에는 경성제대의 젊은 '내선內鮮' 학생들 간에 마음이 서로 닿을 것을 바라는 이광수의 소망이 드러나 있다.

이광수에게 경성제대의 학생들은 후배 같은 이들이었던 만큼, 이런 생각은 더욱 절실했을 것이다. 이광수는 경성제대에 법문학부가 생긴 1926년 영문과 제1회 선과생選科生으로 입학했다. 유진오와 책상을 나란히 하고 배우기 시작했지만, 그 후 큰 병이 잇달아 휴학을 반복하고 결국 1930년 제적되었다.[76] 짧은 기간이라고는 해도 자신이 공부했던 교정이다. 후배들의 일은 마음에 걸렸을 것이다. 아들인 이영근 씨의 회상기에 의하면, 1930년대 후반 자하문 밖에 있던 집에는 경성제대

---

75 玉城仁, 「國語常用について內鮮の學生に望む」, 『緑旗』, 1939.5.

76 최종고, 「이광수의 경성제대 입학과 최근 단상」, 『춘원연구학회 뉴스레터』 8, 2012. 이광수는 경성제대 재학 번호 1로 등록되어 있다.

예과학생들이 자주 놀러왔다고 한다.[77] 또 이 무렵 김용제가 『록기』에 「싸우는 문화이념戦える文化理念」이라는 논설을 쓰고 '내선일체'의 이념을 문예작품에 형상화시키라고 호소한 것도 계기가 되었을지도 모른다.[78] 일본인 독자들에게 '내선일체'를 호소하는 『마음이 서로 닿아서야말로』를 쓴 이광수는 이어서 조선인 독자를 위해 경성제대를 직접적인 무대로 한 『그들의 사랑』을 집필한다.

3) 『그들의 사랑』

『그들의 사랑』은 1941년 1월 『신시대』 창간호부터 연재가 시작되어 3회 만에 중단되었다. 제1회의 작자명은 이광수로 되어 있지만, 2회부터는 카야마 미츠로香山光郎로 바뀌어 있다. 작품 전체는 조선어로 쓰여졌고, 등장인물이 일본어로 대화하고 있는 부분만큼은 일본어로 쓰여져 괄호 안에 조선어 번역이 붙어 있다. 줄거리는 다음과 같다.

광주학생사건이 일어나 조선인 학생들의 마음이 들끓었던 1920년대 말, 경성제대 예과생인 니시모토 타다시西本忠一는 화학 교원으로 니치렌日蓮의 신봉자인 이시모토 마사오石本正雄(분명히 츠다 에이가 모델이다)의 "조선인 학생들이 불온한 생각을 버리지 않는 것은 조선에 와 있는

---

77 이영근, 「이런 일 저런 일」, 이정화, 『그리운 아버님 春園』, 우신사, 1993, 207쪽.

78 "가령 문예작품이라면 내선일체의 올바른 이념과 내용을 높은 예술적 수법으로 창작하고 이를 문학으로서 높은 수준으로 끌어올리는 동시에 그것을 읽는 민중으로 하여금 애독하는 가운데 그 내용에 대한 감격과 공감을 갖게끔 노력할 필요가 있다." 金龍濟, 「戦える文化理念」, 『緑旗』, 1939.7, p.23.

우리 내지인의 책임"이라는 생각에 공명하고, 학비 마련에 어려움을 겪고 있는 친구 이원구를 동생의 가정교사로서 집에 둘 것을 부친에게 부탁한다. 니시모토 집안에 들어온 이원구는 일본 가정의 청결과 예절에 감명을 받고, 한편 니시모토 집안 사람들은 이원구의 사람됨을 알게 됨으로써 조선인에 대한 인식을 바꾸어 간다. 그리고 이윽고 원구는 타다시의 누이 미치코道子를 사랑하게 된다. 그러나 원구는 동료들로부터 의심의 눈초리를 받고 힐책받는다. '반역자', '스파이'라는 야유가 쏟아지는 가운데 원구는 일본을 조국으로 생각하고 있음을 고백하는데, 그 와중에 광주학생운동을 "어리석은 군중심리"라고 하여 동료들의 분노가 폭발하고, 원구를 제재하려는 학생과 그것을 말리려는 학생과의 난투가 시작된다.

『그들의 사랑』은 『마음이 서로 닿아서야말로』와 많은 공통점을 갖고 있다. 첫째, 둘다 경성제대 학생들의 반목을 배경으로 하여 '내선일체'를 부르짖을 목적으로 쓰여졌다. 둘째, 참된 '내선일체'를 위해 상대방의 가정을 아는 일의 중요성이 강조되어 있다. 타케오는 부상당했기 때문에 조선의 가정을 알게 되고, 원구는 타다시의 호의로 동생의 입주 개인교사가 되어 일본의 가정을 알게 된다. 이광수는 「동포에게 보냄」은 물론 「내선일체 수상록」에서도 일본인에 대해 조선인을 가정에 맞아 주도록 호소하고 있고, 그것이 서로 마음을 통하는 첫걸음이라고 생각했다. 그것을 이러한 형태로 소설화시켰던 것이다.

셋째, 김영준의 경우와 마찬가지로 등장인물의 마음을 작가가 그래야 마땅하다고 생각하고 있는 궤적에 따라 조종하고 있다. 니시모토 집안에서 지내면서 일본인이 조선인을 멸시하고 있다는 선입견에서 자유로워진 원구는 자신들 조선인에게 있는 단점을 깨닫고 '거짓말 하지 않는' 훈련을 시작하는데, 그때 갈등이 일어난다.

> 그때 조선학생들은 겉으로는 일본신민으로 할 일을 다하였다. 그러면서도 속으로는,
>
> '나는 일본신민이 아니다.'
>
> 이렇게 생각하였고, 또 다른 조선인을 대하여서도 이렇게 말하였다.
>
> 원구도 이것을 당연한 일로 알고 있었다.
>
> 그러나 이것은 분명히 거짓이었다. 거짓 중에도 큰 거짓이었다.[79]

일단 일본신민이라고 말한 이상 속마음도 그렇지 않아서는 '거짓말'이 된다. 이렇게 생각한 원구는 외부의 자기와 내부의 자기를 일치시키고 동료들 앞에서도 "일본이 조국"이라고 당당하게 밝힌다. 예전부터 '거짓말'을 하지 말라고 번번히 언급해 온 이광수는 '내선일체'에 대해서도 그것을 실행해야 한다고 믿고, 그러한 태도를 원구에게 취하게 한 것이다.

마지막 공통점은 연재의 중단이다. 앞서 언급했듯이 『마음이 서로 닿아서야말로』의 경우는 중단에 어딘가 애매한 구석이 있지만, 『그들의 사랑』은 명백히 중단이다. 연재 3회의 말미에는 "다음 호를 기다리시라"[80]라는 문구가 있는데도 다음달 호에는 목차에 제목만 있고 해당

---

79 이광수, 「그들의 사랑」(『신시대』, 1941.3), 최주한・하타노 세츠코 편, 『이광수 후기 문장집』 I, 소나무, 2017, 440쪽.

80 위의 책, 445쪽.

페이지가 빠져 있다. 그리고 그 다음호의 편집후기에는 "지난달부터 부득이 중단하게 되었습니다"고 되어 있다. 어떤 연구자는 '내선일체'를 지향하는 주인공을 공격하는 조선인 학생들의 모습이 작가의 예상을 넘어서 조선인 독자의 공감을 불러일으켰을 가능성을 지적하고 있지만,[81] 지나치게 현실적인 묘사가 검열에 걸렸을 가능성이 높다. 이미 제2회에서도 마지막 부분은 삭제되어 있다. 타다시가 원구에게 "천황께 모든 것을 바치옵는다는 애국심"이 있는지 추궁하는 긴장된 장면이 원구의 대답 없이 중도에 끝나버리고, 제3회의 시작 부분도 2회의 내용과 연결되지 않는다.[82] 일본어보다도 조선어로 쓸 때가 검열이 심했음을 추측할 수 있다.

그런데 학생들 여럿이 한 사람을 힐책한다는 아이디어를 이광수는 현영섭의 글에서 얻은 듯하다. 현영섭은 『조선인이 나아가야 할 길朝鮮人の進むべき道』에서 예과 시절 일본인의 하숙에서 지내고 조선인 학생과 교제하지 않았던 S라는 학생이 "극히 친일적"이라는 이유로 모두에게 뭇매를 맞게 된 이야기를 회상하고 있다.[83] 다수가 개인을 압도하는 것을 참을 수 없었던 현영섭은 그때 S편에 섰다고 한다.

81 김경미, 「이광수 후반기 문학의 민족담론의 양가성」, 『어문학』 97, 한국어문학회, 2007, 199쪽.

82 제1회와 제3회에서는 본문 뒤에 '기대하시라'에 해당하는 문구가 붙어 있지만, 제2회에는 해당 문구가 없는 것도 삭제된 사실을 방증한다.

83 玄永燮, 『朝鮮人の進むべき道』, 緑旗聯盟, 1938, p.188. 이것은 1937년 8월 『록기』에 게재된 「참된 일본을 알기까지－개인으로부터 국가에(眞の日本を知る迄－個人より国家へ)」를 단행본으로 내면서 부제를 '나의 작은 체험(私の小さな体験)'으로 바꾸어 부록으로 삼은 것이다.

4) '내선일체'에서 '완전동화'로

『록기』 지면에 소개되는 경성제대 학생들의 학교 생활과 솔직한 의견 발표에 자극을 받은 이광수는 소설로써 '내선일체'를 호소하고자 1940년 3월부터 『록기』에 『마음이 서로 닿아서야말로』, 1941년 1월부터 『신시대』에 『그들의 사랑』을 썼다. 이 무렵까지의 이광수에게서는 주어진 상황에 자신 나름의 방식으로 대하고자 하는 의욕이 느껴진다. 그러나 그 뒤 전시 국면이 짙어짐에 따라 그의 자세는 방향성을 잃어간다. 『록기』의 분위기도 급속히 변했다. 이해 츠다 카타시와 모리타 요시오 등 록기연맹의 멤버들이 국민총력 조선연맹에 등용되고,[84] 표지 안쪽에 실려 있던 '록기연맹강령'도 4월부터 '황국신민서사'로 바뀌어 『록기』는 독자성을 상실한다. '내선일체'는 '신체제'라는 말로 바뀌고, 이광수도 이 격류에 휩쓸리고 있다.

이해 9월에 발표한 「반도민중의 애국운동」이라는 논설에서 이광수는 "수동적인 피통치자 의식을 버리고 적극적으로 자신의 황민화와 아울러 국책에 대한 협력을 결심한 것이 소위 전향"이지만, 임전태세에 들어선 지금은 "천황귀일天皇歸一 멸사봉공의 신체제로의 전향"이라는 "진정 보편 전향"이 필요하다고 부르짖고 있다. 그리고 "내선일체라는 표어도 이제는 역사적 용어"가 되었다고 하여 "사상, 감정, 풍속, 습관 중 비일본적인 것을 제거하고 일본적인 것을 대입 순화해야" 한다고 쓴다.[85] 주위의 상황에 대해 진지하게 대면하고자 하는 그의 적극성이 최

---

84 永島広紀, 『戦時期朝鮮における'新体制'と京城帝国大学』, ゆまに書房, 2011, p.82~83.

85 이광수, 「半島民衆의 愛國運動」(『매일신보』, 1941.9.4~9.7), 『후기 문장집』 II, 198~

악의 형태로 드러났던 것이다.

이해 12월 이른바 대동아전쟁의 발발로 '내선일체' 논의는 완전히 종언을 고한다. 이듬해 신년호의 한 좌담회 기사에서 "이렇게 되니 내선일체라는 말이 새삼스럽게 꺼낼 필요도 없는 것 같군요"[86]라는 카라시마 타케시辛島驍의 발언이 이를 상징하고 있다. 아메바와 같이 상황에 따라 변화하는 '내선일체'는 지금 논할 것까지도 없이 자명한 '완전동화론'으로 변모하여 조선반도에 군림했던 것이다.

4. 마치며

이광수가 동우회 사건의 전에 쓴 「만 영감의 죽음」과 후에 쓴 『마음이 서로 닿아서야말로』 두 편의 일본어 소설을 주변의 상황, 같은 시기에 쓰여진 조선어 소설, 발표 매체 등을 시야에 넣고 분석하고, 이들 작품에 내재하는 논리의 변천을 살펴보았다.

「만 영감의 죽음」은 이광수가 그 직전에 쓴 수필 「성조기」에 등장하는 어떤 인물로 인해 창작 의욕을 북돋고 있을 때 『카이조』의 의뢰를 받아 일본어로 쓴 작품이다. 그러므로 일본어로 쓴 것은 '취미'의 문제였다. 그러나 5년 전만 해도 조선인 독자를 위해 조선어로 쓸 것을 주

510쪽. 일본어 신문 『東亞新聞』(1941.9.28)에 일부가 번역되어 실려 있다.

86 「帰還兵士と文人 座談会」, 『緑旗』, 1943.1.

장했던 이광수가 일류잡지의 의뢰에 응하여 선뜻 일본어로 쓰고 있는 데서 이 시기 그의 정신적 이완 및 그 배경에 있는 조선사회의 변질을 엿볼 수 있다.

동우회 사건으로 인해 어쩔 수 없이 '전향'하게 된 이광수는 재판소에 제출한 성명서의 내용을 성실하게 실행하면서 '내선일체'라는 말을 역이용하여 조선인 차별을 해소시키고자 했다. 이를 위해 그는 일본인을 향해 '내선일체'를 호소하는 논설을 다수 썼다. '내선일체'에 관한 『록기』의 솔직한 논조에 자극을 받은 그는 동일한 목적을 소설을 통해 달성하기 위해 경성제대를 무대로 한 일본어 소설 『마음이 서로 닿아서야말로』와 조선어 소설 『그들의 사랑』을 써서 소설에 의한 '내선일체'를 도모했다. 그러나 총독부는 조선인에게서 황민화를 향한 내발성을 이끌어내기 위해 이 말을 이용한 데 불과했다. 전시 국면이 짙어짐에 따라 잡지 『록기』의 논조는 변하고 '내선일체'라는 말도 애초의 유연함을 잃고 '완전동화'의 의미로 변하고 만다. 그리고 이광수도 이러한 격류에 휩쓸렸다.

조선에서의 징병제 실시를 목표로 하여 총독부는 '국어보급'을 서둘렀고 조선어 영역은 점점 협소해져 갔다. 그러나 『마음이 서로 닿아서야말로』가 중단된 이후 이광수는 『세조대왕』(1940), 『그들의 사랑』과 『봄의 노래』(1941), 『원효대사』(1942) 등 잇달아 조선어 소설을 썼고, 일본어 소설을 발표한 것은 1943년 10월부터의 일이다. 왜 이 시기에 일본어 소설을 쓴 것일까. 그리고 그들 일본어 소설에는 어떤 의도가 담겨 있고 무엇이 표출되었던 것일까. 다음 장에서는 이 문제를 살피고자 한다.

제2장

「카가와 교장」과 「파리」*

1. 시작하며

저자는 앞장에서 이광수가 일본어로 쓴 소설을 '전기 일본어 소설'과 '후기 일본어 소설로 나누고, 전기의 마지막 작품인 「만 영감의 죽음」(1936)과 후기의 첫 작품인 『마음이 서로 닿아서야말로』(1904)의 두 작품을 검토함으로써 1937년에 일어난 동우회 사건이 일본어 소설 쓰기의 의미를 변질시켰음을 밝혔다.

이광수가 쓴 일본어 소설로 지금까지 확인된 10편을 제시하면 다음과 같다.[1]

---

* 이 글은 일본학술진흥회의 과학연구비 지원을 받은 기반연구(B)25284072의 연구 성과이다.

전기 일본어 소설

「사랑인가(愛か)」, 『白金學報』, 1909.11.

「만 영감의 죽음(萬爺の死)」, 『改造』, 1936.8.

후기 일본어 소설

『마음이 서로 닿아서야말로(心相觸れてこそ)』, 『綠旗』, 1940.3~7.

「카가와 교장(加川校長)」, 『國民文學』, 1943.10.

「파리(蠅)」, 『國民總力』, 1943.10.

「군인이 될 수 있다(兵になれる)」, 『新太陽』, 1943.11.

「대동아(大東亞)」, 『綠旗』, 1943.12.

『40년(四十年)』, 『國民文學』, 1944.1~3.

「원술의 출정(元述の出征)」, 『新時代』, 1944.6.

「소녀의 고백(少女の告白)」, 『新太陽』, 1944.10

내선연애를 그린 『마음이 서로 닿아서야말로』가 1940년 7월에 5회로 중단된 후 이광수는 오랫동안 일본어 소설을 쓰지 않았다. 동년 7월에 박문서관에서 『세조대왕』을 간행하고, 이듬해에는 『신시대』에 내선연애를 그린 『그들의 사랑』(미완)과 농촌의 지원병 가정을 묘사한 『봄의 노래』를, 그 이듬해에는 『매일신보』에 『원효대사』를 연재하는 등 조선어 소설을 잇달아 쓰는 한편, 대일협력적인 일본어 논설, 수필, 시를 다수 발표하면서도 일본어 소설은 쓰려 하지 않았다.

---

1 전기와 후기의 분류에 대해서는 앞장의, 각주 15 참고.

그런데 1943년 10월부터 갑자기 이광수는 일본어 소설을 발표하기 시작한다. 이달 『국민문학』에 「카가와 교장加川校長」, 그리고 『국민총력』에 「파리蠅」를 발표한 것을 시작으로 표에서 보듯 이듬해 10월까지 1년 동안 모두 7편의 일본어 소설을 발표한 것이다. 왜 이광수는 이 시기에 일본어 소설을 쓰기 시작한 것일까. 여기에는 이광수의 신변에 어떤 사정이 있었다고 저자는 짐작하고 있다. 왜냐하면 1943년 10월에 발표한 2편의 단편의 무대는 이광수가 그해 4월부터 6월까지 머물렀던 평안남도 강서江西라고 추정되며, 이 체류가 일본어 소설을 쓰는 계기가 되었다고 생각되기 때문이다.

이 글의 제2절에서는 이광수의 강서 체류와 일본어 소설 「카가와 교장」과의 관계를 주변의 사실과 텍스트를 통하여 검토하고 이광수가 이 소설을 쓰게 된 사정을 추론한다.[2] 제3절의 제1항에서는 「카가와 교장」과 동시에 쓰여진 「파리」가 그 직후에 시작되는 대일협력에의 선언이라는 의미를 갖고 있음을 고찰하고, 제2항에서 텍스트를 분석한다. 그리고 제4절에서는 이광수의 작가 경력에서 '파리'와의 특별한 관계에 대해 서술하고자 한다.

---

2 이에 대하여 저자는 『李光洙－韓国近代文学の祖と'親日'の烙印』(中公新書, 2015)의 번역서 『이광수, 일본을 만나다』(최주한 역, 푸른역사, 2016)의 제4장 제4절 '일본어 소설을 집중적으로 쓴 1년'에서 간단히 언급한 바 있다. 이 글에서는 그 근거를 제시한다.

2. 「카가와 교장」

「카가와 교장」의 줄거리는 다음과 같다.

주인공 카가와는 나가노현長野縣 출신으로, 출세욕이 없는 성실한 교육자이다. 도회의 S중학 교감이라는 유리한 지위를 버리고 H정町 근처의 시골에 신설된 K공립중학의 교장이 되어 가족과 함께 부임해 온다. 그런데 5월 1일에 개교한 이래 4개월째 카가와의 분투에도 불구하고 교사校舍의 건축은 진척이 없고, 교원도 모이지 않는다. 그러던 어느 날 우등생인 키무라木村가 경성의 중학에 편입시험을 치르기 위해 성적 증명서를 요청해 온다. 1회 졸업생부터 고교 입학생을 배출하고자 하는 카가와는 K교의 '유망주'인 키무라가 학교를 떠나게 되어 낙담하지만, 직원에게 서류를 보내 주도록 지시한다. 학교 후원회 총회가 열리기 전날 책략가인 리노이에李家가 학교에 와서 유력자인 카네가와金川와 보쿠자와朴澤를 회장과 부회장에 취임시켜 교사 건축비를 끌어낸다는 계획을 이야기한다. 그러나 카가와는 학교 창립의 공로자들을 외면할 수 없다고 생각하고 신성한 교육사업에 교환조건이 붙은 돈을 받아서는 학교의 정신이 더럽혀진다고 하여 거절한다. 리노이에의 이야기에 솔깃했던 다른 직원들도 교장의 결단을 훌륭하다고 지지해 준다. 그때 키무라의 모친 미치코道子가 아들의 전학을 위해 서류를 받으러 학교에 온다. 카가와가 선뜻 서류를 건네주자 미치코는 그의 인격에 감격하여 울면서 돌아간다.

임종국은 『친일문학론』에서 「카가와 교장」의 줄거리를 자세히 소개한 뒤, "무지한 민중에게 皇國精神과 문화를 주입"하기에는 카가와가 지나치게 온후하고, 그 온후함으로 키무라를 감화시키는 데 성공한 것도 아니어서 "주제가 선명치 않다"고 하여 이 작품을 특별히 비판하지 않았다.[3]

한편 김윤식은 『이광수와 그의 시대』에서 「카가와 교장」은 "춘원이 할 수 있는, 그리고 친일문학의 전형적 작품"이며, 그 이유는 카가와 교장의 목적이 조선인을 '일본정신'으로 교육하여 황국신민을 만드는 것이기 때문이라고 지적했다. 그러나 이광수가 주장하는 '일본정신'이란 가난하면서도 바르게 살아야 한다는 '파사현정破邪顯正'의 정신이고 카가와의 교육이념은 교사의 고결한 인격에 기초하고 있으며, 따라서 "이렇게 보아온다면, 춘원의 문학상의 친일행위는 극히 제한되어 있음을 지적할 수 있다. 시국에 대한 짤막한 감상문이나 수필, 그리고 자극적인 시가에서 그는 엄청난 큰소리와 가장 친일적 발언을 일삼았으나, 정작 힘들여 지어야 할 소설에 있어서의 친일행위는 극히 미약하고 보잘것 없다"[4]고 결론짓고 있다.

임종국과 김윤식의 이러한 평가가 보여주듯, 선의의 인물이자 이상적인 교육자가 묘사되어 있는 데 지나지 않는 「카가와 교장」에서 대일협력의 요소를 발견해내기는 어렵다.[5] 도대체 이광수는 무엇 때문에 이런 소

---

3 임종국, 大村益夫 譯, 『親日文學論』, 高麗書林, 1967, pp.289~291.

4 김윤식은 그 이유로 소설이라는 장르가 특성상 관념적인 조작을 허용하지 않는다는 점을 들고 있다. 김윤식, 『이광수와 그의 시대』 2, 솔, 1999, 356쪽.

5 1990년대의 연구에서는 이광수가 대일협력을 했다는 선입견으로 인해 「카가와 교장」의 '친일성'을 지적한 견해도 보인다. "춘원 이광수가 香山光郎이라는 일본명으로 발표한 이 작품은 일본어로 발표한 그의 소설 중 표본작이다. 남이 싫어하는 시골학교 교장이 된 점, 침략전은 破邪顯正의 聖戰이라고 한 점, 사생활을 희생하고 한국인을 욕하고

설을 일본어로 쓴 것일까. 과연 이광수는 카가와 교장이라는 고결한 교육자에게 자기 자신을 투영했던 것일까.[6] 또 이 소설의 무대인 'K중학'과 근처의 'H정町'이란 어디를 가리키고 있는 것일까. 이들 의문에 답하기 위해서는 이 소설이 쓰이게 된 경위를 알아보지 않으면 안 된다.

1943년 4월 16일 『경성일보』의 '문화소식'란에 "카야마 미츠로香山光郎 씨(작가) 평양부平壤府 수옥정水玉町 동양여관東洋旅館에 체재滯在 중"이라는 기사가 실려 있다.[7] 이 날짜에 주목할 필요가 있다. 왜냐하면 이튿날인 4월 17일 오후에는 경성의 부민관府民館 대강당에서 조선문인보국회朝鮮文人報國會의 결성식이 거행되기 때문이다. 4월 18일 『매일신보』의 관계 기사에 이광수의 이름이 보이지 않는 것을 보면 이광수는 개회식에 출석하지 않았던 듯하다.[8]

이광수가 1939년에 발족시킨 조선문인협회[9]는 이 조선문인보국회

이런 카가와 교장은 작자의 化身으로 보여지며 그에게 불복했던 李家, 神林 등의 소극적인 시국관을 고쳐서 戰時型으로 동화시킨 점 등 소설의 친일성을 나타낸 전형적인 작품이다." 송민호, 『일제 말 암흑기 문학연구』(새문사, 1991, 79쪽), 이경훈, 『이광수의 친일문학 연구』, 태학사, 1998, 310쪽에서 재인용.

6 위의 인용문에 "카가와는 작자의 化身"이라고 되어 있다.

7 이 기사는 다음의 자료 목록에서 발견할 수 있었다. 大村益夫・布袋敏博 編, 『朝鮮文學關係日本語文獻目錄』, 綠蔭書房, 1997 참조.

8 「半島文学 総力 結集－各種団体 統合, 朝鮮文人報国会 結成式 盛大」, 『매일신보』, 1943.4.18. 단 이 기사에 이름이 나와 있는 출석자는 일본인뿐이고 다른 조선인 작가들의 이름도 나와 있지 않다. 조선문인보국회의 회장은 학무국장 야나베 에이자부로(矢鍋栄三郎), 이사장은 츠다 카타시이고 상위 임원은 모두 일본인이다. 조선인 측의 최고는 상무이사에 취임한 유진오이고 이광수는 일개 이사에 지나지 않았다.

9 조선문인협회는 총독부 학무국의 의향을 받아들인 김문집의 사전공작으로 1939년 10월 29일 결성되어 이광수가 회장, 학무국장인 시오바라 토키사부로(塩原時三郎)가 명예총재가 되었다. 1개월 후 이광수가 재판소의 권고를 받아들여 회장을 사임한다(이광수, 『나의 고백』, 『이광수전집』 13, 삼중당, 1962, 264쪽. 이하 『전집』, 쪽수만 표기). 이광수는 몰랐던 듯한데, 재판소가 권고에 나선 이유는 경기도 경찰부장이 재판소에 제출한 문서에 회원 일부가 이광수의 행동을 자기 보신保身을 위한 것이라고 비난하고 있다는

의 결성과 더불어 조선 하이쿠俳句 작가협회, 조선 센류川柳 협회, 국민시가연맹과 함께 발전적으로 해소·통합되었다. 일본에서는 바로 전년 일본문학보국회日本文學報國會가 설립되고, 11월 도쿄에서 개최된 제1회 대동아문학자대회에는 이광수도 조선 대표로 참가했다. 당시에 쓴 기행문 「삼경인상기三京印象記」가 『분가쿠카이文學界』 1월호에, 그리고 대회에서의 발언 「대동아정신의 수립에 대하여大東亞精神の樹立に就いて」가 『대동아』 3월호에 이제 막 게재된 참이었다. 일본문학보국회의 회장은 이광수가 사숙私淑한 토쿠토미 소호德富蘇峰이고,[10] 대동아문학자대회에서 의장을 맡았던 키쿠치 칸菊池寬과의 관계로 보더라도 이광수는 조선문인보국회의 결성에 기여할 것이 기대되는 입장에 있었다. 애초 참석자가 천 명을 넘는 이 대규모 공식행사에 '반도 문단의 대가大家'인 이광수가 얼굴을 비치지 않은 것은 사람들에게 기이하게 받아들여졌을 것이다.

이광수가 이렇게 중요한 행사에 결석하고 평양의 여관에 머물고 있었던 이유는 아들의 중학 진학 문제 때문이었다. 이광수와 허영숙 사이에는 아들이 둘, 딸이 둘 있었지만, 맏아들이 패혈증으로 일찍 죽어 당시 아들은 영근 하나뿐이었다. 이영근李榮根 씨는 1993년에 발표한 수필 「이런 일 저런 일」 가운데 '강연'이라는 장에서 당시 자신의 신변에 일어났던 일에 대해 쓰고 있다.[11] 소학교 6학년 끝 무렵에 중학시험에

내용이 담겨 있었던 것과 관련이 있다. 「李光洙等ノ朝鮮文人協会創立ニ関スル非難ニ関スル件」, 京高特秘第2805號, 1939.11.7. 이 자료를 제공해준 곽형덕 씨에게 이 자리를 빌려 감사드린다. 이광수가 사임한 후 새 회장은 선출되지 않고 이광수에게는 '조선문인협회 전 회장'이라는 직함이 따라다녔다.

10 예컨대 창씨개명을 했을 때 이광수는 곧 소호에게 편지로 보고하고 있다. 윤홍로, 『이광수 문학과 삶』, 한국연구원, 1992, 246·247쪽.

실패한 그는 담임에게서 '배수진背水陣'을 권유받고 다른 학교에 동시 지원하지 않은 탓에 중학교에 진학할 수 없게 되어버렸다.[12] 그는 소학교도 이미 1년 늦어서[13] 가족들은 무척 걱정했고, 허영숙은 남편 이광수에게 뭔가 해보도록 졸라댔다. 이광수는 안창호의 고향인 평안남도 강서군江西郡에 신설되는 공립중학이라면 아직 입학의 기회가 있다는 이야기를 듣고 현지에 예비 조사차 갔다가 타지역 학생들에게는 문이 좁다는 사실을 알게 된다. 이때 이광수는 아들의 입학을 위해 운동을 벌인 듯하다. 연락을 받은 이영근 씨가 부친이 있는 여관을 찾아 갔더니, 이광수는 사람들을 만나거나 강연하러 돌아다니거나 해서 매우 바쁜 듯했다고 한다. 그는 당시의 일을 다음과 같이 회상한다.

> 아버지께서 여러 사람을 만나시고 바삐 다니시는 것을 무엇 때문인지 자세히는 몰랐으나 나의 강서중학 입학과 관계있는 일인가 하고 어린 나는 의심하였다. (…중략…) 장소와 시간을 누가 정하였는지는 모르겠고, 다만 아버지는 나를 두고 다니셨다. 짐작하건대 전쟁을 돕는 일이 우리 생명을 이어나가는 길이라고 말하셨을 것이다.[14]

인용문에서 부친이 자기 때문에 대일협력을 한 것은 아닐까라는 이

---

11 이영근, 「이런 일 저런 일」, 『그리운 아버님 춘원』, 우신사, 1993, 209~211쪽.

12 이영근 씨의 누이인 이정화 씨에게 직접 들은 바에 의하면, 시험 전날에 먹은 굴 때문에 당일 배탈이 나서 중학 시험에 실패했다고 한다.

13 허영숙이 1935년에 아이들을 데리고 도쿄의 적십자병원에 연수하러 갔기 때문이 아닐까 추측된다. 이광수는 학령에 달해 있던 아들 이영근을 데리러 도쿄까지 가서 함께 귀국하고, 그후 동우회 사건으로 체포될 때까지 계속 아들과 둘이서 지냈다.

14 위의 글, 210쪽.

영근 씨의 의심과 불안이 전해진다. 그가 중학에 입학하여 부자간의 생활이 시작되자 이광수는 더 이상 강연을 하지 않았다고 한다. 이영근 씨의 수필 '강연'장은 여기서 끝나고 있다.

이광수는 아들을 코세이중학江西中學 즉 'K중학'에 입학시키려고 헤이조平壤 즉 'H町'에 머물렀고, 그곳에서의 강연 활동으로 분주하여 조선문인보국회의 결성식에도 참석할 수 없었던 것이다. 이리하여 아들은 강서중학에 입학했다. 「카가와 교장」에서는 5월 1일 신설된 K중학의 "개교식과 나란히 입학식이 거행"되는데, 강서중학의 입학식도 같은 날이었던 듯하다. 3일 후인 5월 4일 『경성일보』의 '문화소식'란에 "카야마 미츠로 씨, 아들이 강서중학에 입학하여 당분간 평안도 강서군 강서읍에 임시 거주. 통신 수신인은 강서읍 매일신보 지국支局 앞"이라는 기사가 보인다. 이로부터 1개월 반 뒤인 6월 18일 『경성일보』에 「강서에서江西にて」라는 제목으로 이광수의 단카短歌가 실렸다. "아이와 둘이서 십 첩十畳 타다미 방 한 칸을 빌려 승려와 같은 생활을 하고 있습니다"라는 머리말을 붙여 강서에서의 '근황'을 노래한 것으로, 모두 다섯 수이다.

음력 오월 초사흘달 저녁 무렵 논두렁 따라 개구리 소리에 이끌려 건네
못자리에 물을 대는 농부가 소리 지르네. 해오라기 날아오르는 들판의 붉은 석양이여
낮이면 들판의 종다리 소리, 밤이면 밤새 뒷산의 새소리를 듣네
완만히 경사진 언덕을 넘어가는 바람에 쫓기는 푸른 보리 파도
우리 님께 들려드리고 싶어라. 짙은 아지랑이 낀 숲의 산새 소리

화창한 봄의 전원풍경이 눈에 떠오를 듯한 노래들뿐이지만, 실제로는 꽤 힘든 생활이었던 듯하다. 이영근 씨는 당시 강서에서의 생활을 이렇게 회상하고 있다.

> 나는 강서중학에 가고 아버지는 책을 읽으셨다. 전쟁은 심해지고 식량 사정은 더욱 어려워져서 농민들이 나무껍질을 먹기 시작하였다. 우리도 소나무 속껍질과 둥굴레를 섞어서 하루 한 끼를 때웠다.[15]

이런 생활은 병약한 이광수에게는 무리였을 것이다. 이 단카가 『경성일보』에 실리기 10일 전인 6월 6일의 '문화소식'란은 "카야마 미츠로 씨, 숙병宿病 때문에 평남 강서읍내 덕흥리 49 카네무라金村 씨 댁에서 요양 중"이라고 전하고 있다. 지병인 폐결핵이 악화되었던 것이다.

이광수는 「카가와 교장」에서 자신을 병약한 키무라의 아버지로 등장시키고 있다. 키무라의 전학은 시설 좋은 경성의 학교로 옮기기 위한 것이냐고 묻는 아내에게 카가와 교장은 이렇게 대답하고 있다.

> "음. 아니, 나는 그렇게 생각지 않아. 키무라만은 그렇지 않다고 생각해. 분명히 그 아이의 아버지가 아픈 거야. 그래서 K에 올 수 없는 거지. 그 아이 아버지란 사람이 보기 드문 진지한 사람으로 말이지, 특히 자식 교육이 진지하다구. 자기가 셋방을 얻어 자취하면서 자식을 돌볼 정도니까. 예순 살이나 먹은 남자가 말이야."

15 위의 글, 210쪽.

"아, 그래요? 자취했던 거예요?"

나미코가 감탄하며 고개를 끄덕였다.

"응. 자취하고 있었어. 그게 무리였지. 키무라상, K에 온 뒤로 부쩍 늙어버려서 너무 갑자기 수척해졌어. 요전에 풀베기 할 때도 키무라상이 왔는데 말이지, 아이들 하고 섞여 풀을 베고 날랐는데 헐떡거려서 보기 딱했어. 그래도 30관이나 되는 묶음을 어깨에 지고 언덕을 올라오는 모습을 보고 눈물이 절로 났다구. 하지만 여위었구나 생각했지. 기침을 하던데, 그래서 K에 올 수 없는 게 아닐까 싶어. 키무라에게 편지가 없는 게 그 증거야. 병으로 늦는다는 전보가 온 게 마지막이니 말이야."[16]

부친과 함께 경성에 갔던 키무라는 부친의 병이 악화된 탓에 강서로 돌아오지 못하고 결국 경성에서 전학 시험을 치른다. 합격한 아들의 '전학 위촉' 공문을 받으러 강서중학에 다녀간 것은 키무라의 어머니 미치코였다. 카가와가 묻는 말에 그녀는 집안 사정을 다음과 같이 이야기한다.

"네. 남편은 경성으로 돌아온 뒤 갈수록 더 쇠약해져서 지금 입원해 있습니다."

(…중략…)

"그래도 남편은 학교에 죄송하니까 무리를 해서라도 오겠다고, 아이의 교육도 전쟁이니까 아이의 교육을 위해서는 죽어도 좋다고 이야기합니다. 특히

16 香山光郎, 「加川校長」(『国民文学』, 1943.10), 최주한・하타노 세츠코 편, 『이광수 후기 문장집』 I(1939~1945), 소나무, 2017, 624~625쪽. 이하 『후기 문장집』 I, 쪽수만 표기.

교장 선생님께 죄송하고, 어떻게든 아이를 교장 선생님께 맡기지 않으면 안 된다고 하면서—"

(…중략…)

"타로(太郞)는 타로대로 K에 간다 K에 간다고 울고 있고, 그걸 제가 마음을 모질게 먹고 억지로 T중학에 편입시험을 보게 했습니다. 교장 선생님, 정말 죄송합니다."[17]

미치코의 이야기는 당시 이광수의 집안에 일어난 일을 추측케 한다. 이광수는 아들을 계속 강서중학에 다니게 하고 싶어 했지만, 병이 악화되어 어떻게도 할 수 없었다. 한편 아들을 곁에 두고 싶은 허영숙은 무리해서 아들에게 전학 시험을 치르게 하고, 직접 강서중학에 가서 전학 수속 서류를 받아왔을 것이다.

결과적으로 이광수는 아들을 강서중학에 들여보내기 위해 도와준 사람들의 기대를 저버린 셈이 되고 말았다. 이를 걱정한 이광수는 병이 나은 뒤 그들에게 사정을 설명하고, 감사와 미안함을 전하기 위해 「카가와 교장」을 일본어로 쓴 것이라고 생각된다. '파사현정破邪顯正'을 외치는 카가와 교장의 정의감에 넘치는 모습과 교장의 행동을 지지하는 교원들의 시원시원한 모습은 아들을 흔쾌히 보내 준 강서중학 관계자들에게 보내는 오마주이고, 카가와 교장의 적의敵意를 예상하면서 K중학에 다녀온 미치코가 카가와의 태도를 대하고 가슴을 치며 "귀여운 아들을 자기 곁에 두고 싶다고 생각한 것이 (…중략…) 부끄럽기도 하고 슬

17 위의 글, 635쪽. 중학은 이영근 씨가 다녔던 중앙학교인 듯하다.

프기도"[18] 해서 결국 교문 밖에서 울음을 터뜨리는 모습은 아내의 무례함을 사죄하는 이광수의 심정을 대변하고 있었던 것이라고 생각된다.[19]

3. 「파리」

1) 대일협력선언으로서의 「파리」

단편 「파리」는 국민총력 조선연맹의 기관지 『국민총력』 1943년 10월호에 게재되었다. 이 단체는 1938년에 총독부가 총후銃後를 지키는 국민총력운동을 위해 창설한 국민정신총동원조선연맹의 후신이다. 하부 조직으로 7가구에서 20가구를 단위로 하는 '애국반'이 조선 전역에

18 위의 글, 636쪽.

19 해방 후에 쓴 『나의 고백』에서 이광수는 대일협력을 한 이유의 하나로 조선인 학생이 고등교육기관에서 제한당하는 것에 대한 우려를 들고, 일본은 "대학·전문학교에 조선 학생이 입학하는 것을 종래에도 여러 가지 수단으로 제한하여 왔"(『전집』 13, 269쪽)다고 쓰고 있다. 영근 씨가 '배수진'을 친 중학은 아마도 집에서 걸어갈 수 있는 경성에서도 가장 수준 높았던 경성중학이었을 것이다. 이영근 씨의 지인으로 1941년부터 45년까지 이 중학에 재학한 타카하시 칸야(高橋幹也) 씨는 저자가 2014년 1월 11일 그와 행한 인터뷰에서 조선인 학생은 반에 한두 사람뿐이었다고 회상하고 있다. 『나의 고백』에서의 이광수의 우려는 수험생 부모로서의 체험에 근거하고 있는 것이다. 타카하시 칸야 씨는 이전부터 효자정에 거주하고 있던 산파 타카하시 마사(高橋マサ)의 아들이다. 허영숙이 1935년부터 일본 적십자병원에서 연수했을 때 마사도 같은 병원의 산파 양성소에서 연수를 받고 있어서 알게된 듯하다. 1938년에 허영숙산원이 문을 열자 마사는 산파로서 산원에 출입하고 허영숙과의 교제는 이윽고 가족 모두의 교제로 발전한다. 자세한 사정은 波田野節子, 「타카하시 칸야(高橋幹也) 씨와의 인터뷰」(『춘원연구학보』 17, 춘원연구학회, 2014) 참조.

조직되어 신사참배 강요, 공출, 근로보국대의 동원 및 정책 전달에 중요한 역할을 담당했다.[20] 「파리」는 연령 탓에 그 애국반의 근로봉사에 나갈 수 없는 노인이 조금이라도 쓸모 있고 싶다는 일념에서 애국반 소속의 집집마다 돌아다니며 파리 잡기에 나서는 이야기이다.

「파리」가 게재된 『국민총력』은 「카가와 교장」이 실린 『국민문학』과 같은 10월 1일 발행되었으므로,[21] 이 두 편은 모두 8월 말에서 9월 무렵에 집필되었을 것으로 생각된다.[22] 여름이 끝나고 가까스로 체력을 회복하여 붓을 든 이광수는 강서에 있을 때 신세를 졌던 일본인들에게 사죄하는 마음을 가지고 「카가와 교장」을 쓰고, 경성과 일본에 있는 일본인 관계자를 향해 이제까지의 태만을 사죄함과 동시에 이제부터의 각오를 표명하는 「파리」를 썼을 것이다. 「파리」는 주인공의 다음과 같은 개탄에서 시작된다.

> 나처럼 칠칠치 못한 남자는 드물 것이다. 이 대전쟁의 시절에 무엇 하나 쓸모있는 일도 할 수 없다.[23]

---

20 庵逧由香, 「朝鮮における総動員体制の構造」, 『アジア太平洋戦争と'大東亜共栄圏' 1935～1945』, 岩波書店, 2011, pp.245～255; 임종국, 大村益夫 譯, 앞의 책, p.100.

21 『국민문학』은 월간으로 10월 1일 발행. 『국민총력』은 매월 1일과 5일 2회 발행으로 「파리」가 게재된 『국민총력』 5-19의 발행일은 10월 1일이다.

22 『국민총력』의 같은 호에 실린 츠다 카타시의 보고서 「대동아문학대회에 출석하여」에 의하면, 참가자들은 8월 25일부터 3일간 대회에 출석하고 9월 1일에 도쿄를 떠나 5일 교토에서 해산했지만, 츠다는 도쿄에서 용무를 보고 나서 조선에 돌아갔다고 한다. 이로 미루어 보건대 보고서가 쓰여진 것은 9월 상순에서 중순이었다고 생각된다. 「파리」도 이 무렵 집필되었을 것이다.

23 香山光郎, 「蠅」(『國民總力』, 1943.10), 『후기 문장집』 I, 603쪽.

50세를 넘은 탓에 애국반의 근로봉사를 거절당한 주인공의 원통함이 담긴 말이다. 여기에는 당시 이광수의 마음속에 있던 여러 가지 원통함이 담겨 있다고 생각된다. 앞서 언급한 대로 아들의 입학 문제로 봄에 경성을 떠나 4월 조선문인보국회 결성식에 결석한 이광수는 6월에는 몸이 나빠져 곧 경성으로 돌아왔다. 8월에 도쿄에서 개최된 제2회 대동아문학자대회에도 참가할 수 없었다. 전년 11월 도쿄에서 신세졌던 일본문학보국회의 작가들에게 이광수는 필시 면목이 없었을 것이다. 애초에 「민족개조론」에서 '사私'보다 '공公'을 우선시하라고 주장했던 자신이 집안 문제로 중요한 시기에 경성을 떠나 있었던 일이 이광수는 내심 부끄러웠을 것이다. 게다가 그렇게까지 무리해서 강서중학에 입학시킨 아들은 경성의 중학으로 전학하여 현지인들의 기대를 저버린 결과가 되고 말았다.

이러한 원통함에 더하여 이광수의 소설에 항상 내재하는 양가 감정으로 미루어[24] 그의 마음속에는 정반대의 원통함이 있었다고 생각된다. 아들의 진학 문제라는 부득이한 사정은 그를 경성에서 멀리 떼어놓아 주었다. 이광수는 『나의 고백』에서 당국의 눈을 피할 수 없었던 이유의 하나는 교육과 산업 등에 종사하지 않는 자신에게는 '피난처'가 없었기 때문이라고 쓰고 있다.[25] 그런 그가 이제 당당히 강서에 틀어박혀 있을 수 있게 되었던 것이다. 은밀한 안도감이 없었다고 하면 거짓일 것이다. 그런데 결핵이라는 '숙병宿病'은 그에게서 이 피난처를 앗아

24 한 예로 『무정』에서 선형에게 끌리고 있는 형식이 표면의 의식에서는 영채와 결혼할 것을 몇 번이고 표명하는 것 같은 의식의 양면성을 들 수 있다.

25 『나의 고백』, 『전집』 13, 270쪽.

갔다. 이광수는 다시금 경성으로 돌아오고 만다. 봄부터 자기가 추진해 온 일이 모두 수포로 돌아간 것에 이광수는 원통함과 허탈함을 느꼈을 것이 틀림없다. "나처럼 칠칠치 못한 남자는 드물 것"이라는 말에는 이러한 여러 겹의 탄식이 담겨 있는 것이다.

경성에 돌아온 이광수는 병을 이유 삼아 그대로 집안에 틀어박혀 있을 수도 있었을 것이다. 그런데 반대로 그는 대일협력의 길로 나아간다. 이때 그가 두려워했던 것은 '3만 몇천 명'의 지식인 학살명부였다.[26] 또 조선의 유명인사를 대일협력의 선두에 내세우는 것을 성과로 간주하는 당국의 압력이 있었다.[27] 『나의 고백』의 '민족보존'장에 나오는 다음 대목은 이 무렵의 일에 해당하는 것으로 보인다.

> 나 개인의 형편으로 말하건대, 병이라 칭하고 가만히 누워 있으면 고만이었다. 나는 동우회 사건을 한 번 치르고 났으니, 앞으로 가만히만 있으면 일본

---

26 이 명부는 『나의 고백』에 몇 번이나 나온다. 예컨대 "그 수는 삼만 내지 삼만 팔천이라 하여"(『전집』 13, 268쪽) 혹은 "삼만 몇 명이라는 우리 민족의 크림이라 할 지식 계급" 등(위의 책, 270~271쪽). '크림'은 'cream' 곧 '精選, 精髓'의 의미가 아닐까 생각된다.

27 "조선인이 시국에 협력한다 아니한다를 일본이 판단하는 방법이랄까 표준이랄까가 있었다. 그것은 국민투표 같은 방법도 아니요 여론조사 같은 방법도 아니었다. 그것은 그들이 보기에 두드러진 민족주의자가 협력하느냐 아니하느냐였다. 어떤 이름난 민족주의자 하나가 협력하는 표시를 하면 그것을 일본 관헌은 '전향'이라 칭하여서 중앙정부에 보고의 재료를 삼고, 일반에게는 그 의미를 실제보다 확대하여서 선전하였다. 최린, 최남선, 윤치호가 다 그 예였다. 이런 사람들이 제물이 되는 대로 총독부는 우리를 묶은 고를 한두 개 늦추는 일을 하였다. 그것은 총독부 자신의 큰 자랑거리이기 때문이었다. 최린이 죽어서 적더라도 천도교를 살렸고, 최남선이 죽어서 지식계급의 탄압을 일시 늦추었다. 윤치호의 죽음은 직접으로는 동지회(同志會) 사람들을 건졌고 간접으로는 민족주의자에 대한 일본의 미움을 완화시켰다. 이런 사람들도 일본에 협력하게 되는 것을 보니, 다른 민족주의자들도 그리 할 가능성이 있으니 두고 보자는 논리였다. 그러나 한번 때인 불은 얼마 가면 식는 것이었다. 태평양전쟁이 말기에 가까움을 따라서 더욱더욱 일본은 '조선인'의 동향에 대하여 초조하였고, 그러하기 때문에 삼만 몇 명의 탄압 대상의 명부가 자주 문제가 되었다." 위의 책, 270쪽.

관헌에게 다시 붙들려 갈 까닭은 없었다. 그러나 만일 일본에 협력하는 자로 내가 패를 차고 나선다면 내 앞길에는 욕밖에 없을 것을 나는 잘 알았다. 최린 · 최남선 · 윤치호 등의 전례가 있지 아니하냐. (…중략…) 내가 어떤 날 아내에게 내 결심을 말할 때에, 그는 나를 미쳤다고 하고 울고 말렸다. 나도 목을 놓아서 울었다. 그러나 내 생각에는 이것이 민족을 위해서 산다고 자처하던 나로서 마지막으로 할 일이라고 아내에게 말하였다.[28]

동포의 희생을 조금이라도 덜기 위해 일본에 협력한다는, 마치 이광수 소설의 등장인물이 이야기하는 것 같은 논리다. 물론 이것이 당시 그의 심리를 충실하게 반영하고 있는지 어떤지는 알 수 없고, 사후의 변명이 섞여 있을 가능성도 있다. 그러나 '학살명부'의 소문이 어지러운 전쟁 말기의 식민지에서 냉정한 판단력을 갖기 어려웠을 것은 상상하기 어렵지 않다. 무엇보다도 「파리」에 보이는 우울한 원통함의 정서에는 이광수의 주관적인 진지함이 배어 있다.

그 직후 이광수는 『신타이요新太陽』(舊『モダン日本』) 11월호 '징병제 시행 기념 싸우는 조선 특집호'에 전년 각의에서 결정된 조선의 징병제 실시를 기리는 단편 「군인이 될 수 있다兵になれる」를 발표한다. 특집호의 발행일은 10월 21일로, 일본인 학생의 학병 출진과 아울러 조선인 학생의 병역 지원에 대한 강제 접수가 시작되려 하고 있던 때이다.[29]

---

28 위의 책, 271쪽.

29 지원이 시작될 예정임은 10월 중순 신문지상에 보도되었으나 접수 일정이 발표된 것은 10월 20일이다. 접수는 10월 25일부터 11월 20일까지로, 12월 중순에 징병검사, 1월 20일 입영이라는 바쁜 일정이었다. 姜德相, 『もう一つのわだつみのこえ 朝鮮人学徒出陣』, 岩波書店, 1997, pp.4~5.

일본의 서점에 『신타이요』 11호가 진열될 무렵 이광수는 '일본 유학생 권유단'의 일원으로 일본에 가서 학생들에게 지원병을 권유했다.[30] 총독부의 의뢰를 거절할 수 없었던 점도 있었겠지만, 그가 병을 무릅쓰고 도쿄에서 고열로 고생하면서 학생들을 설득한 것은 "지원, 도망, 감옥"[31]이라는 세 가지 선택지밖에 없던 당시 상황에서는 차라리 자진하여 지원하는 편이 학생들에게 이익이 된다고 생각했기 때문이었다. 강연회에서 이광수는 학생들에게 여러분이 지원하면 민족 차별을 없앨 수 있다고 호소했다고 한다.[32]

다음달 12월에는 전달 도쿄에서 개최된 대동아회의를 배경으로 하여 일본 여성과 중국 남성의 연애를 통해 대동아공영권 구상을 형상화한 단편 「대동아大東亞」를 『록기綠旗』에 발표한다. 이 단편은 제2회 대동아문학자대회에서 츠다 카타시津田剛가 '성전聖戰' 발발일인 12월 8일을 기하여 각 작가가 일제히 대동아에 어울리는 작품을 쓰고, 각 잡지에 이를 게재하여 일대 문학운동을 전개하자고 제안한 데 호응하여 쓴 듯하다. 츠다는 대동아문학자대회에서 이 제안을 하여 기쿠치 칸 의장을 비롯 전폭적인 찬성을 얻었다고 『국민총력』에서 자랑스럽게 쓰고 있지만,[33] 『록기』조차 12월호에 특집호를 마련하지 못한 것을 보면 츠

---

30 일본 내지에서의 낮은 지원율에 경악한 총독부가 '일본유학생권유단'을 결성시킨 것은 11월 7일. 이광수와 최남선은 선발대로 다음날 8일에 경성을 떠났다. 위의 책, pp.227~266.

31 위의 책, p.245.

32 「그날 학병권유연설 직접 들었다」, 『조선일보』, 2014.10.19.

33 「파리」가 게재된 『국민총력』의 같은 호에 츠타는 「대동아문학자대회에 출석하여」라는 보고서에서 이 제안을 내놓고 있다. 그것에 따르면, 이 제안은 출발 전 각 방면에 사전공작을 하고 대회에서 발표한 것으로, 매일신보에 크게 보도되었다고 한다. 츠다는 『록기』 10월호에 쓴 「대동아문학자총궐기운동」에서 12월호를 이를 위한 특집호로 삼는다

다의 과대망상적인 제안에 진지하게 응한 작가는 이광수뿐이었던 듯하다.[34] 이광수가 「대동아」를 쓴 것은 제2회 대동아문학자대회에 결석한 일에 대한 사죄의 의미였을 것이다.[35]

1943년 '숙병' 탓에 피난처 강서에서 경성으로 돌아온 이광수는 원통한 마음을 억누르면서 그때까지 진 마음의 빚을 주위에 사죄함과 동시에 동포에게 도움이 되고 싶다는 심정으로 「파리」를 썼다. 이렇게 보면, 파리떼를 향해 가는 마치 자포자기와 같은 「파리」의 주인공의 행동은 이광수가 이제부터 시작하려 하고 있는 대일협력에 대한 선언이었다고도 할 수 있다.

2) 「파리」 분석

그러면 텍스트를 상세히 보도록 하자. 「파리」의 줄거리는 다음과 같다.

어느 아침 애국반 반장이 집에서 한 사람씩 도로 수선공사의 근로봉사에 나오라고 이야기하고 돌아다닌다. '나'는 기꺼이 나서지만, 반장에게서 50세 이상은 안 된다고 거절당하고 젊은이들에게서도 방해물 취급을 받는다. 뭔가 도움이 되고 싶다고 생각한 '나'는 애국반 내 집안의 파리 잡는 일을 자청하고 각 집의 안방과 부엌에 들어가도 좋다는

고 예고했으나 실제로 특집은 만들어지지 않았다.

34 이달 다른 잡지에도 그런 기획은 발견되지 않는다.

35 츠다의 대회 보고를 보지 못한 채 집필한 「李光洙の日本語小説「大東亜」」(이 책의 제4부 제3장 「「대동아」에 보이는 '대동아공영권'」에 수록)에서 저자는 이광수가 「대동아」를 쓴 것은 그 전 년에 창설된 대동아문학상이 동기가 되었다고 추론한 바 있다. 이광수는 이 상을 의식했겠지만, 집필의 직접적인 계기는 역시 츠다 카타시의 제안이었다고 생각한다.

허가를 받는다. 파리의 습성과 개성을 잘 알고 있는 '나'는 애국반 내의 집을 차례로 돌면서 파리를 죽인다. 그리고 오후 4시 넘어서까지 열 집 13세대를 돌며 "버려진 시체 총계 칠천팔백구십오 마리의 파리 잡기"를 끝낸 '나'는 몸도 마음도 녹초가 된다. 학교에서 돌아온 아들에게 이 이야기를 하자 아들은 먹던 밥을 튀어가며 자지러지게 웃는다. 이날 애국반 사람들은 난생처음 쾌적하게 파리 없는 여름의 저녁밥을 유쾌히 먹지만, '나'는 3일가량 드러눕고 만다.[36]

중학생인 아들과 둘이 지내는 50세 넘은 남자로 "백발"에다 "뼈와 가죽뿐인 빈약한 체격"[37]이라는 묘사로부터 '나'가 당시 강서에 살기 시작한 이광수 자신인 것을 알 수 있다. 근로봉사의 연령 제한을 알지 못한 것은 이곳에 온 지 얼마 되지 않았기 때문일 것이다. 반바지에 반소매, 운동화 차림, 아이의 밀짚모자 등 농민과 동떨어진 복장은 '나'가 도회에서 온 사람이라는 것을 시사한다. 또 집합 장소에 온 '나'가 마부 용삼의 "선생님은 어디 가세요?"[38]라는 말에 '비꼬는 웃음'을 느낀 것은 이곳 공동체에 아직 받아들여지지 않은 데 대한 불안을 나타내고 있다.

'나'는 '쓸모 있는' 일에 강한 집착을 보인다. 나이 탓에 반장에게서 거절당하면서도 "뭐든 한다구. 땅을 차는 것도 나르는 것도. 결코 자네들에게 폐는 끼치지 않아"[39]라고 물고늘어지는가 하면, 젊은이의 방해가 된다는 이야기를 듣고 단념한 후에는 대신 애국반 내의 파리를 잡을 것을 자청한다. 어째서 '나'는 이렇게까지 '쓸모 있고 싶은' 것일까. 도

36 香山光郎, 「蠅」(『國民總力』, 1943.10), 『후기 문장집』 I, 608~612쪽.
37 위의 책, 605쪽.
38 위의 책, 604쪽.
39 위의 책, 606쪽.

대체 '나'는 무슨 '쓸모가 있고' 싶은 것일까.

'쓸모 있다'는 말 앞에 오는 것은 시국이 시국이니만큼 '천황폐하'라든가 '국가'라는 말이다. 그리고 '천황폐하에게 쓸모 있는' 일의 최고 또 최종 도달점은 병사兵士로서 전장戰場에서 싸우다 죽는 것이다. 물론 근로봉사로 도로를 고치는 일도 근로봉사에 나간 사람들을 위해 파리를 잡는 일도 간접적, 궁극적으로는 전쟁을 위해서이고 '천황폐하에게 쓸모 있는' 일이다. 바로 그래서 근로봉사에 나갈 수 없는 노인이 봉사하러 간 젊은이들을 위해 쾌적한 저녁 식사 환경을 제공한다는 내용의 소설 「파리」는 애국미담愛國美談이며, 『국민총력國民總力』이라는 잡지에 어울리는 작품인 것이다.

그런데 「파리」에서 파리 잡기라는 행위를 통해 천황을 위해 죽는 일의 숭고함이 그려지고 있는가 하면 결코 그렇지 않다. 텍스트를 통해 전해지는 것은 파리를 죽이는 일에 대한 편집증적인 정열뿐이다. '필살必殺의 자세'로 "견적필살見敵必殺의 군인정신"[40]을 배우는 것이라고 하여 진지하게 파리를 뒤쫓는 '나'의 자세는 골계적이고, "나같이 칠칠치 못한 남자는 파리 잡기나 할 때가 아니면 견적필살의 마음가짐을 맛볼 수 없지 않은가"[41]라는 본말전도에 이르러서는 군인 기분을 맛보기 위해 파리를 잡는 것이냐고 비난받을 위험조차 있다. 요컨대 파리 죽이기에 대한 열정의 과잉이 '쓸모 있는' 대상을 보이지 않게 만들고 있는 것이다.

텍스트를 잘 들여다보면, '쓸모 있고 싶다'는 '나'의 기분은 "자네들

40 위의 책, 611쪽.
41 위의 책, 611쪽.

은 땀 흘리며 일하고 있는데 나만 평안하고 한가로이 있을 수는 없"[42] 다는 평범한 생각에 지나지 않는다. 애국반 동료들이 근로봉사에 나간 후 '나'가 "인생에 뒤쳐진 듯한 느낌"이 드는 것은 공동체 안에서 자기만 아무것도 하지 않는 것은 미안하기 때문이다. 이 기분을 떨쳐버리기라도 하듯 '나'는 파리 잡기에 열중하고, 저녁 식사 후 애국반 사람들이 차례로 인사하러 오자 "뭔가 쓸모 있다는 기분이 들"[43]어 그날 밤은 흥분으로 잠을 이루지 못한다. '나'는 시골 사람들에게 '쓸모가 있고' 공동체에 받아들여졌던 것이다.

이렇게 보면 '나'가 바란 것은 공동체의 일원으로서 '사람들에게 쓸모 있는' 것이고, 「파리」에서 묘사되어 있는 것은 '사회봉사'의 권장이었다고 할 수 있다. 1922년 발표한 「민족개조론」에서 이광수는 개조의 목적으로 ① 거짓말 않기, ② 공론空論 아닌 실행, ③ 신의, ④ 용기, ⑤ 공公의 정신과 사회봉사, ⑥ 전문기술, ⑦ 경제적 독립, ⑧ 위생 관념의 여덟 가지 항목을 들고, 그 가운데서도 중요한 것은 ⑤라고 하여 이를 '무실역행'과 함께 민족개조의 중심 이념으로 삼았다.[44] '사람들'에게 쓸모 있고 싶다는 '나'의 생각은 이광수가 예전부터 주장해 온 '사회봉사'의 반복에 지나지 않았던 것이다.

그러면 근로봉사를 거절당한 '나'가 대신에 행한 것이 '파리 잡기'인 것은 어째서일까. 남녀의 분별인 '내외'의 습관이 남아 있는 시골에서

---

42 위의 책, 607쪽.

43 위의 책, 612쪽.

44 波田野節子, 「大東亜文学者大会での李光洙発言に見る'連続性'」, 『韓国近代文学研究－李光洙・洪命憙・金東仁』, 白帝社, 2013, p.51. 또 ⑤의 원문은 "개인보다 단체를, 사보다 공을 중시하고 사회에 대한 봉사를 생명으로 여기는" 것이다.

는 남자가 다른 집안에 들어가는 데는 저항이 있다. 가령 울타리 수리 등 바깥일을 해도 좋을 텐데, '나'는 "여러분의 집 안방과 부엌에 들어가는 것을 허락해" 달라고 굳이 승낙을 받아 파리를 잡는다. 파리 잡기에 대한 이러한 구애 또한 그가 「민족개조론」에서 개조의 목적 가운데 하나로 든 '위생관념'에서 온 것이다. 사실 「파리」는 '위생소설'의 일면이 있는 것이다.[45]

앞서 마부 용삼이 내뱉은 말에서 '비꼬는 웃음'을 느낀 '나'는 그후 한번 더 그의 언동에서 '비꼼'을 느끼고 있다. 땅에 가래침을 뱉는 것을 꾸짖는 '나'에게 용삼은 가래를 발로 밟아뭉개면서 "그래도 집안 사람이 손으로 코를 푸는 것을 보면 눈알이 튀어나올 정도로 야단을 칩니다요"라고 말하여 웃는데, "내게는 그것이 나를 비꼬는 것처럼 들"린다. 즉 '나'는 그에게서 가볍게 취급받았다고 느꼈던 것이다. 이러한 용삼의 태도의 배후에는 그와 그가 속한 공동체의 위생관념의 결여가 자리하고 있다. 가래에 담긴 병원균의 두려움을 용삼은 알지 못한다. 그런데 그 병원균을 퍼뜨리는 것이 파리라는 생물인 것이다. 「파리」는 파리와 이광수 사이의 오랜 인연의 결정체라고도 할 수 있는 작품인데, 인연의 내용에 대해서는 다음 항에서 자세히 살피기로 하고, 여기서는 우선 '파

---

45 이 소설을 파리 박멸의 캠페인소설로 취급하는 발상은 각주 21에서 소개한 타카하시 칸야 씨와의 인터뷰에서 얻은 것이다. 타카하시 씨는 이렇게 말했다. "『경성일보』(우리 집에서 구독한 것은 『경성일보』였지만, 이따금 읽었던 『오사카마이니치』였을 가능성도 있다)에 실린 파리를 잡자는 캠페인 기사를 읽었더니 거기에 이광수의 이름이 있었다. 저 유명한 작가도 「파리」라는 소설로 파리의 박멸을 호소하고 있다고 쓰여 있어서 카야마 선생이 신문에 실릴 정도로 유명한 작가였구나 생각하고 기뻐했다."(波田野節子, 「타카하시 칸야(高橋幹也) 씨와의 인터뷰」, 앞의 책, 376쪽) 당시 「파리」가 어떤 소설로 받아들여졌는지 보여주는 중요한 증언인데, 해당 기사는 유감스럽게도 아직 발견하지 못했다.

리 잡기'라는 행위가 어떻게 작품에 그려지고 있는지 보도록 하자.

파리 잡기에 가장 좋은 시각은 아침 해가 동쪽 벽에 혹은 저녁 해가 서쪽 벽에 비스듬히 비치는 때로, 그것도 파리가 먹는 것에 열중하고 있는 때가 좋은 기회이다. 또 파리 중에는 경박한 것, 끈기 있는 것, 저돌적인 것이 있고, 태연자약한 풍격을 갖춘 파리, 차마 죽이지 못할 만큼 크게 깨달아 집착이 없는 파리, 파리채를 든 손에 앉아 인간을 우롱하는 듯한 파리까지 있다. 이리하여 '나'는 파리의 습성과 개성에 관한 지식을 통해 독자를 작품에 끌어들인다. 물론 파리에게도 인간과 마찬가지로 생명이 있기 때문에 파리를 죽이는 것은 불교에서 금지하는 '살생'에 해당한다. 그러나 '나'에게는 뭐라 해도 파리를 죽이지 않으면 안 되는 이유가 있다. 그것은 파리가 인류에게 재앙을 초래하기 때문이다.

> 그들은 똥 속에서 나와 몸도 발도 씻지 않고 우리가 먹는 음식 위에 오른다. 그리고 우리가 젓가락을 들기 전에 제멋대로 먹는다. 그러고는 불결과 병균을 대가로 남기고 떠나는 것인데 (…중략…) 그들이 퍼뜨린 병원균 때문에 수백억만의 우리 선조와 동포가 병으로 쓰러졌을 것이다. 그들을 살려두면 우리 자손에게도 마찬가지의 재앙을 미칠 것이다.[46]

이런 신념을 가지고 '나'는 외친다.

> 그렇다. 죽이는 것이다. 박멸하는 것이다. 일본 전역에서 파리의 씨를 말려

46 香山光郎, 「蠅」, 『후기 문장집』 I, 610~611쪽.

라. 전 세계의 파리를 절멸시켜라. 그들로 하여금 좋은 생명으로 다시 태어나게 하라.[47]

반바지에 반소매, 운동화 차림에다 아이들용 밀짚모자를 쓴 비쩍 마른 노인[48]이 파리채를 들고 "버려진 시체 총계 칠천팔백구십오 마리의 파리 잡기"[49]를 끝낸 모습에는 골계를 넘어 오싹한 점이 있다. 당시 독자의 머릿속에서는 바로 5년 전 오카야마현岡山縣에서 일어난 사건, 즉 결핵을 앓던 청년이 하룻저녁에 30명의 마을사람을 참살한 사건이 떠올랐을 것이다.[50] 범인은 학생복에 군용 각반을 차고 작업화를 신었고 머리띠에 손전등 2개를 비추고 있었다고 한다. '나'의 파리 죽이기는 명백히 이 대량 살인사건의 패러디이다.

'좋은 생명으로 다시 태어나게 하라'는 외침에는 불교의 윤회사상이 의식되어 있다. 1939년에 쓴 「육장기鬻庄記」에서 밥상으로 모여드는 파리를 파리채로 죽이는 장면에서 이광수는 "파리나 모기는 아니 죽일 수 없단 말요. 내 나라를 침범하는 적국과는 아니 싸울 수가 없단 말요"[51]라고 쓰고 있다. 죽이지 않으면 살아남을 수 없는 생존경쟁의 세계에서 살아가는 그는 "더 사랑하는 이를 위하여서 인연이 먼 이를 희생할 경

47 위의 책, 611쪽.
48 "나의 백발 머리와 얼굴의 주음, 뼈와 가죽뿐인 빈약한 체격을 보고 있는 것이리라." 위의 책, 605쪽.
49 위의 책, 610쪽.
50 1938년 5월 21일 새벽 오카야마현(岡山縣, 현 츠야마시(津山市))의 마을에서 토이 무츠오(都井睦夫)라는 청년이 두 시간 동안 같은 마을에 거주하는 30명을 참살한 사건. 유서에 의하면, 살인의 동기는 결핵에 걸려 마을사람에게 받은 차별에 대한 원한이었다고 한다.
51 「육장기」(『문장』, 1939.9), 『후기 문장집』 I, 228쪽.

우도 없지 아니함"[52]을 '숙명'으로 받아들이고 있다. 이러한 불교적 관념도 이 외침에는 포함되어 있다. 이 외에도 훨씬 이전부터 서양에 대해 반감을 지녀왔던 그는[53] '전 세계의 파리를 박멸하라'는 외침이 태평양전쟁이 한창이던 당시에 '전 세계의 백인종을 박멸하라'는 뜻으로 읽혀질 것도 계산에 넣고 있었을 것이다. 이 외침에는 이러한 여러 가지 의미가 담겨 있다.

하루 종일 파리 잡기를 한 '나'는 피곤하여 3일간 드러눕고 만다. 파리는 그동안 계속 늘고, 곧 이전과 마찬가지로 시골 사람을 괴롭히는 존재가 되었을 것이다. 파리를 상대로 하는 전쟁의 공허함은 '나'의 행동을 더욱 더 골계적인 것으로 만들고 있다. 김경미는 호미 바바의 이론을 적용하여 「파리」는 노인도 총후봉공銃後奉公하라고 외치는 작품이지만, 종주국의 논리에 대한 과잉 실천이 오히려 골계감을 일으키고 작가의 의도와는 정반대로 모방의 양가성을 만들어내 종주국의 지배 담론에 '균열'을 일으키고 있다고 언급하고 있다.[54] 또 이승신은 「파리」가 총후봉공을 외치면서도 그 과잉성으로 인해 봉공 그 자체의 무의미성과 풍자적인 웃음을 일으켜 일본의 식민 지배 언설에 '균열'을 가하고 있으며, '친일문학'이라는 지금까지의 독해 방식 그 자체에도 '균열'을 일으키는 작품이라고 평가하고 있다.[55] 이러한 평가는 「파리」라는 작품이 지니는 강렬한 충격이 낳은 산물일 것이다.

---

52 위의 책, 229쪽.

53 波田野節子, 「大東亜文学者大会での李光洙発言に見る'連続性'」, 앞의 책, 2012, p.50.

54 김경미, 「이광수 후반기 문학의 민족 언설의 양가성」, 『어문학』 97, 한국어문학회, 2007, 200~203쪽. 참고한 서적은 호미 바바, 나병철 역, 『문화의 위치』, 소명출판, 2002.

55 이승신, 「이광수의 이중어문학 고찰」, 『제국 일본의 이동과 동아시아 식민지문학』, 문, 2011, 295쪽.

「파리」는 표면적으로는 어디까지나 연령 제한 탓에 근로봉사에 나갈 수 없는 노인이 하루의 노동을 끝낸 젊은이들이 느긋하게 식사할 수 있도록 파리 퇴치에 나선다는 애국미담이자 동시에 병원균을 옮기는 불결한 파리를 박멸하자고 외치는 위생소설이다. 한 걸음 나아가면 전쟁의 우롱으로 이어질 법한 골계감과 불온함을 내포한 이광수의 일본어 단편 「파리」는 총후봉공을 장려하는 소설로서 국민총력 조선연맹의 기관지 『국민총력』에 당당하게 게재되었다. 항상 양면성을 지닌 소설을 써온 이광수는 이 애국소설 속에 본격적으로 대일협력으로 나아가는 결의와 원통함의 심정을 동시에 담았던 것이다.

3) 파리와 이광수

마지막으로 파리와 이광수와의 오랜 인연에 대해 서술하고자 한다. 「파리」의 주인공 '나'가 파리를 죽이지 않으면 안 되는 이유는 인간을 해치는 병원균을 파리가 전파시키기 때문이었다. 「민족개조론」에서 개조의 목표 가운데 하나로 '위생'을 꼽았던 이광수는 젊은 시절부터 파리의 박멸에 열심이었다. 자신이 결핵균이라는 병원균으로 고생하고 나서부터 이러한 경향에 박차를 가했던 듯하다.

이광수가 태어난 당시의 조선은 위생상태가 매우 열악했다. 그의 고향인 평안도에서는 주기적으로 콜레라가 유행하여 많은 사람들이 희생되었고, 1902년의 콜레라 유행 당시에 그는 부모를 한꺼번에 잃었다. 당시 열 살 이었던 이광수는 누이 둘과 함께 고아가 되어 비참한 지경에 빠졌다. 이광수가 '위생'을 의식한 것은 중학 시절 도쿄의 생활을 경험하며 고국의 낮은 위생관념을 깨닫고 나서의 일이었다고 생각된다.[56] 졸업 후 고향 오산학교의 교사로 부임하는 기차 안에서 이광수는 동포들의 불결함을 보고 당혹해 하면서, "이 동포들을 다 이렇지 아니하도록, 그리고 모두 깨끗하고 점잖게 되도록 가르치는 것이 내 책임"[57]이라고 생각하고 있다. 오산에서는 교주 이승훈의 마을 동회장으로 집집을 돌며 위생 검사에 나섰다. 「용동」,[58] 「농촌계발」,[59] 『흙』[60]에서 단편 「파리」에 이르기까지 오산 시절의 경험은 작품 속에 뚜렷이 되살려진다. 이광수가 파리를 문학적인 존재로 승화시킨 것도 이 오산 시절이다. 그리고 그 계기가 된 것은 일본의 한 소설이었다고 저자는 추측하고 있다.

메이지학원 보통학부를 졸업하기 직전 이광수는 잡지 『토미노니혼富の日本』의 현상작문에 응모하여 당선되었다. 사진과 함께 작문이 실린 『토미노니혼』 1910년 3월호를 그는 소중하게 보관하고 있었을 것이다.[61] 그런데 이 3월호에는 이즈미 쿄카泉鏡花의 「오다마키苧環」라는 단

56 이광수가 『무정』의 52절에서 기생집 노파가 영채의 깨끗한 영혼에 접한 후 '영감쟁이'를 보고 "마치 더러운 집에서 성장한 사람이 자기의 집이 더러운 줄을 모르다가도 한번 깨끗한 집을 본 뒤에는 자기의 집이 더러운 줄을 깨닫는 모양으로"라고 쓰고 있는 것은 도쿄에서 돌아온 후 위생관념이 결여된 조선을 깨달은 자신의 경험에서 온 것이 아닐까 생각된다.

57 『나의 고백』, 『전집』 13, 195쪽.

58 『학지광』 8, 1916.1.

59 『경성일보』, 1916.11.26~1917.2.18.

60 『동아일보』, 1932.4.12~1933.7.10.

61 1936년 『동광』 4호에 발표한 「다난한 반생의 도정」에서 이광수는 메이지학원의 교지 『시로가네학보(白金学報)』에 실린 단편 「사랑인가(愛か)」가 『토미노니혼(富の日本)』에 실렸었다고 회상하고 있지만(『전집』 14, 392쪽), 이는 기억 착오로 정확히는 『츄가쿠세카이(中学世界)』에 작품의 일부가 실렸다. 이 잡지도 『토미노니혼』과 함께 가지고 귀국

편이 실려 있다. 애초에 「파리 증오기蠅を憎む記」라는 제목으로 1901년 6월 『분게이카이文藝界』에 발표된 작품으로, 주인공은 킨보金坊라는 어린 소년이다.

누이가 가게에 나간 뒤 방에서 누이의 반짇고리 속의 실패를 꺼내 놀고 있는 킨보에게 졸음이 덮친다. 그러자 파리떼가 나타나 날뛰기 시작한다. 방은 아름다운 누이의 비호 아래 있는 성지聖地이고, 그것을 덮치는 더러운 파리는 세상과 이어져 있는 가게에서 날아온다. 가게에 오는 손님 가운데는 불결한 시골 사람, 술먹고 구토하는 신사가 있고, 그것이 파리가 되어 불단의 '관음보살'도 당해낼 수 없을 정도로 멋대로 구는 것인데, 누이가 돌아와 부채를 부치자 순식간에 흩어진다. 쿄카 특유의 필치로 그려진 아름다운 환상소설이다.[62]

도쿄와는 비교가 되지 않는 위생 상태 속에서 매일 파리와 싸우면서 이광수는 이 소설을 반복해서 읽었을 것이 틀림없다. 나중에 『동아일보』에 연재한 『천안기千眼記』(1926)와 『삼천리』에 발표한 「수암의 일기」(1932)에 보이는 묘사에 그 흔적이 남아 있다. 예컨대 『천안기』에는 사람의 말을 알아듣는 기이한 파리가 등장한다. 다음은 파리와 처음 대면하는 장면에서의 의인화된 묘사이다.

> 놈이 그렇게 크지는 못하나 빛이 가무스레하고 목이 대바로 붙고 꽁무니가 심히 뾰족하고 퍽 다부지고 경첩하게 생겼다.[63]

하여 소중히 간직했기 때문에 혼동했을 것이다.

62 泉鏡花, 「蠅を憎む記」, 『鏡花全集』 6, 岩波書店, 1940; 川端康成, 橋本 治 編, 『日本幻想文学集成』 1, 国書刊行会, 1993.

63 『천안기』는 『동아일보』에 1926년 1월 5일부터 연재되었지만 『동아일보』가 정간되어

이 구절은 「오다마키」에서 킨보 앞에 나타나는 파리의 얼굴에 대한 묘사를 떠올리게 한다.

> 한 마리는 쇠보다도 단단한 듯하고 앞이 뾰족한 기이한 두건을 머리에 쓰고 있고, 한 마리는 회색 무늬 있는 스오우(素袍)를 입고 있으며, 모두 벌레의 얼굴이 아니다.[64]

또 「수암의 일기」의 주인공 소년이 바다에 빠져 의식을 잃어가는 모습은 다음과 같이 표현된다.

> 내 머리는 자꾸만 물속으로 들어갔다. '엄마' 하고 부르려 하였으나, 소리는 아니하고, 두 귀에서는 웅웅웅웅웅 하는 소리가 나고, 눈앞에는 붉은 것, 푸른 것, 누런 것, 긴 것, 둥근 것, 이상야릇한 것들이 보였다.[65]

이는 킨보가 잠에 빠져들어갈 때 보이는 장면을 환기시킨다.

> 마치 실을 감은 듯한 연두빛 둥근 것이 어른어른 한 마리가 보이기 시작했는데, 순식간에 다홍색이 섞이고 돌아서면 자주빛이 되어 휙 부서지고, 세 마리인가 싶으면 여덟 마리가 되고 여섯 마리가 되어 뿔뿔이 흩어져 어른거리고, 순식간에 셀 수 없이 다홍이 되고 자주가 되고 초록이 되고 온갖 색이 뒤

3월 6일에 중단된다. 1935년 4월부터 『조선문단』에서 8회에 걸쳐 다시 연재되었다. 『전집』 3, 375쪽.

64 泉鏡花, 「苧環」, 『富の日本』 1-2, 1910, p.60.

65 「수암의 일기」(『삼천리』, 1932.4), 『전집』 14, 208쪽.

섞여 위로 아래로, 오른 쪽으로 나는가 하면 왼쪽으로 튀고, 앞뒤로 날뛰고 또 날뛰어 눈 깜짝하는 순간에도 멈추지 않는다.[66]

이러한 이미지의 유사성은 이광수의 의식 아래 「오다마키」의 문장이 각인되어 있던 데서 유래한다고 생각된다. 「오다마키」를 탐독함으로써 이광수는 변소와 부엌의 파리들과 싸우면서 파리를 혐오할 뿐만 아니라, 그 습성에 정통하고 이를 작품화하는 방법을 익혔다. 1917년의 『무정』에는 파리가 효과적인 소재로 등장한다. 두 가지 예를 들어 둔다. 이틀째 영채의 몸값 천 원을 걱정하면서 선형의 영어 수업을 위해 김장로의 집에 간 형식은 십자가에 매달린 예수와 그의 옷을 빼앗으려는 병사의 그림을 보면서, 인생은 연극이며 인간은 어떤 힘에 속박되어 매일 희비극을 반복하고 있는 존재라고 생각한다. 그러나 설령 인생이 연극이라 해도 영채는 구하지 않으면 안 된다. 그러한 절박한 생각을 한 형식이 문득 천정을 쳐다보니 파리가 있다.

천정에는 파리 네다섯 놈이 저희도 인생과 같이 무슨 연극을 하노라고 혹은 따르고 혹은 피하고 혹은 앉았고 혹은 앞발을 비빈다.(26절)[67]

느긋한 파리의 묘사가 장면 전환의 역할을 하여 영채를 걱정하던 형식이 그 후 선형과 순애에게 수업하면서 당돌하게 미적 쾌감을 느끼고

---

66 泉鏡花, 「苧環」, 앞의 책, 58쪽.
67 波田野節子訳, 『無情』, 平凡社, 2005, p.95; 김철 교주, 『바로잡은 『무정』』, 문학동네, 2003, 178쪽.

있어도 독자에게 위화감을 주지 않는다. 이튿날 기생집을 방문한 형식은 영채가 자기 앞으로 쓴 편지를 남기고 평양으로 떠난 것을 알게 된다. 그 편지를 가지러 간 기생집 노파를 기다리는 동안 형식의 초조한 기분을 암시하는 것은 다음과 같은 묘사이다.

> 함롱 및 유리로 만든 파리통에는 네다섯 놈 파리가 빠져서 벽으로 헤어오르랴다가는 빠지고 헤어오르랴다가는 빠지고 한다.(49절)[68]

사람의 말을 알아듣는 파리가 등장하는 『천안기』가 『동아일보』에 연재된 1926년 수양동우회의 기관지 『동광』이 창간되었다. 『동광』 2호의 건강란에 파리의 박멸을 호소하는 「사람 잡아먹는 파리」라는 글이 실려 있다. 귀여운 소녀를 커다란 파리가 털투성이 다리로 껴안고 있는 그림에 '파리를 죽이고 애기를 살구자'[69]라는 자극적인 표제어가 달려 있고, 무기명이지만 파리 박멸에 대한 집념이 넘치는 문장은 이광수를 방불케 한다.[70] 또 텍스트에도

---

68 위의 책, 173 · 308쪽. 『무정』에는 이 외에도 36 · 44 · 100절에 파리가 등장한다.

69 「사람 잡아먹는 파리」, 『동광』 2, 1926, 61쪽.

70 단 이광수가 집필자라는 확증은 없다. 바로 전년 경성의학전문학교에 복학하고 『동광』 창간호부터 수기를 연재한 유상규(劉相奎)가 집필했을 가능성도 있다. 그러나 그 경우에도 건강란의 파리 박멸에 대한 열정은 이광수와 공유되고 있었을 것이다. 유옹섭 외, 『도산 안창호의 길을 간 외과의사 태호 유상규』, 더북스, 2011, 94~120쪽.

단편 「파리」와 공통점이 있다.

단편 「파리」에는 파리를 잡고 있던 집에서 전병煎餠과 오이를 받은 '나'가 "파리 있는 집의 음식은 먹지 않"는다고 거절하는 대목이 당돌한 인상을 준다. 이것은 『동광』 2호의 건강란에 있는 4가지 '하지 마오' 항목 가운데 '파리가 있는 곳에서 음식을 먹지 마오'라는 규칙에 따른 것으로 보인다.[71] 이러한 유사점과 더불어 건강란 말미의 다음과 같은 호소는 "죽이는 것이다. 박멸하는 것이다"라고 외치는 「파리」의 주인공 '나'의 파리 박별에의 광적인 신념을 방불케 한다.

> 파리 파리 파리
>
> 사람 죽이는
>
> 파리 파리 파리
>
> □ 파리는 우리의 원수
>
> 파리는 병균과 모든 더러운 것을 음식에 가지어 옵니다. 그래서 여러 가지 병, 더욱이나 여름의 병들과 설사를 전파합니다.
>
> □ 파리를 죽이자 이제 곧
>
> 폐병과 기타 병의 주요한 원인 가운데 하나는 파리 때문에 더럽힌 음식이외다.
>
> □ 나를 위하여 죽이고—
>
> 파리는 세상에 있는 벌레 중에 가장 위험한 것이외다. 또 가장 더러운 것이외다. 더러운 데 나서 더러운 데 살며 더러운 것을 지니고 다닙니다. 구데기가

71 「사람 잡아먹는 파리」, 앞의 책, 63쪽. 네 가지 항목은 다음과 같다. ① 집안에 파리가 오게 하지 마오, ② 음식에 파리가 붙게 하지 마오, ③ 파리 붙었던 음식을 사지 마오, ④ 파리 있는 곳에서 음식을 먹지 마오.

파리의 전신이외다.

□공중을 위하여 죽이자

파리는 수백만의 살인하는 미균을 가지고 나니면서 가는 곳마다 뿌려줍니다. 여름에 귀한 아들딸들을 수없이 잡아먹는 설사 이질병은 파리가 모두 전파하는 것입니다.[72]

결핵은 공기를 매개로 감염되지만, 여기서 보듯 당시는 파리가 옮기는 병원균이 원인의 하나로 생각되었다. 따라서 '숙병宿病'의 원인인 파리는 이광수에게 평생의 원수였다. 이광수는 파리와 싸우면서 이 생물에 관한 지식을 쌓고 결국은 문학적인 존재로 승화시키고 철학적인 사색의 대상으로 삼았다. 그리고 1943년 그는 시대 상황에 몰린 탄식과 분노를 파리 절멸에의 집념에 담아 「파리」라는 걸작을 써냈던 것이다.

4. 마치며

1992년 서울에서 이광수 탄생 백 주년 기념행사가 열린 이듬해 우신사에서 『그리운 아버님 춘원』이라는 작은 책자가 출간되었다. 이광수의 차녀 이정화 씨가 1955년 문선사文宣社에서 펴낸 책의 수정・증보판

72 위의 글, 63쪽.

으로, 부록으로 이영근 씨의 수필 「이런 일 저런 일」이 수록되어 있다. 당시 막 간행된 이 책을 저자에게 선물해 준 이는 오랜 친구 심원섭 씨였다. 이 책을 읽으면서 태평양전쟁 말기 식량 사정도 나빠지고 있던 무렵 이광수가 아들과 둘이서 시골에 살았던 일을 이상하게 생각했는데, 의문을 해결할 단서가 없어서 그냥 지나치고 말았다.

2014년 1월 저자는 키타카미시北上市에 거주하는 타카하시 칸야高橋幹也 씨를 방문했다. 타카하시 씨의 모친인 타카하시 마사高橋マサ 씨가 산파 일을 하며 허영숙 산원에 드나들었던 관계로 두 가족이 사이좋게 교제한 사실을 토호쿠대학東北大學의 마츠타니松谷 교수와 이정화 씨에게서 듣고 인터뷰차 찾아뵈었던 것이다. 타카하시 씨는 이영근 씨를 '미츠아키光昭'라는 창씨명으로 부르면서, 미츠아키 씨는 공부를 잘 하는데도 수준이 높지 않은 중학교에 다니고 있던 것이 불평인 듯했다고 회상했다. 뒤이어 타카하시 씨의 누이가 경성의 제1고등여학교 입시에 실패한 이야기가 나왔다. 마침 부친이 춘천의 소학교 교원으로 단신 부임하고 있던 터라 누이는 춘천고등여학교에 입학하고 그 이듬해부터 경성의 학교로 전학하여 집으로 돌아왔다고 한다. 이 이야기를 듣고 퍼뜩 이영근 씨의 수필에 나오는 중학교 입학시험 실패에 관한 이야기가 떠올랐다. "입학시험에 실패했을 때 지방의 학교를 우회해서 경성에 돌아오는 경우가 종종 있었느냐"는 저자의 질문에 타카하시 씨는 "그렇다"고 대답했다. 이때 이영근 씨의 전학과 「카가와 교장」에 나오는 키무라의 전학이 자연스레 연결되었던 것이다.

이 글를 쓰면서 「카가와 교장」의 배경에 놓인 이광수의 집안 사정, 「파리」에 담긴 원통함, 그리고 『나의 고백』에서 '민족보존'장의 서술이 마치 퍼즐조각처럼 끼워 맞춰지는 것을 느꼈다. 그리고 떠오른 것은 떼를 지어 습격해 오는 검은 파리와 같은 시대의 광기에 파리 잡기가 아니라 붓 한 자루를 손에 쥐고 전후좌우의 감각도 잃어가며 응전하는 작가의 모습이었다. 이 글에서 「파리」라는 작품에 담긴 광기의 정체의 일단이라도 해명되었다면 다행이겠다.

제3장

「대동아」에 보이는 '대동아공영권'*

1. 시작하며

이광수가 쓴 「대동아大東亞」라는 일본어 단편소설이 있다. 제목에서도 추측되듯 '대동아공영권'의 이념을 소설화한 단편으로, 1943년 조선에서 간행된 일본어 잡지 『록기綠旗』에 발표되었다. '대동아'란 지역적으로 '일日·만滿·지支' 즉 식민지 조선과 대만을 포함하는 일본과 만주 및 중국을 핵으로 하여 현재의 베트남, 라오스, 캄보디아, 버마, 타이, 말레이시아, 필리핀, 인도네시아에서 인도, 오스트레일리아, 뉴질랜드까지

* 이 글은 JSPS 연구과제 25284072의 지원을 받은 것이며, 니가타 현립대학에서 행해진 공동강의 '동아시아 공동체'의 부교재 『역사·문화로 보는 동아시아 공동체(歷史·文化からみる 東アジア共同体)』(權寧俊 編, 創土社, 2015)를 위해 쓴 것이다.

를 포함했는데,[1] 이들 지역의 민족을 서구 열강의 억압과 지배에서 해방시켜 공존·공영을 지향한다는 것이 '대동아공영권'의 구상이었다.

'대동아'라는 말에는 지리적인 의미를 넘어 성전聖戰 이데올로기가 포함되어 있기 때문에 전후戰後에는 GHQGeneral Headquarters(연합군 총사령부)에 의해 '대동아전쟁'이라는 호칭은 금지되어 '태평양전쟁'이라고 불리게 되었다. 그러나 이 경우 대미전對美戰의 국면만 강조된다고 하여 '아시아·태평양전쟁'이라는 호칭이 제안되었고, 현재는 이 호칭이 일반화되어 있다. 호칭에 따른 이데올로기의 노출을 피하고 싶은 경우에는 '이전의 전쟁'이라든가 '이번의 대전大戰' 등으로 부르기도 한다.[2] '대동아'라는 호칭의 소멸과 더불어 '대동아공영권'의 기억은 일본인들의 뇌리에서 희미해져가고 있지만, 옛 '대동아' 지역의 사람들은 그렇지 않다. 이 '기억의 차이', '망각의 차이'가 일본과 몇몇 나라 사이에 알력을 초래하는 원인이 되기도 한다.

전후戰後 이들 지역에서는 몇몇의 제휴가 성립되어 지금도 '동아시아 공동체' 혹은 '아시아 공동체' 등의 모색이 이어지고 있다. 그러나 일본인이 이러한 공동체에 대해 이야기할 때는 이전 세대가 주변 나라들을 끌어들인 '대동아공영론'의 구상을 알아둘 필요가 있다. '대동아공영권'의 시대에 일본어로 쓰여진 이광수의 소설 「대동아」는 이를 위한 좋은 텍스트가 되어 준다. 이 글에서는 이 소설을 읽으면서 '대동아공영권'에 대해 고찰하고 싶다.

---

1 山本有造, 「'大東亞共榮圈'構想とその構造」, 『近代日本のアジア認識』(新版), 綠陰書房, 2001, pp.551~556.

2 佐佐木隆, 「解說」, 『日本の歷史25太平洋戰爭』, 中央公論, 2006, pp.544~545.

2. 소설「대동아」 읽기

이 소설을 읽고 있자면 언제나 이상한 느낌에 붙들린다. 일본어로 쓰여졌고 무대는 일본이며 등장인물도 일본인인데, 여기서 묘사되고 있는 세계가 낯선 것이 당혹스러워 거북하게 느껴지고 마는 것이다. 대학 수업에서 이 소설을 학생들에게 읽게 한 후 감상을 물었더니, '기분 나쁘다'거나 '기이하다' 등등의 의견이 나왔다. 아마도 그들은 나와 같은 느낌을 이런 말로 표현했을 것이다.

소설은 일본옷을 입은 젊은 여성이 머릿수건을 쓰고 열심히 부친의 서재를 청소하고 있는 장면으로 시작한다. 늦가을 도쿄의 하늘은 활짝 개었고, 바람은 국화 향기를 실어 나르고 있다. 그녀가 5년 전 귀국한 중국인 연인을 생각하고 있자니, 계단 아래서 "전보왔다"며 모친이 부르는 소리가 들린다. 그것은 나가사키長崎에 닿은 연인이 보내온 '내일 오후 도착'한다는 전보였다. 소설에서 흐르는 시간은 채 한 시간도 되지 않는다. 그러나 서재를 청소하고 있는 주인공의 머릿속에는 그 수년간의 여러 가지 일들이 주마등처럼 떠오른다. 오늘은 1943년 '국화 향기가 가득한 메이지절明治節' 즉 11월 3일,[3] 이틀 후면 대동아공영권에

3 香山光郎, 「大東亞」(『綠旗』, 1943. 12, p.76), 최주한・하타노 세츠코 편, 『이광수 후기 문장집』 I, 소나무, 2017, 627쪽. 이하 『후기 문잡집』 I과 쪽수만 표기. 소설의 서두에서 아케미(朱美)는 "좋은 날씨다. (오늘은－인용자)국화절인걸"이라고 중얼거린다. 국화절은 보통 음력 9월 9일의 중양절(重陽節)을 가리키지만 소설 속에서 "국화 향기 풍기는 메이지절이 가까워져도 판(范)에게서는 아무 소식도 없었다"(672쪽)고 되어 있듯이, 여기서의 국화절은 메이지 천황의 탄생날인 메이지절이다. '국화 향기 풍기는 메이지절'은 당시 상투어였다.

속하는 나라들의 대표자가 모여 '대동아회의'를 개최하기로 되어 있다. 소설 어디에도 이 회의에 대한 언급은 없지만 당시 독자로서는 나가사키에 도착한 중국인과 이 회의의 관계가 자명했을 것이다. 「대동아」가 발표된 것이 바로 1943년 12월호였기 때문이다.[4]

당시 사람들에게는 상식이지만 오늘날 우리들에게 공유되어 있지 않은 정보가 이 소설에는 가득하다. 그러면 저자가 이 소설에서 느끼는 위화감은 거기에서 기인하는 것일까. 당시 사람들의 상식으로부터 소외되어 있다는 사실이 거북함을 느끼게 하는 것일까. 확실히 그런 점도 있다. 그러나 그보다는 오히려 이 소설의 등장인물들이 어딘가 이상하게 보이는 것이 저자의 마음을 불편하게 한다. 등장인물들은 두려울 정도로 진지하게 행동하고 있지만, 바로 그 진지함 때문에 마치 굴곡이 있는 거울에 비친 형상처럼 일그러진 인상을 주는 것이다.

이광수는 일찍이 자신의 소설을 '시대의 그림'라고 부른 작가이다.[5] 그런 그가 1943년의 일본을 그린 「대동아」에서 오늘날 우리가 느끼는 일그러짐은 도대체 어디에서 오는 것일까. 묘사된 세계에서 오는 것일까. 묘사하는 작가의 시선에서 오는 것일까. 그렇지 않으면 그 세계와 오늘날 우리들 사이에 일그러짐을 만들어내는 무언가가 있는 것일까. 이런 점들을 염두에 두고, 이제부터 당시 독자에게는 상식이었던 역사적 사항을 보충하면서 소설을 읽어 보자.

---

4 예컨대 1943년 11월 6일 『경성일보』는 전날의 대동아회의에서 토조(東條) 수상을 비롯한 각국 대표의 발언 내용을 비중있게 취급하고 있고, 「대동아」가 게재된 같은 호의 『록기』 권두에는 '미영(美英) 격멸'이라는 제목으로 '대동아 6개국 회의'에 대한 기사가 실려 있다.

5 이광수, 「여의 작가적 태도」(1931), 『이광수전집』 16, 삼중당, 1963, 193쪽. 이하 『전집』, 쪽수만 표기.

1) 일중전쟁日中戰爭

카케이 아케미筧朱美는 일중전쟁이 발발하기까지 상하이上海에서 살았다. 와세다대학에서 동양사를 강의하고 있는 부친 카케이 카즈오筧和夫가 상하이의 동아동문서원東亞同文書院의 교수였기 때문이다. 동아동문서원은 1901년 고노에 아츠마로近衛篤麿를 회장으로 하는 동아동문회東亞同文會에 의해 설립된 일본인 교육기관이다.[6] 동아동문서원 교사校舍는 상하이의 동쪽에 위치한 훙커우虹口에 있고, 아케미도 일본인이 많이 사는 이 마을에 살았다. 카케이 카즈오에게는 『주례와 지나의 국민성周禮と支那の國民性』이라는 저서가 있는데, 세인트 존 대학(실재했던 미국계 사립학교)의 중국인 교수 판흐어밍范鶴鳴은 이 책에 공명하여 카케이를 찾아가 일본의 역사와 문학, 국가적 이상과 동아東亞에 대한 국책을 알고자 애쓴다. 두 학자의 교유는 가족에게까지 미쳐 아케미는 판 교수의 아들인 판위썽范于生을 알게 된다. 그때까지 "지나는 더러운 곳, 지나인은 더러운 인종"이라고만 생각했던 아케미는 정안사靜安寺 길에 있는 판의 가정을 방문하여 중국의 깊은 전통에 감명을 받고, 중국인 소녀들과 함께 공부해보고 싶다는 생각에 위썽의 누이가 다니는 세인트 마리즈 칼리지(이 학교도 실재했다)에 입학한다. 일중관계가 험악한 시기였던 터라 중국인 학생들은 그녀에게 마음을 열지 않았고, 스파이 혐의를 두기까지 했다. 그러나 많은 중국인에게 일본을 알리고 싶은 아케미는 상하이의

---

6 竹內好, 「東亞同文會と東亞同文書院」, 『日本とアジア』, 筑摩書房, 2010; ダグラス・R・レイノルズ, 野原万佐子 譯, 「東亞同文會とキリスト教ミッションスクール」, 『帝國という幻想 '大東亞共榮圈'の思想と現實』, 青木書店, 1998, pp.73~94; 粟田尙弥, 「引き裂かれたアイデンティティー東亞同文書院の精神史的考察」, 위의 책, pp.95~119.

서쪽 끝에 있는 학교를 계속하여 다닌다. "참된 일본을 이해하는 한 사람의 지나인을 만드는 것은 성城 하나를 점령하는 것 이상의 승리"라고 부친이 입버릇처럼 꺼내던 말을 그녀는 실천하고 있었던 것이다.

'하지만 나는 화를 내서는 안 된다. 포기해서도 안 된다. 내가 진심을 쏟아 그녀들에게 건네는 말 한 마디, 행동 하나는 반드시 씨앗이 되어 그녀들의 마음밭에 떨어질 것이다. 그것이 언젠가는 싹을 틔울 것이 틀림없다.' 겨우 열여덟 살의 계집아이인 아케미는 씩씩하게도 이렇게 생각했다.[7]

1937년 7월 루거우차오盧溝橋 사건이 일어나 전쟁의 불길은 곧 상하이에 미친다.[8] 학교는 폐쇄되고, 카케이 집안은 도쿄로 돌아오게 된다.[9] 출발 전날 밤 판 교수는 아들 위썽을 데리고 카케이를 방문한다. 중국 국민으로서 사죄한다는 판에게 카케이는 이렇게 말한다.

"나는 아시아는 하나임을 굳게 믿습니다. 당신도 위대한 쑨원 선생과 마찬가지로 이 점에서 내게 공명하고 있습니다. 우리는 이 아시아의 마음, 아시아의 혼을 질식시키지 않도록 최선의 노력을 합시다. 나는 일본인 속에, 당신은 중화인 속에 이 마음을 확실히 심도록 합시다."[10]

---

7 「大東亞」, 『후기 문장집』 I, 657쪽.

8 제2차 상해사건(上海事件)을 가리킴.

9 이때 동아동문서원은 중국 측에 접수되어 11월에 교사(校舍)도 불타버렸는데, 그 후 재개되어 1939년에는 대학으로 승격했다.

10 「大東亞」, 『후기 문장집』 I, 658쪽.

이것은 오카쿠라 텐신岡倉天心과 쑨원孫文을 염두에 두고 한 말이다.[11] 그들은 거듭 악수를 하며 작별을 아쉬워했고, 판은 아들에게 일본을 배우게 하고 싶다며 카케이에게 위썽을 부탁한다. 이리하여 위썽은 도쿄에 오게 되었던 것이다.

위썽은 카케이 집안에 기숙하며 도쿄제국대학에서 국문학(일본문학)과 국사(일본사) 강의를 청강한다. 그러나 처음에는 밝았던 위썽의 표정은 전황戰況의 추이와 더불어 어두워져 간다. 국민정부의 수도 난징南京이 함락되어 일본에서 전승戰勝 축하회가 열린 12월 13일에는 몸이 좋지 않다며 방에 틀어박혀 저녁도 먹지 않고, 복도에서 가족과 마주쳐도 입도 열지 않는다. 장제스蔣介石는 난징에서 탈출하고 수도를 옮겨 항전抗戰을 계속하고 있었다.

> 유후(蕪瑚)와 주장(九江)이 잇달아 함락되고 루산(廬山)의 격전이 전해졌으며, 가을도 깊은 10월 29일에는 한커우(漢口)도 함락되어 장제스 정권은 충칭(重慶)의 산속으로 달아나고 말았다. 일본에서도 장제스에 대한 적개심이 점점 심해져 도쿄에 남아 있던 지나인 학생들은 무리지어 귀국하는 형편이다.[12]

유후, 주장, 루산에서 일본에 잇달아 패한 장제스는 10월 26일 우한武漢이 함락되자 내륙인 충칭으로 수도를 옮기고 철저히 항전 의지를 나타냈다. 단기간에 끝날 것이라는 일본의 예상과 달리 전쟁은 수렁으

---

11 竹内好, 「孫文観の問題点」, 『日本とアジア』, 筑摩文藝文庫, 1993, p.370; 「岡倉天心」, 위의 책, p.408;

12 「大東亞」, 『후기 문장집』 I, 660쪽.

로 빠져들었고, 중국에 대한 일본인의 적개심은 높아져 갔다. 그런 가운데 점점 우울하고 신경질적이 되어가는 판 때문에 아케미는 혼자 가슴앓이를 한다. 아케미는 세는나이로 19세, 위썽은 23세였다.[13]

2) 카케이 박사와 판위썽의 대화

어느날 밤 차를 마시면서 "자네, 좀 더 마음을 터놓을 수 없나"라고 이야기를 꺼낸 카케이에게 위썽이 "아직 일본 예의에 익숙하지 않아서요"라고 대답하는 것으로 두 사람 간의 긴 대화가 시작된다. 대화는 '예禮'에 관한 이야기에서 시작하여 이어서 당시 수상인 고노에 후미마로近衛文麿의 이른바 고노에 성명聲明에서 '대동아공영권'으로까지 확장되어 간다.

'예의의 근본'은 무엇이라고 생각하느냐는 카케이의 질문에 위썽은 맹자孟子가 말한 '사양지심辭讓之心' 즉 '상대를 존경하는 마음'이라고 대답한다. 그러자 카케이는 그렇다면 상대를 존경하고 감사하는 마음으로 말하고 행동하면 '예'에 맞을 것이므로 일본도 중국도 그 마음은 하나이며, 다만 그 마음에 '성誠'이 있는지 어떤지가 문제라고 하여 "어떤가, 판 군, 오늘날 자네 나라의 예의에는 성심이 있는가, 아니면 거짓이 많은가. 솔직하게 말해 보게"라고 묻는다. 이 질문에 판은 고개를 숙인다. 그는 조국에 '거짓, 이기주의, 사대주의, 권모술수'가 많은 사실을 증오하고 있지만, 그것을 입에 올리는 것은 그의 애국심이 허용하지 않

13 「大東亞」, 위의 책, 661쪽.

는 것이었다.

여기서 떠오르는 것은 카케이의 저서 『주례와 중국의 국민성周禮と中國の國民性』이라는 제목이다. 이 책에 공명한 판위썽의 부친 흐어밍은 "지나에서는 사멸한 예禮가 일본에서는 살아 번영하고 있다"고 잡지에 써서 배척당하고, 위태롭게 대학을 그만둘 뻔하기도 했다. 미루어 짐작건대, 카케이의 저서는 중국인의 '국민성'이 나쁘기 때문에 주周나라의 공자孔子가 이상으로 삼았던 예禮가 중국에서는 쇠퇴하고 일본에 남아 있다는 내용이었을 것이다. 이보다 20년 전에 이광수는 논설 「민족개조론」(1922)에서 조선이 쇠퇴하여 식민지로 전락한 것은 타락한 '민족성' 탓이므로 조선이 강해지기 위해서는 우선 민족성을 개조할 필요가 있다고 주장하여 배척을 받은 일이 있다.[14] 그는 이러한 자기 주장을 중국에 응용했던 것으로 보인다.

고개숙인 판위썽을 보고 카케이는 화제를 바꾼다. 카케이는 아시아가 '동종성同種性'과 '형제성'에 눈뜨고, 영·미에 대하여 '운명공동체'임을 자각해야 한다고 말한다. 물론 '형'은 일본이다. 카케이는 '운명공동체'인 중국의 영토에 일본이 야심을 갖고 있지 않다는 것은 고노에 성명에서도 분명히 드러나 있다고 말하고, 판에게 "자네는 고노에 성명을 문자 그대로 믿어 주겠지" 하고 다짐하듯이 묻는다. 고노에 후미마로는 1938년 세 번의 성명을 발표한다. 난징南京을 제압한 후 '앞으로 국민정부를 상대하지 않는다'고 하여 평화의 길을 폐쇄한 1월의 제1차 성명, 충칭重慶 정부의 전쟁 화전파를 향해 '동아신질서건설'을 부르짖은 11월의 제2차 성명,

14 주요한, 「해설」, 『전집』 17, 566쪽.

그리고 이에 호응하여 왕자오밍汪兆銘이 충칭을 탈출한 후 '선린우호善隣友好 · 공동방공共同防共 · 경제제휴經濟提携의 3원칙을 주장한 12월의 제3차 성명이 그것이다.[15]

카케이의 질문에 대해 위썽은 도전하듯 "종래 열강의 성명이라는 것이 얼마나 믿을 수 없는지 보아온 우리들로서는 갑자기 신뢰하기는 어렵습니다"라고 대답하고, 그런 그를 설득하기 위해 카케이의 열변이 시작된다. 애초 열강과 일본을 동렬에 두는 것이 잘못이라고 카케이는 말한다. "천황이 다스리시는 나라"인 일본이 국민에 대해서든 외국에 대해서든 거짓말한다는 것은 있을 수 없는 일이며, 따라서 일본 국민은 국가의 말을 믿고 고노에 3원칙도 믿고 있다고. 게다가 성명이 '어전회의御前會議'를 통과한 것이므로 이것은 더욱 '절대불가결한' 것이라고. 이렇게 단정하고 자기를 응시하는 카케이에게 판은 "카케이의 이론의 논리보다도 그의 성실한 표정에 감동을 받아" "네"라고 대답하지 않을 수 없게 된다.[16]

판의 눈에서 도전적인 빛이 사라진 것을 보고 카케이는 재차 화제를 '예禮'로 돌린다. 지금이야말로 아시아인은 '예'로 돌아가지 않으면 안 된다고. 아시아 사람들은 '예'를 존중하고 '법의 근본'을 '예'에 둘 정도였으나 영 · 미의 '교지巧智와 이욕利欲'이 들어와 중국의 '예'는 땅에 떨어졌고, 일본의 도의성道義性을 이해할 수 없는 중국은 영미의 미끼에 걸려들어 '지나사변이라는 대불행'을 일으키고 말았다는 것이다.

---

15 「대동아」에는 "일본 국민은 코노에 3원칙을 그대로 믿고 있다(『후기 문장집』 I, 666쪽)고 되어 있는데, 3원칙을 주장한 것은 제3차 성명이다. 따라서 이 대화가 오간 것은 1938년 말, 혹은 이듬해 초라는 얘기가 된다.

16 「大東亞」, 『후기 문장집』 I, 665~666쪽.

"원수에게 꾀임당해 형제와 맞서고 있는 게야. 자네들은 예(禮)로 돌아가지 않으면 안 되네. 예의 눈으로 일본을 다시 보라는 말이네. 그렇게 함으로써만 자네의 조국도 아시아도 구원되는 것이지."[17]

"대동아공영권이란 이것 외에 다른 것이 아닐세. 즉 이욕세계를 타파하고 예의 세계를 세우자는 것이지."[18]

후술하겠지만 '대동아공영권'이라는 용어가 등장한 것은 1940년의 일로, 이 대화가 오가고 있는 시점에서는 아직 사용되지 않았다. 그러나 구상 자체는 제2차 고노에 성명의 '동아신질서 건설'의 연장인 까닭에 문제될 것은 없다.

카케이의 변설은 이상한 열기를 띠어 간다. 영·미의 '이욕세계'에 맞서 아시아에 '예의 세계'를 세우고자 한다는 '대동아공영권'의 이상을 위해 일본은 영미와의 전쟁도 마다하지 않는다는 것이다.

"일본은 진지하다네. 피로써 이 대업을 완수할 각오인 게지. 영미가 여전히 동양 제패라는 그릇된 야망을 버리지 못하는 한 일본은 반드시 영미를 분쇄하기 위해 일어날 걸세."

"일본이 영미와 싸운다구요?"

판은 믿기지 않는 듯한 얼굴이었다.[19]

17 위의 책, 668쪽.
18 위의 책, 669쪽.
19 위의 책, 669쪽.

중국과라면 몰라도 강대한 영·미를 상대로 일본이 싸운다는 것은 판에게는 생각할 수 없는 일이었던 것이다. 그런데 카케이는 일본은 반드시 '의義'를 위해 일어날 것이라고 예언한다. 그리고 판이 정신을 차리기라도 한 듯 "선생님께서 하신 말씀을 듣고 일본의 모습이 분명해진 듯합니다"라고 말하는 것으로 대화는 끝이 난다.

3) 아케미와 위썽의 연애

조국이 자신을 부르고 있다면서 판이 귀국을 선언한 것은 그 직후의 일이었다. 귀국하여 일본과 싸울 작정인지 묻는 카케이에게 판은 그것은 아직 알 수 없지만 "일본이라는 나라가 정말 선생님께서 말씀하신 그런 나라임을 알게 되는 순간 저는 목숨을 던져 선생님께서 말씀하신 것을 제 동포에게 전하겠습니다"라고 약속한다. 그리고 역에 전송나온 아케미에게 판은 사랑을 고백한다. 그는 자신의 사랑 고백이 아케미에게 받아들여지리라고 믿고 있었다.

> 판은 일본인이 정말 카케이 박사의 말처럼 아시아 민족들을 형제와 같이 생각하고 이들을 구하기 위해 싸우는 것이라면, 자기의 사랑 고백은 아케미에게 받아들여질 것이라고 믿고 있었던 것이다.[20]

---

20 위의 책, 671쪽.

한편 사랑 고백을 받은 아케미의 마음은 다음과 같이 묘사된다.

> 아케미도 판에게는 호의를 갖고 있었다. 다만 좋아하는 젊은 남성이라서가 아니고, 판은 뭔가 지나의 역사와 민족을 대표하는 청년의 모습이어서 무한한 흥미를 느끼는 것이었다. 만약 자기가 판의 아내가 됨으로써 대동아공영권의 건설에 조금이라도 도움이 된다면, 자기의 몸도 마음도 바쳐도 좋다고 생각했다.[21]

판은 "이 전쟁에서 살아남으면 반드시 도쿄로 돌아오겠습니다"라고 약속하고, 아케이는 "네, 믿어요. 반드시 당신이 돌아오기를 기다리겠어요"라고 맹세한다. 이리하여 두 사람이 헤어진 것이 1939년,[22] 그 후 다음과 같이 많은 일이 일어난다.

> 왕징웨이(汪精衛)의 난징(南京) 정부가 출범해도 판에게서는 아무 소식도 오지 않았다. 아마도 충칭(重慶)에 있는 모양이라고 아케미는 한숨을 내쉬었다. 대동아전쟁이 시작되어 말레이시아와 남서태평양에서 큰 전과(戰果)를 거두었고, 올해 들어서는 지나에서의 치외법권이 철폐되고 상하이가 반환되고 버마가 독립했으며, 바로 며칠 전인 10월 14일에는 필리핀이 독립했다. 일본은 카케이 박사가 판에게 말한 대로의 것을 사실로 증명한 것이었다.[23]

---

21 위의 책, 671쪽.

22 텍스트에는 "이 5년간"(671~672쪽)이라고 되어 있는데, 햇수로 1943년의 5년 전은 1939년이다.

23 「大東亞」, 『후기 문장집』 II, 671쪽.

왕자오밍汪兆銘이 1940년 3월 난징에 신정부를 수립하여, 충칭의 장제스 정권, 옌안延安의 공산당 정권과 더불어 중국에는 3개의 정권이 정립鼎立하게 된다. 판위썽은 어디에 있는 것일까, 그쪽에서 연락이 없는 것을 보면 장제스가 있는 충칭에 가서 일본군과 싸우고 있는 것은 아닐까, 이렇게 생각하고 아케미는 한숨을 쉬었던 것이다.

유럽에서는 제2차 세계대전이 일어나 있었다. 1940년 독일이 전격적인 진격으로 파리를 함락시키자 일본은 일日·독獨·이伊 3국 동맹을 체결했다. 미국과의 대립이 첨예화되어 1941년 12월 8일, 일본은 결국 하와이와 말레이시아를 기습한다. 서양 열강의 억압을 받고 있는 '대동아'를 해방하는 정의를 위한 것이라는 의미를 담아 이 전쟁은 '대동아전쟁'이라고 명명되었다. 그리고 1943년 1월 일본은 왕자오밍 정권과 일화日華 공동선언으로 중국의 치외법권을 철폐하여 상하이를 반환하고, 8월에 버마, 10월에는 필리핀을 독립시켰다.

> '일본은 이렇게까지 하고 있는데도 지나 사람들에게 통하지 않는 걸까.'
>
> 아케미는 국화 향기를 머금은 바람을 맞으면서 서북쪽의 하늘을 바라보며, 지나 사억의 민중과 아시아 민족들을 눈앞에 그리고 있었다.[24]

위썽에게서 전보가 온 것은 바로 이때이다. 아케미는 마냥 기뻐한다.

> 일본의 성실함은 결국 판위썽이라는 한 청년의 마음을 얻은 것이다. 그것은

---

24 위의 책, 672쪽.

머지않아 십억 아시아의 마음을 얻는 첫 걸음이 될 것이다.[25]

이렇게 고양된 마음을 억누르고, 아케미가 서재를 정돈하면서 부친이 돌아오기를 기다리는 것으로 소설은 끝난다.

3. 소설 「대동아」에 대한 고찰

논의가 길어졌지만, 당시 독자가 상식으로 알고 있던 역사적 사항을 보충하면서 「대동아」를 읽어 보았다. 「대동아」에서 이광수는 영미의 '이욕利欲'에 의해 오염된 아시아에 '예禮의 세계'를 건설하는 것이 일본의 '대동아공영권'의 구상이라고 쓰고 있다. 그것이 당시 일본 제국이 외치고 있던 '대동아전쟁'의 대의大義였다. 이 대의를 구현하는 것이 일본인 여성 아케미와 중국인 남성 위썽의 사랑이다. 「대동아」는 '대동아공영권'의 구상을 이 두 젊은이의 사랑으로 형상화한 연애소설인 것이다.

이 절에서는 이광수가 「대동아」에서 묘사한 세계를 오늘날 우리들의 시점에서 다시 읽고자 한다. 우선 연애소설 「대동아」에 연애가 어떻게 묘사되어 있는지 독해할 것이다. 이어서 이 시대를 가득 채운 공기가 어떤 것이었는지 검토하고 나서, 마지막으로 일본이 대의로서 내건 '아

25 위의 책, 673쪽.

시아의 해방'의 실제 양상에 대해 살펴보고자 한다.

1) 실패한 연애소설 「대동아」

아케미는 판위썽과 한 지붕 아래 살며 조국 때문에 고뇌하는 그를 동정하는 가운데 판을 사랑하게 된다. 사랑 고백을 받았을 때 "아케미도 판에게는 호의를 갖고 있었다"고 한 것은 아케미가 이성으로서 판에게 끌리고 있었음을 보여준다. 그런데 그의 사랑을 받아들이는 아케미의 생각은 "대동아공영권의 건설에 조금이라도 도움이 된다면 자신의 몸과 마음을 판에게 바쳐도 좋다"는 과장되고 공허한 문구로 표현되어 있고, 판에게서 전보를 받았을 때의 환희는 "일본의 성실함이 결국 한 청년의 마음을 얻"은 기쁨으로 표현되어 있다. 아케미의 사랑은 '대동아공영권' 구상에 대한 충성이라는 회로를 통해서만 발로되고 있는 것이다.

한편 판이 자신의 사랑이 받아들여지리라고 믿은 것은 매일 얼굴을 대하면서 두 사람의 마음에 통하는 것이 있었기 때문일 것이다. 그런데 그런 자신감은 "일본인이 정말 카케이 박사의 말처럼 아시아 민족들을 형제와 같이 생각하고 그들을 구하기 위해 싸우는 것이라면, 자기의 사랑 고백은 아케미에게 받아들여질 것"이라고 격식적으로 표현되어 있다. 일본이 아시아인의 해방을 위해 싸우는 것과 일본인인 아케미가 중국인인 판을 사랑하는 것은 차원이 다른 문제다. 그것은 연애와 이념을 혼동하고 바꿔치는 행위이다. 남녀의 사랑에 대한 이런 부자연스러운 표현으로 인해 오늘날의 독자는 거기에서 어떤 '일그러짐'을 느끼게 되는 것이다.

사실 이광수는 2, 3년 전에도 이념적인 연애소설을 썼다. 조선총독 미나미 지로南次郞가 내건 '내선일체內鮮一體' 정책에 호응하여 쓴 일본어 소설 『마음이 서로 닿아서야말로心相触れてこそ』(1940)와 조선어 소설 『그들의 사랑』(1941) 두 편의 장편소설이 그것이다.[26] '내선일체'라는 말은 차별로 괴로워하는 조선인에게 '내선평등內鮮平等'으로 받아들여질 위험한 애매성을 갖고 있었다. 그런데 미나미 총독은 조선인 측에서의 내발적인 대일협력을 끌어낼 것을 기대하여 이 애매성을 오히려 조장했고, 이광수는 '내선평등'에 대한 기대를 담아 일본과 조선 젊은이들의 '내선연애'를 그렸던 것이다. 그러나 '내선일체'는 곧 '완전동화完全同化'로 변질되고, 이광수가 쓴 두 편의 장편소설은 중단되고 만다.

이광수는 조선 민중의 계몽을 위해 쓴다는 신념을 가진 작가였고, 한편으로 연애작가라고 불리울 정도로 연애소설을 많이 써서 대중에게 사랑받는 작가였다. 그런 그가 '내선평등'이라는 동기를 가지고 쓴 두 편의 연애소설은 그런대로 수준을 갖추고 있었지만 중단되었다. 한편 단편인 덕분에 중단은 면했던 「대동아」는 명백한 실패작이다. 이광수의 연애소설에는 항상 등장인물의 심리 갈등이 공들여 묘사되고 그 리얼리티가 독자를 매혹하는데, 「대동아」에 보이는 것은 위압적인 태도로 내세운 대의명분뿐이다. 왜 이광수는 이런 연애소설을 썼던 것일까.

제2장에서 언급한 것처럼, 「대동아」는 아들의 진학문제 때문에 제2회 대동아문학자대회에 참석하지 못했던 이광수가 주위 사람들에게 폐

26 이 책의 제4부 제1장 3항을 참조

를 끼친 것을 미안하게 여겨 츠다 가타시의 제안에 응해 쓴 작품이었다. 마음이 내키지 않은 것을 의리로 썼다는 것이 하나의 이유였다고 할 수 있다. 또 하나는 추측이지만, 이광수가 그 전해 창설된 '대동아문학상'을 의식하고 이렇게 위풍당당한 이념적 연애소설을 썼을 가능성을 생각해 볼 수 있다. 그는 3년 전에 창설된 '조선예술상'의 최초 수상자였고, 대동아문학상도 조선에서 최초로 수상자가 될 만한 위치에 있었다. 그래서 대동아회의의 개최에 맞추어 일본제국의 '대동아공영권의 대의'를 중국 남성과 일본 여성의 연애로 형상화한 「대동아」를 발표했던 것이 아닐까.

그러나 시기적으로도 시의적절하고 일본이 주장하는 '대의大義'를 격조 높게 표상화한 이 작품은 대동아문학상을 수상하지 못했다. 모두 작가인 심사원들은 인간을 그린다는 문학의 최저 기준을 충족시키지 못한 이 작품을 선정할 수는 없었을 것이다.[27]

뛰어난 연애작가 이광수에게 이런 형태로 연애를 묘사케 한 것은 이 시대 일본에 가득차 있던 공기였다. 그것이 그의 작가로서의 정신을 질식시켰던 것이다. 다음으로 그 공기란 어떤 것이었는지 살펴보기로 한다.

---

27 대동아문학상은 1942년 제1회 대동아문학자회의에서 제정되었는데, 1943년 9월 제1회 수상자 가운데 조선인 작가는 없었다. 제2회의 심사위원은 오카다 사부로(岡田三郎), 이토 세이(伊藤整), 도가와 사다오(戸川貞雄), 하가 마유미(芳賀檀)로, 야리타 켄이치(鎗田研一)의 『만주건국기(滿洲建國記)』, 만주 출신 구딩(古丁)의 『신생(新生)』, 타이 출신 덕 마이 소드(ドック・マイ・ソッド)의 『이것이야말로 인생(これぞ人生)』, 필리핀 출신 호세・에스페란사・쿠르사의 『타론 마리아(タロン・マリア)』, 중화민국 출신 메이니앙(梅娘)의 『게(蟹)』가 버금상으로 선정되고, 조선의 수상자는 없었다. 수상식은 이광수도 참가했던 남경(南京)에서의 제3차 대동아문학자회의(1944.11)에서 거행되었다.

2) 시대의 공기

상하이 시절 아케미는 "참된 일본을 이해하는 한 사람의 지나인을 만드는 것은 성城 하나를 점령하는 것 이상의 승리"라고 부친이 항상 입에 올리던 말을 실천하여 중국인 학교에 다니면서 친구들에게 일본을 이해시키려고 노력한다. 외국에서 살게 되면 애국심이 높아지는 것이 보통이고 자기 나라를 알리고 싶다는 마음도 이해할 수 있지만, '이해' 시키는 것을 '성 하나를 점령하는 것 이상의 승리'라고 표현한 것은 불온하다. 여기에는 당시의 중국 정세가 반영되어 있다.

1932년에 일본이 건국한 만주를 국민정부는 당연히 승인하지 않았다. 이에 대해 관동군關東軍은 만주국에 인접한 화북華北 지방에 친일 지역을 만들 것을 획책하여 일본과 중국 사이에는 긴장관계가 계속되었다. 여기에 루거우차오盧溝橋 사건이 일어난 것이다. 이런 긴박한 적대 상황에서 '일본을 이해하는 한 사람의 중국인'이 의미하는 것은 바로 '대일對日 협력자'이자 '매국노'이다. 아케미의 선의善意에도 불구하고 중국인 학급 친구들이 아케미를 스파이 취급한 것도 당연했다.

애초에 '일본을 이해하는 중국인'을 만드는 것이 아니라, 자기가 '중국을 이해하는 일본인'이 되려는 발상이 아케미에게는 결여되어 있다. 그러나 부친의 절대적인 영향 아래 있고, 부친의 사고를 그대로 받아들이고 있는 아케미에게 이러한 관점을 기대하기는 어렵다. 부친의 영향은 아케미가 판을 사랑하는 마음에까지 미쳐 그녀는 판에 대한 마음이 연애인지 아니면 '대동아' 이념의 실천인지 자기도 알 수 없는 상태이다. 이 소설은 아케미의 혼란을 그대로 반영해내고 있는 까닭에 오늘날 우리에게 모종의 '일그러짐'을 느끼게 한다.

아케미만이 아니다. 일본을 신국神國으로 믿어 "전 국민이 신들린 듯한"[28] 상태였던 무렵의 일본에는 아케미와 같은 소년 소녀가 넘쳐났다.[29] 당시 소년들이 호흡하고 있던 공기는 예컨대 당대 70만 부의 발행부수를 자랑하던 잡지 『쇼넨구락부少年俱樂部』에서 엿볼 수 있다.[30] 「대동아」가 발표된 무렵에 연재되고 있던 인기소설 「말레이의 호랑이マライの虎」[31]는 말레이시아에서 도적의 두목을 하고 있던 일본인 청년이 군대의 특무기관원特務機關員이 되어 싱가폴 함락을 위해 일한다는 실화를 바탕으로 한 이야기이다. 주인공은 위기에 빠질 때마다 백인을 증오하는 말레이인, 중국인, 인도인 등 현지인들의 도움을 받는다. 그런 그의 꿈은 '대군大君의 방패'가 되어 '야스쿠니靖國에 모셔지는' 것이다.[32]

---

28 立花隆, 『天皇の東大(下) 大日本帝國の生と死』, 文藝春秋, 2005, pp.215~216.

29 성전 이데올로기를 아이들에게 고취했던 교사들의 언설을 소개한 어느 연구자는 이 교육을 받았던 자신은 "동양 평화를 위해서라면 어떤 명령이 아까우랴"는 노래를 애창했고, 현인신(現人神)과 괴축(鬼畜) 영·미의 신화를 믿어 패전의 날에는 충격으로 밥이 넘어가지 않았다고 회상하고 있다. 榮澤幸二, 『大東亞共榮圈の思想』, 講談社現代新書, 1995, pp.215~216.

30 발행부수에 관해서는 岩橋郁郞, 『少年俱樂部と讀者たち』(刀水書房, 1988, p.9) 참조.

31 尾崎秀樹, 「少年俱樂部」'主要作品年表', 『思い出の少年俱樂部時代』, 講談社, 1997.

32 오바야시 키요시(大林淸)의 「말레이의 호랑이」는 『少年小說大系 第10卷－戰時下 少年小說集』(三一書房, 1990)에 수록되어 있다. 주인공 하리마오의 모델 타니 유타카(谷豊)에 대해서는 重野不二男, 『マルーの虎 ハリマオ傳說』(新潮社, 1988) 참조. 「말레이의 호랑이」는 1943년 8월호부터 이듬해 7월호까지 『소년구락부』에 연재되었는데, 연재 직전인 6월 같은 이름의 영화가 개봉되었다. 전후(戰後) 1960년에는 「말레이의 호랑이」의 리메이크판 TV드라마 〈쾌걸 하리마오〉, 1989년에는 타니 유타카의 인물상을 재해석한 영화 〈하리마오〉가 제작되었다. 〈쾌걸 하리마오〉는 당시 소학생이던 저자도 기억하고 있을 정도로 인기 프로그램이었다. 이 글을 쓸 때 유투브에서 이 드라마의 오프닝을 보았는데, 현지인들을 채찍질하는 백인을 하리마오가 혼내주는 장면으로 시작되고 있는 것에 놀랐다. 떠올려보면, 이 무렵 TV나 영화에서 악당은 항상 백인이었다. 패전으로부터 15년이 지났어도 아이들의 세계에서는 아직 대동아공영권의 그림자가 남아 있었던 것이다.

같은 잡지의 '대동아전쟁' 1주년 기획에는 네 명의 소학생이 대본영 육군보도본부의 소좌少佐를 둘러싸고 이야기를 듣는 「대동아전쟁을 승리로 이끄는 대화」가 실려 있는데, 대화의 마지막은 다음과 같은 결말을 맺고 있다.

히라쿠시(平櫛) 소좌	일본이 이 전쟁에서 승리해야 비로소 천황폐하의 대어심(大御心)이 세계를 덮고, 참된 세계평화가 이루어질 것입니다. 이것을 확고히 마음속에 새겨두세요.
네 명의 소학생	네, 저희들도 그런 각오로 지금부터 열심히 하겠습니다.[33]

오늘날의 우리들에게는 이상하게밖에 느껴지지 않는 이런 시대의 공기를 상징하는 것이 아케미의 부친인 카케이 카즈오이다. 그의 "건국 이래 만세일계萬世一系의 천황이 다스리시는 나라"라는 절대적인 원리 앞에 모든 이론은 무화된다. 그의 응시 아래서 판은 "카케이의 이론의 논리보다도 그 표정의 성실함에 감동되어" "네"라고 수긍할 수밖에 없다.

논리를 갖고 있지 않은 국수주의자 카케이 카즈오에게는 실은 모델이 있다. 카케이 카츠히코筧克彦라는 도쿄제국대학 법학부 교수로, 강의를 시작하기 전에 신전에서 하는 것처럼 박수를 친다든가 강의 도중 축사祝詞를 올리는 등의 별난 행동으로 유명했다.[34] 등장인물에게 실재하는 유명인과 유사한 이름을 붙임으로써 그 특징을 부여하는 수법을 사용하여

33 『少年俱樂部』, 大日本雄辯會講談社, 1942.12, p.100.
34 竹内洋, 『大學という病 東大分爭と教授群像』, 中公文庫, 2007, p.216.

이광수는 도쿄제국대학의 명물名物 교수인 카케이 카츠히코의 광신적인 국수적 성향을 카케이 카즈오에게 부여했던 것이다.

『칸나가라노미치古代神道』라는 저서를 썼고 황족皇族에게 강론하기도 했던 카케이 카츠히코는 당대 사람들을 '신국神國 일본에 대한 맹목적 신앙'으로 물들이는 국수주의 이데올로그의 역할을 담당했던 인물이다.[35] 하지만 인품은 대범해서 "도道를 구하고 도를 낙으로 삼은 사람, 명예나 이익을 구하지 않기로 시종일관"했던 사람이라는 평도 있다.[36] 베를린대학에서 6년간 유학하며 법률과 철학과 신학을 공부했던 그는 유럽문화의 근저에 철학과 기독교가 있음을 깨닫고, 일본문화 안에서 그것과 동일한 것을 구하다가 결국 고신도古神道에 이르렀다고 한다.[37] 아마도 그는 유럽에 직접 맞서 자신의 길을 국수國粹로 정함으로써 정신적인 안정을 얻었을 것이다.[38]

그러나 카케이 카츠히코에게서 영향을 받은 사람들은 그렇지 않았다. 그 극단적인 예로서 미노다 무네키蓑田胸喜라는 인물이 있다. 미노베 타츠키치美濃部達吉의 천황기관설天皇機關說 사건, 교토대학의 타키카와 유키토키瀧川幸辰와 도쿄대의 카와이 에이지로河合榮治의 추방 사건, 츠다 소우키치津田左右吉의 고대사古代史 저작 발매금지 사건 등을 주도했던 이 인물은 무네키라는 이름 대신 '쿄키きょうき(광기―胸喜의 일본식 음독과 같다)' 라고 비꼬아 불릴 정도로 광신적인 인물이었다.[39] 국가주의라는 시대의

---

35 立花隆, 앞의 책, p.82.

36 丸山眞男他編, 『南原繁回想錄』, 東京大學出版會, 1989, p.14.

37 立花隆, 앞의 책, p.82.

38 카케이 카츠히코에 대해서는 다음의 논의 참조. 「筧古彦と神ながらの道」, 위의 책; 吳豪人, 「植民地の法學者たち 二 凡庸なる惡'法'學者 筧古彦と增田福太郎」, 『'帝國' 日本の學知』 第一卷, 岩波書店, 2006.

순풍에 편승하여 악마적인 열정으로 제국대학 교수들을 글로써 몰아세웠던 그를 다케우치 요우竹內洋는 다음과 같이 분석하고 있다.

> 급속한 근대화에 따른 서구화와 국수의 갈등에 의한 자가중독(自家中毒)은 근대 일본의 숙병(宿病)이었지만, 이런 병이 미노다(蓑田)의 신체에 옮겨졌던 것이다. (…중략…) **미노다적인 것**은 근대화(하는) 일본의 반동(Backlash)이었던 것이다. 미노다 무네키가 도약 발호하지 않았더라도, **미노다적인 것**은 누군가의 신체에 옮겨져 표출, 폭발했을 것이다.(강조는 인용자)[40]

에도 말기에 서양과 조우한 이래 열강의 식민지가 되지 않으려고 필사적으로 행했던 자기 근대(서양)화의 정신적인 반동이자 자기 내부에 서식하고 있던 서양적인 것에 대한 혐오이기도 한 '미노다적인 것'은 일본인의 마음속에 많든 적든 잠재해 있었다. 12월 8일 전쟁에 관한 조칙詔勅을 듣고 많은 사람이 숨통 트이는 고양감을 느낀 것은 그 발로일 것이다.[41] 놀라운 것은 이광수라는 조선인 작가의 내부에도 '미노다적인 것'이 존재하고 있었다는 사실이다.

메이지 말기 일본에서 중학교를 졸업한 이광수는 1913년 22세에 대

---

39 大內力, 『日本の歷史 24 ファシズムへの道』, 中央公論新社(中公文庫), 2006, pp.39~397・412; 竹內洋, 『大學という病－東大紛擾と教授群像』, 中央公論新社, 2007, pp.215~221; 立花隆, 앞의 책, p.76; 竹內洋, 「帝大肅淸運動の誕生・猛攻・蹉跌」, 竹內洋・佐藤卓己 共編, 『日本主義的教養の時代－大學批判の古層』, パルマケイア叢書, 柏書房, 2006. pp.30~40.

40 竹內洋, 앞의 책, p.221. 같은 책을 2001년 츄오코론신샤의 '中公叢書'로 낸 다케우치 요우는 이어서 『蓑田胸喜全集』(全7卷, 柏書房, 2004)을 편집하고, 앞의 책 『日本主義的教養の時代－大學批判の古層』을 출간하여 '미노다적인 것'을 추적했다.

41 後藤乾一, 「アジア太平洋戰爭と'大東亞共榮圈' 1935~1945」, 『岩波講座 東アジア近現代史』 第6卷, 岩波書店, 2011, p.26.

륙을 방랑하다가 상하이에서 '서세동점西勢東漸'의 실태를 목도했다. 중국 경제가 서양에 의해 완전히 지배되고, 베트남인과 인도인까지 서양인에게 부림당하고 있는 것을 보았을 때의 불쾌감을 그는 당시 기행문에 쓰고 있다.[42] 이 불쾌감은 이후에도 그의 내부에 침잠하여, 조선의 근대화를 부르짖으면서도 때때로 느닷없이 "선조 전래의 불문율을 지키는 전통의 군자국君子國"을 "권리사상이라는 독액毒液을 초래한 서양"으로부터 지키자는 논조의 문장으로 이어진다.[43] 그리고 일본이 영·미를 적으로 돌렸을 때, 이광수의 내부에 있던 서양에 대한 반발은 이에 호응하듯 표면화한다. 이는 1942년과 1944년 2회에 걸친 대동아문학자회의에 출석했을 때의 그의 발언에 또렷이 드러나 있다.[44]

「대동아」에 묘사된 카케이 카즈오의 광신적이고 기이한 모습은 이광수의 이런 측면을 반영하고 있다. 시대에 호응하여 분출한 자기의 '미노다적인 것'까지 주입하여 이광수는 이 소설을 '시대의 그림'으로 만드는 데 성공했다. 소설에서는 당시 일본의 모습이 극대화되어 거의 희극화된 상태로 묘사되어 있다. 이것은 식민지 작가인 이광수이기 때문에 가능했던 것이다. '거짓말을 하지 않는다'는 좌우명을 내걸고 대일협력을 할 때조차 진지한 태도를 잃지 않았던 작가 이광수는 제국이 자신들에게 밀어붙이는 '대동아공영권의 대의大義'를 제국의 언어 그 자체로 진지하게 받아들여 충실하게 작품화했다. 그러자 그것은 젊은 남녀 간의 연애조차 정상적으로 드러낼 수 없을 정도로 인간성이 상실된,

---

42 이광수, 「상해서」(『청춘』, 1914.12), 『초기문장집』 I, 315쪽.

43 波田野節子, 「大東亞文學者大會での李光洙發言に見る'連續性'」, 『韓國近代文學研究－李光洙・洪命憙・金東仁』, 白帝社, 2013, pp.49~50.

44 위의 글, p.50.

이론이 부재하고 오직 카케이 카즈오의 이상한 눈번뜩임만이 공간을 지배하는, 일그러진 세계로 나타났던 것이다.

일본인이라면 누구나 부정할 수 없는 원칙인 '대의大義'로 무장된, 그러면서도 명백히 어딘가 일그러져 있는 자신들의 모습을 들이댈 때, '대동아문학상'의 심사위원들은 당혹스럽지 않았을까. 이 작품이 후보작에도 오르지 못했던 것은 당연한 일이었는지도 모른다.

3) '아시아의 해방'

국화 향기가 실린 바람을 맞으며 아케미는 '지나 사억의 민중'과 '아시아 민족들'을 눈에 선하게 떠올리며 판을 생각하고 있다. 일본은 중국에 상하이를 반환하고 치외법권을 철폐했다. 필리핀과 버마를 독립시켰다. 부친이 판에게 말한 일본의 올바름은 증명되었던 것이다. "일본의 진의를 사실로써 알게 되는 날이 오면 다시 선생님의 문하에 들겠습니다"라며 중국으로 돌아간 판은 살아 있기만 하면 반드시 돌아온다고 생각하고 있는 아케미에게 판에게서 온 전보가 도착한다. 일본이 대의의 실현을 세계에 천명했던 대동아회의 개최 이틀 전이었다.

1943년 11월 5일부터 이틀간 도조 히데키東條英機의 주최로 도쿄의 의사당議事堂에서 개최되었고, 중국의 왕자오밍汪兆銘 주석, 타이의 완와이타야콘 왕자, 만주의 장징후이張景惠 국무총리, 필리핀의 호세 라우렐José Paciano Laurel 대통령, 버마의 바 모우Ba Maw 수상, 참관인으로서 자유 인도의 가정부假政府 수반 찬드라 보스Subhas chandra Bose가 참가하여 대동아 공동선언을 발표한 이 회의에 대해서 소설 「대동아」는 한 마디도 언급하지 않는다. 노련한 작가 이광수는 독자의 상상력에 맡김으로써 이 회의의 존재감을 높일 것을 겨냥한 것이다. 오늘날 우리들에게는 통하지 않지만, 당시는 이 기술이 커다란 효과를 낳았을 것이다. 이리하여 「대동아」는 멋지게 완결되고 있다.

국가가 전쟁을 하는 것은 항상 국익을 위해서이다. '예禮의 세계'라든가 '아시아의 해방'이라는 말이 수상쩍게 들리는 것은 오늘날의 우리들이 그것에 대해 잘 알고 있기 때문이다. 그러면 일본이 대의로 내건 '아시아의 해방'이란 현실에서는 어떤 것이었는가. 일본은 무엇 때문에 '대동아공영권'을 구상하고 '대동아전쟁'을 치른 것일까. 그리고 어떤 결과를 맞았는가. 이런 문제를 소설에서 한 발짝 떨어져서 살펴보자.

1940년 유럽에서 독일의 압도적인 우세를 지켜 본 일본은 '버스를 놓치지 말라'는 방침을 내걸고 삼국동맹 체결의 움직임을 가속화하는 한편, 남진정책南進政策을 서둘렀다. 그 진의는 종주국인 프랑스와 네덜란드가 독일에 점령되어 공백 상태가 되어 있는 식민지, 즉 네덜란드령(인도네시아), 프랑스령(베트남, 라오스, 캄보디아) 지역을 독일이 나서기 전에 장악하는 것이었다. 이로써 미국과 네덜란드에 의존해야 했던 천연자원을 확보하고, 동시에 연합군이 장제스를 원조하고 있는 동남아시아의 원장루트援蔣route(장제스의 국민정부를 지원하기 위해 연합군이 충칭으로 물자를 수송하던 보급선)를 차단하여 수렁에 빠져들고 있는 일중전쟁의 국면을 타개하고자 한 것이다.[45] 그것은 어디까지나 '자존자위自存自衛'를

45 後藤乾一, 앞의 글, pp.22~24.

위한 국책이었다.

재차 수상이 되어 삼국동맹을 체결한 고노에 후미마로近衛文麿는 취임 즈음에 국책의 기본방침으로서 '대동아의 신질서 건설'을 제창했다. 이를 마츠오카 요스케松岡洋右 외상外相이 기자회견에서 '대동아공영권' 구상으로 설명한 것이[46] 이 용어가 처음 사용된 예이고, 도조 히데키 정권도 받아들여지게 된다.[47] '대동아공영권'의 원리는 일본 건국의 정신인 '팔굉일우八紘一宇(세계를 한 집으로 한다는 뜻)'이다. 일본 건국의 이상에 기원을 둔 '대동아공영권'은 황국皇國 일본을 핵으로 하는 대가족과 같은 관계에 기반한 새로운 질서의 세계이고, 맹주 일본은 구질서의 타파, 즉 서구에 지배되어 있는 '대동아'의 여러 지역을 해방하고 '도의道義'에 기초한 신질서를 건설하여 공존공영하지 않으면 안 된다는 것이다. 이리하여 '아시아의 해방'은 '대동아공영권'의 대의가 되고, '대동아전쟁'의 명분이 된다. 그러나 앞서 언급했듯이, 일본이 실제로 지향하고 있던 것은 서양 열강이 만들어낸 아시아 식민지 체제를 일본 중심의 지배 체제로 재편성하는 것이었다.

한편으로 '아시아의 해방'이라는 슬로건은 실은 일본이 현지인들의 협력을 이끌어내기 위해 필요한 것이기도 했다. 이미 아시아 각지에서는 민족해방의 움직임이 진행되고 있었기 때문이다.[48] 독립을 위해 싸우고 있는 사람들은 자신들이 처한 상황에 따라 일본의 대의명분을 이용하고자 했고, 일본은 일본 스스로 내건 이 대의에 구속되기도 했다.[49]

---

46 山本有郁, 「'大東亜共栄圏'構想とその構造」, 『岩波講座 東アジア近現代史』 第6巻, 岩波書店, 2011, p.551.

47 榮澤幸二, 앞의 책, pp.82~118.

48 後藤乾一, 앞의 글, p.25.

각 지역에서의 사태의 추이는 다음과 같다.

제2차 고노에 성명에 호응하여 충칭 밖으로 나온 왕자오밍은 고난의 길을 걸었다. 고노에는 약속을 지키지 않은 채 퇴진했고, 일본 정부와의 가혹한 교섭 끝에 성립시킨 난징정부는 괴뢰정권으로 불렸다. 실의에 빠진 왕자오밍은 대동아회의가 열린 이듬해 나고야名古屋의 병원에서 객사하고, 난징정부는 일본의 패전과 더불어 와해된다.

이미 종주국 미국의 자치령自治領이었던 필리핀은 1946년의 독립을 약속받아둔 상태여서 일본이 해방을 향한 걸음을 후퇴시켰다는 평가도 있다.[50] 1943년 독립 당시 필리핀은 일본의 지도에도 불구하고 미국식 자유헌법을 거의 변경하지 않았고, 미국과의 전쟁에도 참가하지 않았다.[51]

같은 해 실현된 버마의 독립은 인도와 타이에 대해 일본이 대의를 지키는 나라임을 호소하기 위한 다분히 시혜적인 것이었다.[52] 그러나 이러한 형태로 하나의 지역을 독립시키는 것은 당시 일본의 식민지가 되어 있던 지역의 독립에 대한 희망을 자극할 위험성이 따랐다. 실제로 만주에 거주하는 조선인들은 버마와 같은 미개한 주민에게 독립을 줄 테면 자신들에게도 같은 영예를 달라는 불만이 있었다고 한다.[53]

일본이 가장 바라고 있던 석유 자원을 가진 인도네시아는 '제국 영토'로 삼고 독립운동을 억압했다. 1944년 전쟁 국면의 악화와 민족주의자

---

49 西川晃祐, 「'獨立'國という'桎梏'」, 『岩波講座 東アジア近現代史』 第6卷, 岩波書店, 2011, pp.347~367.

50 後藤乾一, 앞의 글, p.36.

51 西川晃祐, 앞의 글, p.358.

52 林茂, 『太平洋戰爭』, 中央公論新社(中公文庫), 2006, pp.324~325.

53 西川晃祐, 앞의 글, p.354.

들의 압력으로 가까스로 독립을 약속했으나, 패전 전에는 실현되지 못해서 결국 일본이 항복한 이틀 후 수카르노Soekarno(인도네시아의 독립운동가이자 초대 대통령)는 일본의 반대를 누르고 독립을 선언했다.[54]

'아시아의 해방'이라는 대의하에 행해진 '대동아' 지역에 대한 일본의 개입은 여러 형태로 그 지역에 큰 영향을 주었다. 하지만 현지인들에게 그것은 이미 시작되고 있던 탈식민화를 향한 커다란 흐름 속의 한 통과점에 불과했던 것이다.

4. 마치며

이 글에서는 「대동아」를 오늘날 우리들의 눈으로 독해하고, 이 소설에서 느껴지는 '일그러짐'이 어디서 오는지를 추적했다. '일그러짐'은 우선 아케미와 위썽의 사랑 표현에서 두드러졌다. 서로 사랑하는 두 사람은 자신들의 마음을 '대동아공영권'에의 충성이라는 회로를 통해서만 표현할 수 있었다. 그것은 또한 카케이 카즈오의 논리를 초월한 광신적인 모습에서도 보였다. 이러한 카케이의 모습은 1943년의 일본에 가득했던 국수주의적인 공기를 체현하고 있다. 이 글에서는 이 공기의 근저에 에도 시대 말기부터 무리하게 서양(근대)화를 계속해 온 일본이 자신

54 倉澤愛子,「二〇世紀アジアの戰爭―帝國と脫植民地化」,『岩波講座 アジア・太平洋戰爭』第7卷, 岩波書店, 2005, pp.226~228.

의 정체성을 회복하고자 터뜨린 반동backlush이 자리하고 있었다는 다케우치 요우의 주장을 소개하고, 이광수의 내부에도 그것에 호응하는 것이 잠재해 있음을 지적했다.

식민지의 작가 이광수가 '제국'의 대의인 '대동아공영권'의 이념을 연애를 통해 형상화하고자 했을 때, 작가의 의지와는 관계없이 서로 사랑하는 젊은이는 인간성을 잃고 '대동아공영권' 구상을 체현하는 인물은 광적이기까지 한 일그러짐을 드러냈다. '시대의 그림'를 묘사하는 작가이고자 했던 이광수는 바로 '제국'의 일그러진 모습을 있는 그대로 반영하여 드러냈던 것이다.

한국에서는 근대문학의 시조로 간주되는 이광수가 일본어로 이러한 소설을 썼다는 사실이 오늘날에도 여전히 사람들에게 마음의 상처가 되고 있다. 이러한 사정에 생각이 미칠 때, 지나치게 빨리 과거를 잊고 마는 오늘날의 우리들의 마음에도 어떤 일그러짐이 있는 것은 아닐까 생각하게 된다. 아시아 공동체에 대해 논할 때는 '대동아공영권'의 역사를 잊지 않는 것이 아시아 여러 나라들에 대한 '예의'일 것이다. 이광수의 「대동아」는 오늘날 우리들의 망각에 경종을 울리는 텍스트로서 겸허히 받아들여져야 한다는 것이 저자의 생각이다.

제5부

기타

제1장
홍명희의 일본어 글 「유서」

제2장
이광수가 만난 세 사람의 일본인
아베 미츠이에·나카무라 켄타로·토쿠토미 소호

제3장
사이토 마코토에게 보내는 건의서

제4장
동아시아 근대문학과 일본어 소설

제1장

홍명희의 일본어 글 「유서」

최근 이광수와 야마사키 토시오山崎俊夫의 관계를 다루는 논문[1]을 쓰기 위해서 『야마사키 토시오 작품집』 전 5권을 통독했다. 야마사키는 1907년 봄부터 1908년 봄까지 다이세이大成 중학교에서 홍명희와 동창이었고, 메이지학원에 전학한 후 1910년 봄까지 이광수와 동창이었던 사람이다. 졸업 후 게이오의숙慶應義塾에 진학하여 작가이자 교수였던 나가이 카후永井荷風에게 사사하고, 그의 추천으로 1913년에 『미타문학三田文学』으로 등단하면서 특이한 작품을 발표했다. 그러나 그의 작가로서의 생명은 짧았다. 1920년 이후에는 거의 작품을 쓰지 못해서 잊혀지고 말았다. 다행히 먼 훗날 그의 이색적인 작품을 사랑한 불문학자 이쿠타 고사쿠生田耕作(1924~1994)가 그의 작품을 발굴하여 전 5권

---

1 波田野節子, 「山崎俊夫という'異郷'」, 和田博文・徐静波・兪在眞・横路啓子 編, 『'異郷'としての日本』, 勉誠出版, 2017. 이 책의 제1장에 수록되어 있다.

의 작품집을 냈다.[2] 이광수를 실명(아명인 이보경李寶鏡)으로 등장시킨 야마사키의 단편소설 「성탄제 전야耶蘇降誕祭前夜」[3]의 존재와, 홍명희의 일본어 글이 1911년에 활자화되어 있었다는 사실을 알 수 있게 된 것은 모두 이 작품집 덕분이다.

작품집 제3권에는 학생 시절 야마사키가 후술할 잡지 『분쇼세카이文章世界』에 투고한 글들이 실려 있는데, 그중의 하나로 그가 이 잡지에 게재된 당선작들을 논평한 글의 한 대목이 내 눈길을 끌었다.

> 「유서(遺書)」의 필자는 홍이라고 되어 있다. 그리고 주소지가 조선으로 되어 있다. 나는 이것을 보고 생각난 일이 있다. 내가 아직 칸다(神田)의 사립학교에 있을 때 동급생으로 홍명희라는 조선인이 있었는데, 문학을 매우 좋아했다. 그러나 내가 시바의 학교(메이지학원은 시바에 있음—인용자)로 오게 되고 그도 자기 나라로 돌아가게 되어서 서로 헤어진 지가 벌써 3년이다. 그래서 이번에 혹시 그의 작품이 아닐까 하는 생각이 들어 그에게서 받은 편지를 꺼내어 읽어보았지만, 이 「유서」와 비슷한 필치는 못 찾았다. 그런데 어딘지 조선인다운 문체라고 느껴지는 것은 내 편견인가.[4]

"칸다의 사립학교"란 야마사키가 메이지학원으로 전학하기 전에 재학했던 다이세이 중학교를 가리킨다. 야마사키가 3학년이 되었을 때 홍명희가 편입학하여 둘은 친구가 되었다. 1년 후 메이지학원으로 옮

---

2 야마사키 토시오 작품집의 간행은 이쿠타의 개인적인 출판사 사바토 야카타(奢灞都館)에서 1986년에 시작되어 그가 사망한 뒤 8년 후인 2002년에 완료되었다.

3 『帝國文學』, 帝國文學會, 1914.1.

4 山崎俊夫, 「杜鵑号の第一印象」, 「讀者論壇」, 『文章世界』, 1911.4, p.230.

긴 야마사키는 이번에는 이광수와 친구가 되어 졸업까지 2년 동안을 같이 지냈다. 당시 조선인 학생과 사귀는 일본 학생은 드물었다.

일한합병을 앞둔 1900년대에 문학에 관심을 가진 조선인 유학생은 '한말의 3천재'로 불리운 최남선, 홍명희, 이광수 세 사람밖에 없었다. 따라서 일본의 문예잡지에 게재될 만한 글을 쓸 수 있는 '홍'이라는 조선인은 홍명희 말고는 생각할 수 없다. 즉시 조사해 보았더니, 1911년 4월에 발행된 『분쇼세카이』 '두견호'에 당선된 「유서」의 저자는 '홍가인洪假人'이었다. 야마사키는 홍명희의 호를 몰랐던 것이다.[5]

『분쇼세카이』는 1906(명치 39)년에 하쿠분칸博文館에서 창간한 문예잡지다. 원래 실용적인 문장을 쓰는 법을 가르치는 투고잡지로 창간되었는데, 편집자인 다야마 카타이田山花袋와 마에다 아키라前田晃의 방침에 따라 점차 문예잡지로서의 성격이 강화되어 문학청년들에게 큰 영향력을 갖는 잡지로 발전했다. 그 전에 문학소년들이 투고하는 잡지로 같은 하쿠분칸의 『츄가쿠세카이中学世界』가 있었는데, 『분쇼세카이』가 등장하자 유망한 투고가들은 후자로 옮겨서 『츄가쿠세카이』는 문예잡지로부터 학생잡지로 성격을 바꾸어 갔다.[6]

『분쇼세카이』의 투고란을 통과해서 문단에 나간 작가는 손꼽을 수 없을 만큼 많다. 이번에 조사한 1909년부터 1912년 사이에도 키무라 키木村毅, 코지마 마사지로小島政二郎, 카타오카 텟페이片岡鉄兵 등 나중에 유명한 작가가 되는 인물들이 투고가로 활약하고 있었다. 등단 전이었던 야마사

---

5 홍명희가 '가인'이라는 호를 쓰기 시작한 것은 1910년 『소년』지에서부터이다. 강영주, 『벽초 홍명희 연구』, 창작과비평사, 1999, 76~77쪽.

6 紅野謙介, 「『中学世界』から『文章世界』へ」, 『文学』 季刊 4-2, 岩波書店, 1993, pp.12~23.

키도 그중 한 사람이었다. "다이쇼大正, 쇼와昭和의 거의 모든 문학 관계자가 이 투고란에서 자랐다고 해도 과언이 아닐 정도"[7]로 이 잡지의 영향력은 막대했다.

〈그림 7〉『文章世界』 1911.4, 杜鵑号 표지

이광수는 중학 졸업이 다가온 1910년 1월 일기에 "일본 문단에 기를 들고 나설까"[8]라고 썼는데, 그때 그의 머리 속에 있던 '일본 문단'이란 구체적으로는 이런 투고잡지였을 것이다. 그 무렵에 『츄가쿠세카이』 기자가 도쿄의 중학교 우등생 특집을 위해 이광수의 하숙을 방문하여 『시로가네학보白金学報』에 실린 그의 일본어 소설 「사랑인가愛か」와 함께 잡지에 소개했다.[9] 『츄가쿠세카이』는 그 무렵 문예잡지에서 학생잡지로 성격이 바뀌었지만, 아직 「청년문단」이라는 투고란이 있어서 많은 중학생들이 문학적인 글을 투고하고 있었다. 이광수도 『츄가쿠세카이』에 투고했을 것이라 생각하고 조사해 보았지만, 이광수의 글을 발견하지 못하였다. 설마 홍명희의 글이, 그것도 『츄가쿠세카이』보다 수준이 높은 『분쇼세카이』에 실려 있으리라고는 생각지 못했다.

『분쇼세카이』는 매월 1일에 발행하는 각월호 이외에 투고 작품을 주로 게재하는 특별호를 일 년에 네 번 냈다. 1911년에는 1월에 황조호黄鳥號, 4월에 두견호杜鵑號, 7월에 청로호青鷺號, 10월에 홍안호鴻雁號가 나

7 『日本近代文学大事典』 5, 講談社, 1977, p.394.

8 이광수, 「나의 소년시대 – 18세 소년이 東京에서 한 일기」(1910년 1월 12일 일기), 최주한 · 하타노 세츠코 편, 『이광수 초기 문장집』 I, 소나무, 2015, 45쪽.

9 「都下中学校優等生訪問記」(『中学世界』, 1910.2, pp.68~69), 위의 책, 385쪽.

왔는데, 홍명희의 「유서」는 4월 15일에 발행된 두견호의 소품 부문 당선작으로 게재된 것이다. 두견호에서는 투고작으로 '소품'과 작가에게 의견을 개진하는 '공개장'을 모집하여 실었다.[10] '소품'이란 프랑스어 콩트conte의 일본어 번역으로, 단편소설보다 짧아서 '장편소설掌篇小說'이라고도 한다. 일상생활의 단면을 그리며 풍자나 해학이 깃들어 있는 창작 작품을 가리킨다. 두견호에 당선작으로 실린 작품수는 '공개장'이 여섯 편, 소품이 열 편이었다. 특별호의 경우 당선자의 이름도 목차에 냈으므로, 홍명희의 이름도 오가와 미메이小川未明나 아키타 우자쿠秋田雨雀 같은 기성 작가들의 이름과 나란히 있고, 또 '공개장' 부문에는 야마사키의 이름도 보인다.

홍명희의 「유서」는 일본어로 쓰인 1,000자(한글로 200자 원고지 13매) 정도의 짧은 작품이다. 어느 날 '나'의 친구가 자살을 예고하는 유서를 우편으로 보내온다. 그런데 전날 그 편지를 동생이 받아 가지고 외출했기 때문에 하루 늦게 열어 보게 되고, 그 편지를 읽고 있을 때 자살할 뜻을 번복했다고 알리는 다음 편지가 닿는다. 자기를 놀라게 하려는 친구의 장난이라고 생각한 '나'는 보복으로 동생을 통해 형이 금강산으로 떠났기 때문에 편지 두 통을 건네주지 못하고 책상 위에 놓아두었다는 내용의 편지를 쓰게 한다는 이야기이다.

야마사키는 「유서」에 대해서 "어딘지 조선인다운 문체라고 느껴진"다고 쓰고 있는데, 이것은 홍명희와 이광수와 교우했던 야마사키가 아니면 지니기 어려웠을 언어감각일 것이다. "조선(의) 후지무라朝鮮藤村"

10 『분쇼세카이』 3월호에 실린 모집 안내에서 제시한 소품(小品)의 분량은 "사백자 원고지 8장 이내"로 되어 있다.

나 "현관(의) 밖玄關外" 같은 '의'의 탈락, 그리고 보통 "まだ若い(아직 젊다)"라고 할 것을 "まだ年が若い(아직 나이가 젊다)"로 쓰는 등 미묘하게 잘못된 표현이 몇 군데 눈에 띈다.

그럼에도 불구하고 심사자는 많은 응모작 중에서 망설이지 않고 홍명희의 작품을 3등으로 선정했다. "266편을 읽고 나서 아무 주저도 없이 바로 당선작으로 결정할 수 있었던 작품은 바로 「연기煙」 한 편이었고, 그 다음에는 「밤夜」과 「유서」의 두 편이었다"고 심사자는 쓰고 있다.[11] 아마도 심사자는 「유서」의 작은 흠은 무시하고 플롯을 평가했을 것이다. 홍명희 연구의 일인자인 강영주는 "벽초는 사건을 교묘하게 꾸미고 그것을 (…중략…) 전략적으로 잘 배치하는 데 남다른 재능이 있"다고 썼는데,[12] 이 재능은 그가 젊은 시절부터 지니고 있었던 것을 볼 수 있다.

그런데 알 수 없는 것은, 일본이 한국을 병합하고 부친 홍범식이 '죽을지언정 친일을 하지 말라'는 유서를 남기고 자결한 지 일 년도 되지 않은 이 시점에서 홍명희가 일본어로 작품을 쓰고 일본잡지에 투고했다는 사실이다. 거꾸로 보면 이것은 일본어로 글을 쓰는 것이 그 무렵에는 '친일'로 여겨지지 않았음을 시사한다.[13] 하지만 그렇다 해도 당시 홍명희에게는 이광수처럼 "일본 문단에 기를 들고 나갈" 생각도 없었고, 문학에는 열광하면서도 식민지인들에게는 전혀 무관심했던 일본의 문학청년들과 겨룰 생각은 더더욱 있었을 리가 없다. 도대체 누구를

---

11 『文章世界』, 1911.4, 杜鵑号, p.220. 선자의 이름이 밝혀져 있지는 않지만, 다야마 카타이와 마에다 아키라 중 한 사람이다.

12 강영주, 「신세대 독자들과의 가상 좌담」, 『통일시대의 고전 『임꺽정』 연구』, 사계절, 2015, 31쪽.

13 이 책 제1부 제2장 각주 15 참조. 일본어 쓰기가 대일협력의 의미를 지니는 것은 미나미 총독이 황민화교육의 일환으로 일본어를 강제하기 시작한 1937년부터이다.

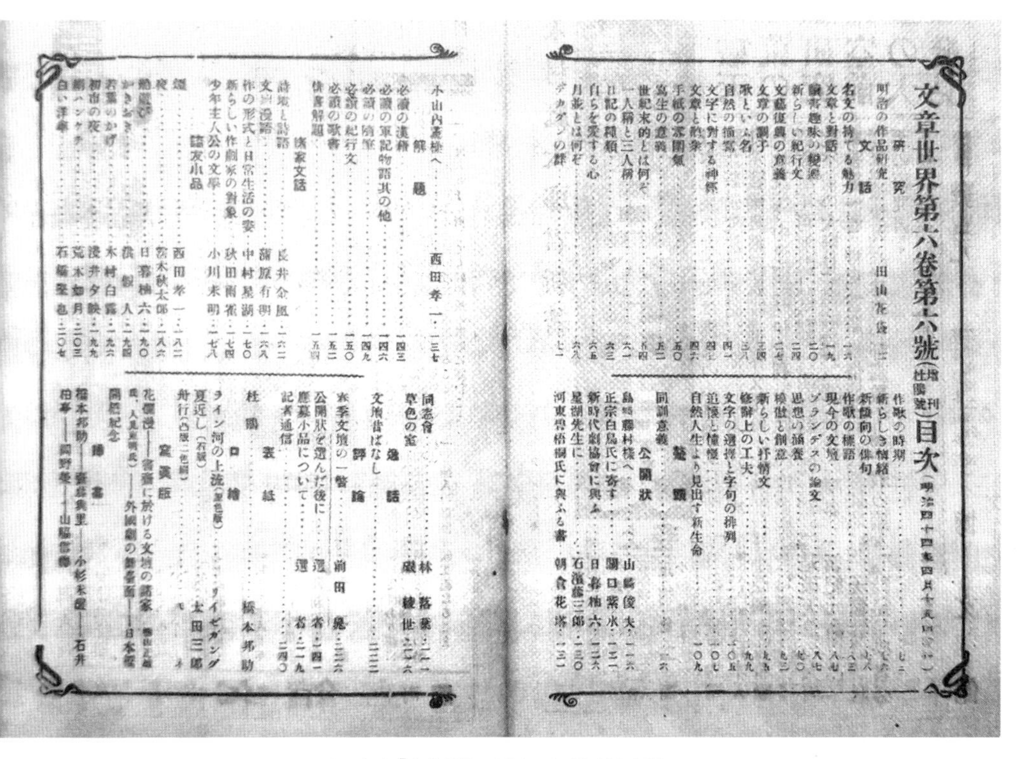

文章世界第六卷第六號（増刊杜鵑號）目次（明治四十四年四月十五日發行）

研究
明治の作品研究……田山花袋…一

文話
名文の持てる魅力……一六
文章と對話……一九
諷刺趣味の變遷……二〇
新らしい紀行文……二四
文藝復興の意義……二七
文章の調子……三四
歌といふ名……三八
自然の描寫……四一
文字に對する神經……四二
文章と散文……四六
手紙の雰圍氣……五〇
寫生の意義……五二
世紀末的とは何ぞ……五四
一人稱と三人稱……六一
日記の種類……六三
自らを愛する心……六五
月並とは何ぞ……六八
デカダンの群……七一
作歌の時期……七二
新らしき情緒……七六
新傾向の俳句……七八
作歌の標語……八三
現今の文壇……八七
ブランデスの論文……八七
思想の涵養……七〇
模倣と創意……七三
新らしい抒情文……九五
修辭上の工夫……九九
文字の選擇と字句の排列……一〇五
追懐と憧憬……一〇七
自然人生より見出す新生命……一〇九

難題
同訓意義……一一六

公開状
島崎藤村様へ……山崎俊夫…一一六
正宗白鳥氏に寄す……關口紫水…一二一
新時代劇協會に與ふ……日夏柚六…一二六
星湖先生に……石濱藤三郎…一三〇
河東碧梧桐氏に與ふる書……朝倉花塔…一三一

小山内薫様へ……西田孝一…一三七

解題
必讀の漢籍……一四三
必讀の軍記物語其の他……一四六
必讀の隨筆……一四九
必讀の紀行文……一五〇
必讀の歌書……一五二
俳書解題……一五四

諸家文話
詩境と詩語……長井金風…一六二
文章漫語……蒲原有明…一六八
作の形式と日常生活の姿……中村星湖…一七〇
新らしい作劇家の對象……秋田雨雀…一七四
少年主人公の文學……小川未明…一七八

誌友小品
煙……西田孝一…一八二
夜……鈴木秋太郎…一八六
艶麗び……日暮柚六…一九〇
かきおき……[illegible]…一九四
若葉のかげ……木村白露…一九六
初市の夜……淺井夕映…一九九
絹ハンケチ……荒木如月…二〇三
白い洋傘……石橋聖也…二〇七

同志會……林落葉…二一一
草色の室……綾世…二一六

逸話
文旅昔ばなし……二二三

評論
冬季文壇の一瞥……前田晁…二二六
公開状を選んだ後に……選者…二四一
應募小品について……選者…二一九
記者通信……二四〇

表紙
杜鵑……橋本邦助

口繪
ライン河の上流（單色版）……リイゼガング
夏近し（石版）……太田三郎
舟行（凸版二色刷）

寫眞版
花傳書——舊都に於ける文壇の諸家
外國劇の舞臺面——日本座
開館紀念

挿畫
橋本邦助——齋藤與里——小杉未醒——石井柏亭——岡野榮——山脇信德

〈그림 8〉『文章世界』 1911.4, 杜鵑号 목차

위해서, 누구를 독자로 상정하여 그는「유서」를 투고했던 것일까. 이 글을 반드시 읽을 누군가에게 보이려고 했다면, 그에 해당하는 사람은 바로 야마사키 토시오이다.

메이지학원을 졸업한 야마사키는 1910년 9월부터『분쇼세카이』에 투고하기 시작하여 다음해 7월까지 거의 매월 당선되었다.[14] 일본문학

14 야마사키의 투고가 게재된 것은『분쇼세카이』 1910년 9・12월과, 1911년 1・4・5・6・7월이다. 원래 투서 잡지인『분쇼세카이』지에서는 투고가들의 모임을 조직하여 정기적으로 다과회도 열었으며 유망한 투고가의 사진을 싣기도 했다. 7월호의 '친구의 모습(誌友のおもかげ)'란에는 야마사키의 사진도 나와 있다. 그 후 야마사키는 투고를

에 관심을 가지고 귀국 후에도 이 잡지를 계속 읽었을 홍명희의 눈에 옛 친구의 글이 들어온 것이다. 특히 그가 주목했으리라고 추측되는 투고는 1911년 1월 서간 부문에서 2등으로 당선된 「절교장을 받고」이다. 기독교를 버렸다고 절교장을 보내온 친구에게 거기에 이른 자기 마음의 변화와 신앙에 대한 생각을 쓴 편지다. 홍명희는 자기가 그 글을 읽었다는 표시로 「유서」를 투고한 것이 아닐까. 왜냐하면 다이세이 중학 시절 만 19세의 홍명희와 16세의 야마사키 사이에는 종교에 관한 대논쟁이 벌어진 일이 있었기 때문이다. 홍명희는 1935년에 발표한 평론 「대大 톨스토이의 인물과 작품」에서 다음과 같이 회고하였다.

> (톨스토이의—인용자) 『나의 종교』는 남의 책을 빌려 보는데 책임자의 권으로 보았다. 그 책임자는 나의 동창생으로 전학하여 춘원(春園)과 동창생이 된 사람이다. 이 사람은 예수교를 믿던 사람이요, 나는 예수교를 공연히 싫어하던 때라 이 사람과 이야기하다가 말이 예수교에 미치면 하세가와(長谷川誠也)의 「반기독교론」이나 가토(加藤弘之)의 『우리 국체와 기독교』[15] 같은 것을 방망이 삼아서 공격하느라고 알지도 못하는 포이에르바흐, 스트라우스까지 떠메고 교리를 반대도 하고 기독을 안드레란 희랍소년의 아들이라고 聖者를 헐어 말하기도 하였다. 이 사람이 나를 주의 길로 휘어넣을 의사가 있었던지 쓰나지마(綱島梁川)의 『병간록(病間錄)』, 『회광록(回光錄)』 같은 것을 가지고 와서 빌려주며 읽으라고 지성으로 권하여 권에 못 이겨서 읽고 반항할

그만 두고 나가이 카후의 강의에 몰두하며 1913년 1월에 등단한다.

15 하세가와 마사야(長谷川誠也)는 텐케이(長谷川天渓)의 본명이다. 『우리 국체와 기독교』의 저자는 히라이와 노부야스(平岩愃保)인데, 홍명희는 가토의 대표작 『국체신론(國體新論)』과 혼동한 것 같다.

거리를 찾느라고 읽었다.[16]

여기에서 말하는 '책임자', "나의 동창생으로 전학하여 춘원春園과 동창생이 된 사람"이란 바로 야마사키다. 한편 야마사키도 1968년에 홍명희를 회상한 글에서 이렇게 썼다.

> 동급생으로 홍명희라는 이름의 조선인이 있었다. 살갗이 희고 미목수려한 얼굴이어서 '자네는 조선 왕실의 친척인가' 하고 내가 물어본 적까지 있었다.
>
> 홍 군에게는 친구가 별로 없었고 또 나도 그다지 사교가가 아니었기 때문에 우리는 언제부터인가 아주 친한 친구가 되었다. 그는 한국에서 멀리 일본까지 유학올 정도니까 상당히 여유가 있는 집의 자제였을 것이다. 사루가쿠초(猿樂町)에 있는 그의 하숙집 책상 위에는 값진 신간서가 산더미같이 쌓여 있어서 가난한 학생이었던 나는 언제나 홍 군에게서 빌려 읽었다.
>
> 톨스토이, 마츠무라 카이세키(松村介石), 토쿠토미 로카(德富蘆花), 나츠메 소세키(夏目漱石) 등에 심취해 있던 나를 야유하면서 그는 사상적인 것, 철학적인 것, 사회학적인 것에 경사하는 경향이 있었다. 한창 건방질 때였던 우리는 학교 교과서 같은 것은 제쳐놓고 나중에 생각하면 낯이 뜨거울 만한 터무니없는 문학론을 그래도 그 때에는 정색을 하고 나누었던 것이다. 논쟁이 격하면 격할수록 반대로 우리 우정이 끝이 없이 깊어가는 것은 어쩔 수가 없었다.[17]

---

16 홍명희, 「대 톨스토이의 인물과 작품」(『조선일보』, 1935.11.23~12.4), 임형택·강영주 편, 『벽초 홍명희와 『임꺽정』의 연구자료』, 사계절, 1996, 83~84쪽.

17 山崎俊夫, 「けいべつ」(『政界往来』, 政界往来社, 1978.5, p.97), 『古き手帖よ－山崎俊夫作品集』 補巻 1, 奢灞都館, 1998, pp.111~112 재수록.

여기에서 야마사키가 당시 두 사람 간의 논쟁을 종교 논쟁이 아니라 문학 논쟁이라고 한 것은 60년이나 지난 시점에서 쓴 글이기 때문일 것이다. 어쨌든 이 인용문을 통해 그들 사이에 흐르고 있던 분위기를 엿볼 수 있다. 야마사키가 전학간 뒤 다이세이 중학에서 불쾌한 경험밖에 없었던 홍명희에게[18] 그와의 대논쟁은 즐거운 추억이었을 것이다. 야마사키가 그 후 정신적인 편력을 거쳐 이제 종교에 대해 다른 생각을 가지게 된 것을 알고 감개 깊어진 홍명희는 자기가 그 글을 읽었다는 것을 야마사키에게 알리는 '장난'을 하고 싶어졌던 듯하다. 「유서」 속에는 '조선의 후지무라藤村'라는 말이 나오는데, 철학적인 회의 때문에 닛코日光에서 투신자살을 한 것으로 유명한 제일고등학교 학생 후지무라의 이름은 미사오操이고, 이는 바로 이광수의 일본어 단편 「사랑인가」에 등장하는 야마사키를 모델로 한 소년의 이름이기도 하다. 그리고 편지를 보내온 김광도金狂濤라는 친구의 주소가 '정평定平'인 것도 이광수가 그 때 살던 '정주定州'를 연상케 한다. 「유서」를 읽은 야마사키가 혹시 홍명희의 글이 아닐까 의심한 것은 그런 숨겨진 장치의 효과였을 것이고, 그렇다면 '장난'의 목적은 일단 달성된 셈이다.

그러나 "일찍이 어떤 나그네도 돌아오지 못한 미지의 나라에 대한 두려움으로" 자살할 수도 없다는, 츠보우치 쇼요坪內逍遙가 번역한 『햄릿』의 대사에 숨은 홍명희의 암담한 심정을 야마사키는 감지하지 못했을 것이다. 물론 그런 심정을 전하려고 쓴 것은 아니지만, 이 글에는 당시 홍명희의 마음 상태가 고스란히 드러나 있다. 해방 후 『서울신문』에 기고한 「내

---

18 홍명희, 「자서전」(『三千里』, 1929.9), 임형택・강영주 편, 앞의 책, 29~30쪽.

가 겪은 합방 당시」에서 홍명희는 일한병합과 부친의 순국 직후의 자신의 심정에 대해 이렇게 썼다.

> 합방만도 마음이 약하고 몸이 약한 나에게 견디기 어려운 크나큰 타격인데 약한 마음을 자애로 어루만져주고 약한 몸을 자애로 휩싸주던 우리 아버지가 합방 통에 돌아가셨다. 나는 온 세상이 별안간 칠통 속으로 들어간 듯 눈앞이 캄캄하였다. 천붕지탁(天崩地坼)이란 당고(當故)한 사람들 흔히 쓰는 문자가 나에게는 문자 그대로 사실인 듯하였다. 나라가 망하고 집이 망하고 또 내 자신이 망하였으니 아버지의 뒤를 따라서 죽는 것이 가장 상책일 줄 믿으면서도 생목숨을 끊을 용기가 없었다. 죽지 못하여 살려고 하니 고향이 싫고 고국이 싫었다. 멀리멀리 하늘 끝까지 방랑하다가 아무도 모르는 곳에 가서 아무도 모르게 죽는 것이 소원이었다. 삼년상을 치러야 한다고 삼 년을 지내는 동안에 겉으로 생활은 전과 같이 먹을 때 먹고 잘 때 자지만 속으로 감정은 전과 딴판 달라져서 모든 물건이 하치않고 모든 사람이 밉살스럽고 모든 예법이 가소로웠다.[19]

이때 홍명희에게는 괴로움이 또 하나 있었다. 조부 홍승목이 조선총독부가 설치한 중추원 찬의가 되었던 것이다.[20] 많은 가솔을 거느린 가장인 조부로서는 나름대로 이유가 있었을 것이지만, 아버지의 유서를 생각하면 홍명희에게는 견디기 어려운 일이었을 것이다.

---

19 홍명희, 「내가 겪은 합방 당시」(『서울신문』, 1946.8.27), 위의 책, 89쪽.

20 홍승목은 1910년 10월에 조선총독부 중추원 찬의가 되어 1912년 8월에는 일본 정부로부터 한국병합기념장을 받았다. 『친일반민족행위진상규명 보고서』 Ⅳ-19, 친일반민족행위진상규명위원회, 2009, 574쪽; 강영주, 『통일시대의 고전 『임꺽정』 연구』, 사계절, 2015, 21쪽, 각주 4 참조.

「유서」에는 김광도가 쓴 자살 예고 편지와 번복의 뜻을 알리는 편지, 그리고 '나'가 동생에게 쓰게 하는 형이 금강산으로 떠났다는 속임수 편지, 이렇게 세 통의 편지가 나오는데, 그 모두가 당시 홍명희의 마음을 투영하고 있다. 즉 자살하고 싶은 마음과 망설이는 마음, 그리고 어딘가로 떠나고 싶은 마음이다. '나'를 놀라게 했어야 할 김광도의 자살 예고 편지는 우연의 장난 때문에 그 사명을 다하지 못하고 한갓 희극의 소도구로 전락해 버린다. 예고가 혹시 정말이 아닐까 걱정하는 동생에게 "저 만사태평한 사람이 진지한 자살을 할 수 있을라고"라고 대꾸하는 '나'의 말은 자살하지도 못하는 자기 자신을 비웃는 냉소를 느끼게 한다. 「유서」를 투고한 다음 해인 1912년 홍명희는 부친의 삼년상을 마치고 표연히 집을 떠난다. 중국과 남양南洋을 방랑한 뒤 그가 돌아오는 것은 1918년의 일이다.

1911년에 쓰인 「유서」는 인생의 냉혹함과 우열함에 고민하던 젊은 날의 홍명희의 모습을 엿보게 해주는 귀중한 자료이다. 이하 「유서」의 한국어 번역을 제시한다.[21]

유서

조선 홍가인洪假人

오늘은 아침부터 봄 햇살이 아름답게 빛나고 있다. 푸르고 맑게 갠 하늘에

21 「유서」를 집필할 무렵 홍명희의 심경을 알아내는 데에는 강영주 선생님이 유익한 조언을 많이 주셨다. 특히 해방 후에 쓴 홍명희의 회고가 있다고 알려주신 것은 큰 도움이 되었다. 이 사실을 감사의 마음과 함께 밝혀 놓는다.

는 희고 가는 구름 조각이 거의 스러질 듯 떠간다. 참으로 근래에 드문 날씨다. 하루 종일 흐렸던 어제에 비하여 오늘은 무척 따뜻하고 무척 하루가 길게 느껴진다. 이런 날에 혼자 집에 처박혀 있자니, 어쩐지 사람이 그립다. '누가 와 주었으면 좋겠는데……' 하고 생각하다가 현관 밖을 지나는 발걸음 소리에 몇 번인지 속았다. 마지막으로 이제 아무도 오지 않겠거니 단념하고 밖으로 나왔다. 목적도 없이 한 시간 정도 어슬렁거리다가 집에 돌아오니, 아우가 양주(楊洲)에서 돌아와 있다. 아우는 급우의 장례식에 참례하기 위해 어제 아침 일부러 경성에서 6리 정도 떨어져 있는 양주에 갔다가 오늘 돌아왔던 것이다. 그는 내가 들어오는 것을 보고 곧

"형님, 정말 죄송해요"

라고 말하는 것이어서 나는 무뚝뚝하게

"뭐가 죄송해?"

라고 물었다.

"어제 아침에 나갈 때 하녀가 우편물이 왔다고 편지를 건네주는 것을 바빠서 제대로 수신인도 확인하지 않고 조끼 속에 넣고 말아서"

라고 머뭇거리더니, 갑자기 내 얼굴을 보고 웃으며

"도중에 그 편지를 꺼내 보니 형님에게 온 거였어요."

"경솔한 녀석이로군"

하고 내가 웃으며 말하자 아우는 곧

"정평(定平)의 김 군에게서 온 거예요"

라며 조끼에서 편지를 꺼냈다. 나는

"꼭 한 달만이구나, 이 녀석의 편지를 받아보는 것이"

라고 말하면서 봉투를 뜯었다.

병엽(餠葉) 족하!

나는 지금 막 영면(永眠)에 들려 하네, 자진해서. 나를 약자라고 꾸짖으려거든 얼마든지 꾸짖게. 나를 조선의 후지무라(藤村)라고 조롱하려거든 얼마든지 조롱하게. 그러나 이 유서만큼은 편견 없는 마음으로 읽어주시게.

심술궂은 시어미 같은 운명의 손에 번롱당하면서도 하루라도 더 생존하고자 하는 이 인생에 과연 어떤 목적이 있을까? 명예? 부? 셰익스피어의 명예, 로스차일드의 부, 이런 것은 내가 가장 바라는 것이지. 하지만 가령 지금 그 명예, 그 부, 아니 그 이상의 명예, 그 이상의 부를 얻는다 해도 나는 결코 만족할 수 없네.

이에 나는 인생의 목적을 의심하기 시작하여 의심과 의혹으로 괴로워하던 중 지금까지 알지 못했던 최선의 길을 발견했네. 자살이 곧 그 최선의 길이네.

시퍼런 칼날이 번뜩이는 찰나, 만사는 해결을 고할 것이네. 인생! 인생! 인생이 금수(禽獸)보다 우월함은 자기의 생명을 어떤 점에서 자유롭게 다룰 수 있다는 사실뿐 아닐까. 그러나 커다란 담력, 정성된 마음, 밝은 식견을 갖지 못한 자는 이 길을 취할 권리가 없으니, 이는 내가 감히 단언하기를 두려워하지 않는 바이네…….

내가 이 편지를 미처 다 읽기 전에 현관에서 "우편"하는 소리가 났다. 아우가 나가서 편지 한 장을 가지고 왔다. 보낸 이를 보니 역시 함경남도 정평군 김광도(金狂濤)라고 적혀 있다. 나는 첫 번째 편지를 열어둔 채 앞에 놓고 두 번째 편지를 읽어 보았다. 안에 이렇게 적힌 구절이 있다.

어제 아침, 나는 드디어 자살하려는 결심을 단단히 하고 낮에 자네에게 유서를 보냈다. 만물이 쥐죽은 듯 고요한 엊저녁 한밤중, 시퍼런 칼을 들고 목을 찌르려 했다. 아아, 행인지 불행인지 이때 『햄릿』에 나오는 "일찍이 어떤 나그네도 돌아오지 못한 미지의 나라에 대한 두려움으로 인해 알지 못하는 저세상으로 가기보다는 차라리 현재의 괴로움을 견디는 것일까"라는 구절이 문득 떠올랐다. 그리고 갑자기 죽기 싫어졌다…….

나는 두 번째 편지를 손에 든 채로 아우를 향해

"광도 선생의 훌륭한 취향의 장난 유서가 네 급우의 장례식 때문에 아무 소용없게 되어 버렸다. 미안하게 되었구나"

라고 말하며 웃자, 지금까지 편지를 들여다보고 있던 아우가,

"아니, 정말일지도 모르지요"

라고 머리를 기울인다.

"바보 같은 소리. 저 만사태평한 사람이 진지한 자살을 할 수 있을라고. 얼른 한번 장난 유서에 복수를 해주자"

라고 말하고 나서 나는 궐련 잎에 불을 붙이며,

"네가 편지 한 통을 광도에게 보내주렴. '지난달 15일 가형(家兄)이 지팡이 하나와 삿갓 하나로 표연히 금강산으로 향하였소. 아마도 유산(遊山)의 뜻을 이루고자 함인 듯하오. 다만 돌아올 기약은 미정이오. 형의 편지 두 통은 우선 책상에 놓아두었소.'[22] 운운, 하는 문구를 써넣어서—"

라고 부탁하자,

"네, 보내지요"

---

22 '나'가 동생에게 대필시키는 문장은 한문으로 되어 있다. 일본어 원문 참조.

하고 아우는 곧 동의해 주었다.

나는 아우에게 그 편지를 쓰게 하면서 '저나 나나 아직 젊구나'라고 생각했다.

제2장

이광수가 만난 세 사람의 일본인

아베 미츠이에·나카무라 켄타로·토쿠토미 소호

1. 시작하며

이광수가 처음 일본에 간 것은 1905년 여름으로, 그의 나이 13세였다. 이후 1945년의 해방 때까지 그는 무수한 일본인을 만났다. 이 글에서는 그중에서 세 사람의 일본인과의 교류에 대해 서술한다. 먼저 장편 『무정』이 『매일신보』에 연재되는 계기를 마련한 경성일보사 사장 아베 미츠이에阿部充家(1862~1936)와의 교류는 아베가 죽을 때까지 계속되었

* 『朝鮮史研究会論文集』 55, 朝鮮史研究会発行, 2017.10, pp.5~27. 논문의 원제목은 「이광수가 만난 네 사람의 일본인(李光洙が出会った四人の日本人－阿部充家・中村健太郎・徳富蘇峰・山崎俊夫)」이지만, 4장의 내용이 이 글에 수록된 「야마사키 토시오라는 '이향'」과 겹치는 부분이 많아서 생략하고 제목을 변경했다.

다. 다음으로 『무정』 연재 당시 『매일신보』의 현장 책임자였던 나카무라 켄타로中村健太郎(1883~1969)와의 접촉은 단기간으로 사무적인 것에 지나지 않았지만, 그는 이광수의 텍스트를 통해 한국 근대문학에 커다란 영향을 미쳤을 가능성이 있다. 세 번째 인물은 아베의 상사였던 토쿠토미 소호德富蘇峰(1863~1957)로, 이광수는 아베의 죽음 이후 그에게 접근했다.

이들 세 사람의 일본인과 이광수의 교류를 고찰함으로써 식민지인과 제국인의 교류가 어떠한 것일 수 있었는지 생각해 보고자 한다.

2. 아베 미츠이에 – '조선애'의 한계

이광수가 경성일보사 사장이었던 아베 미츠이에를 알게 된 것은 1916년 가을이다.[1] 와세다대학에서 유학하고 있던 이광수는 이 무렵 학비 부족으로 곤란을 겪고 있었다. 당시 『매일신보』 기자였던 친구 심우섭이 이를 걱정하여 조선인 청년의 지원에 관심을 가졌던 아베 미츠이에에게 소개했던 것이다.[2] 아베는 이광수의 논설과 소설이 젊은이들 사이에 인기

1 아베와 이광수의 만남 및 『매일신보』 지면의 집필에 대해서는 하타노 세츠코, 최주한 역, 『일본 유학생 작가 연구』(소명출판, 2011, 91~97쪽) 참조. 아베 미츠이에에 관해서는 다음의 논문이 있다. 심원섭, 「阿部充家의 生涯 基礎硏究」, 『韓國學硏究』 25, 인하대 한국학연구소, 2011, 287~317쪽; 심원섭, 『아베 미츠이에와 조선』, 소명출판, 2017; 이형식, 「경성일보・매일신보 사장 시절(1914~1918.6)의 阿部充家」, 『史叢』 87, 고려대 역사연구소, 2016, 151~157쪽.

가 있다는 이야기를 심우섭에게 들었을 것이다. 그래서 이광수에게 『매일신보』에 글을 써서 그 원고료로 학비를 충당하도록 제안한다. 신문 구독자의 확대, 특히 젊은 지식층의 획득에 고심하고 있던 『매일신보』로서도 이광수 같은 인재에게 집필케 하는 것은 해볼 만한 가치가 있는 일이었다. 이리하여 이광수는 『매일신보』에 논설을 쓰게 된다. 그가 얻은 것은 학비만이 아니었다. 이 발탁 덕분에 이광수는 당시 조선에서 단 하나의 조선어 매체였던 『매일신보』를 통해 조선인에게 자신의 의견을 발표할 수 있게 되었던 것이다. 애국계몽운동가와 학생들 사이에서만 이름이 알려져 있던 그는 그 덕분에 일약 유명인사가 된다.

『매일신보』에 게재된 논설이 호평을 얻어 이광수가 젊은 지식인들의 오피니언 리더로 주목받게 되자, 신문사는 그에게 신년소설을 의뢰했다. 이리하여 태어난 것이 한국문학사 최초의 근대장편 『무정』이다. 결과적으로 아베 미츠이에는 이광수를 출세시켰다고도 할 수 있을 것이다. 이광수는 이듬해 11월에 허영숙과 베이징으로 애정 도피를 떠날 때도 아베와 상의했고,[3] 당시 도쿄로 돌아가 고쿠민신문사國民新聞社의 부사장으로 복직해 있던 아베는 여비와 여권, 그리고 베이징에서의 생활까지 도왔다.[4] 당시 이광수가 이런 문제로 의지할 수 있는 사람은 아베

---

2 심우섭은 1938년 5월 5일 『매일신보』의 특집기사 「좌담회-창간 이래 34년 本報 成長의 回顧」에서 이때의 일을 회상하고 있다. 또 당시의 아베에 대해서 부하였던 나카무라 켄타로는 자신의 저서에서 다음과 같이 쓰고 있다. "아베 무부츠 선생의 존재는 경성일보 사장으로서보다도 조선 청년의 동정자로서 조선 청년의 숭배의 대상이었다." 中村健太郎, 『朝鮮生活五十年』, 青潮社, 1969, p.72.

3 이광수가 이 무렵 허영숙에게 보낸 편지에 다음과 같은 언급이 있다. "만약 ○○ 씨로부터 돈이 나와서 당당히 여행권을 받고 가게 된다면 鐵道로 가겠소이다."(1918년 10월 2일 자 편지) ○○ 씨는 아베 미츠이에 말고는 생각할 수 없다. 「사랑하는 영숙에게」, 『이광수전집』 18, 삼중당, 1963, 462쪽. 이하 『전집』, 쪽수만 표기.

밖에 없었다.

3·1운동 이후 아베는 현직에 있으면서 조선총독이 된 사이토 마코토齋藤實의 고문이 되어 조선에 관여하게 된다. 상하이로 망명했던 이광수가 1921년에 조선에 돌아오자 아베는 조선에 와서 이광수와 만나고, 그에게 대륙에 나가 있는 조선인들의 동향에 관해 얻은 정보를 기초로 사이토 총독에게 조언한다.[5] 한편 이광수는 아베와 사이토의 라인을 이용하여 안창호의 흥사단 조선판인 합법단체의 설립 허가를 받아내는 데 성공했다. 수양동우회가 그것이다. 이광수는 또 간도에서 유랑하는 지식인 청년들을 위해 기숙사 딸린 학교를 세울 것을 건의한 「건의서」를 사이토에게 제출했는데, 안창호의 이상촌 구상을 총독부의 예산으로 실현하고자 한 이 계획은 당연히 받아들여지지 않았다.[6]

아베는 신실한 불교도로 그의 인격에 대해서는 정평이 나 있다. 많은 사람이 아베는 조선인을 마음으로부터 사랑했다고 증언하고 있다. 이광수는 그것을 '조선애朝鮮愛'[7]라고 불렀다. 아베의 사후에 그의 친구가 추도회에서 이야기한 다음의 일화는 아베의 '조선애'를 충분히 말해 준다. 간토關東 대지진 때 아베는 조선인을 구하는 데 분주하여 고쿠민신문사에 거의 얼굴을 내밀지 않았고, 그 때문에 소호의 노여움을 사서

4 이광수는 10월 말에 철도로 봉천으로 가서 경성일보 기자 신분으로 호텔에 묵고, 아베의 소개장으로 일본영사관에서 여권을 만들었다. 거기서 허영숙과 만나 베이징으로 간 후 고쿠민신문사의 통신원에게서 숙박의 도움을 얻었다. 姜德相, 『呂運亨評傳 1 朝鮮獨立運動』, 新幹社, 2001, pp.112~113·145.

5 이 책의 제5부 제3장, 각주 13 참조

6 이 책 263쪽 참조.

7 李光洙, 「純眞なる朝鮮愛」, 『古稀之無佛翁』, 中央朝鮮協會內 阿部無佛翁 古稀祝賀會, 1931, pp.20~22. 무부츠(無佛翁)는 아베의 호이다. 이 책에서 세키야 테이사부로(關屋貞三郎)는 아베를 '愛鮮人'이라고 부르고 있다(p.31).

결국 부사장의 지위를 잃었다고 한다.[8] 친구들의 이야기와 이광수의 회상에서 드러나는 것은 총독부의 관리와 재조선 일본인의 조선인 차별이 일본과 조선의 관계를 악화시키고 있다고 생각하고 이를 시정하는 데 노력한 아베의 모습이다.[9] 그러나 사이토 총독에게 보낸 편지에서 조언한 내용은 그의 선의가 어디까지나 일본의 식민지배를 전제로 하고 그 지배를 영속시키기 위한 환경의 조성이었던 것을 보여준다. 그가 그린 미래가 그러한 것인 이상, 아베의 인격에 이끌려 그를 가까이 한 조선인은 일본에 협력하는 방향으로 흘러갈 위험성이 있다. 아베가 조선인을 위해 분주한 것을 평하여 일부 조선인은 조선 독립의 가장 큰 방해가 되는 것은 아베 선생이라고 말하고 있었다는 이야기도 전해지는데, 이는 아베가 선량한 인격을 가졌던 까닭에 조선인에게는 위험한

---

8 1936년 정월 초하루에 죽은 아베의 추도회가 같은 달 31일에 열렸고, 이 자리에서 오간 이야기 내용이 『무부츠 옹에 대한 추억』이라는 소책자로 정리되어 있다. 이 일화를 이야기한 것은 조선에서 은행 이사를 지낸 뒤 일본 권업은행 총재가 된 이시이 미츠오(石井光雄)이다. "저 관동대진재 직후 조선인 소동이 있었을 때의 일입니다. 아베상은 그때 이미 경성에서 돌아와 고쿠민신문의 부사장에 재임하고 계셨습니다만, 아베상은 신문사의 큰 피해에도 불구하고 거의 신문사에 얼굴을 내밀지 않고 조선인을 거두는 데만 분주했습니다. 어쩌다 신문사에 얼굴을 내밀어도 거의 믿을 만한 상담 상대는 되지 못했습니다. 그래서 토쿠토미상도 아베상이 고쿠민신문 창립 이래 둘도 없는 관계였음에도 불구하고 눈앞에 고쿠민신문사의 부흥을 꾀하지 않으면 안 되는 중요한 시기였던 터라 야마가와(山川氏)씨를 부사장에 앉히고 아베상을 그만두게 했던 것입니다. 보통 사람이라면 우선 부사장으로서 만사를 제쳐 놓고라도 신문사 부흥에 열심히 매달릴 것이고, 동시에 다른 일도 한다고 하면 문제없을 텐데 아베상은 본직인 부사장 일은 전혀 방치해 두고 조선인을 거두는 데 분주하고 또 한편으로는 경시청에도 가서 담판을 했던 것입니다. 이것은 아마도 여러분 가운데는 모르는 분도 계시리라 생각합니다. 결국 그 때문에 아베상은 신문사에서 해고된 것과 마찬가지가 되었던 것입니다(이후 이시이와 노다 우타로(野田卯太郎)가 조언하여 대우만큼은 원래대로 되돌렸지만 부사장직은 유지할 수 없었다는 이야기가 이어진다)." 『無佛翁偲び草』, 中央朝鮮協會, 1936, pp.33~34.

9 이광수, 「無佛翁の憶出」 3・4, 『경성일보』, 1939.3.14・15. 그밖에 『古稀之無佛翁』(中央朝鮮協會內 阿部無佛翁 古稀祝賀會, 1931)에 실린 지인들의 글 참조.

인물이었음을 시사한다.[10] 동향인 토쿠토미 소호의 좋은 친구로서 그를 돕고 일본 제국을 위해 활동했던 아베라는 인물에게 그것은 뛰어넘을 수 없는 한계였다. 여기서 문학적 상상력을 발휘하자면, 그가 자신의 생활을 돌보지 않고 홀리듯 조선의 일에 분주했던 것은 어쩌면 일본인으로서의 이 한계를 의식한 속죄의식에서 온 것일지도 모른다.

1930년대에 들어서 아베는 차츰 조선에서 멀어지지만, 이광수와의 교유는 계속되었다. 1935년 말 잠시 도쿄에 머물렀던 이광수는 임종이 가까운 아베를 문병하고 정월 초 장례식에도 참석했다. 아베의 집을 방문한 이광수는 그동안 조선인을 도왔던 아베의 궁핍한 살림에 놀랐다고 한다. 그리고 5년 후 『모던니폰モダン日本』에 쓴 「나의 교우록我が交友錄」에서 이광수는 아베와의 교유를 회고하며 이렇게 쓰고 있다. "선생은 내게 구하는 것이 없고, 나도 선생에게 바라는 것이 없는 실로 담담한 사귐이었습니다."[11] 그러나 여지껏 보아온 것처럼, 이 회상은 타당치 않다. 그들의 교유가 서로 상대를 이용한 것이었음은 특히 전반부의 교유에서 명백하다. 설령 이광수가 아베의 인격을 흠모했다고 해도, 그것과는 별개의 문제로서 식민지인인 그에게 제국의 유력인사를 친구로 가진 것은 마음 든든한 일이었을 것이다.

이광수는 아베의 사후에도 그를 '이용'했다. 아베가 죽은 지 3년이

---

10 山崎眞雄, 「不平不滿の噴火口」, 『古稀之無佛翁』, 中央朝鮮協會內 阿部無佛翁 古稀祝賀會, 1931, p.58. 야마사키는 총독부의 관료였다. 아베의 유학생 지원에 대해서는 裵姈美, 「朝鮮總督齋藤實と阿部充家による朝鮮人留學生'支援'」(『日韓相互認識』 4, 日韓相互認識研究会, 2011, pp.1~27) 참고.

11 이광수, 「我が交友錄」, 『モダン日本(朝鮮版)』, 1940.8. 바로 전해 『경성일보』에 연재한 「무부츠 옹의 추억」에서도 이광수는 "옹에 대해 구하는 것이 없고 옹도 나게 구하는 것이 없는, 그런 사귐이었다"(3.12)라고 쓰고 있다.

지난 1939년 『경성일보』에 연재한 「무부츠 옹의 추억無佛翁の憶出」에서 이광수는 아베와 교토에 갔던 때의 일을 회상하고, 아베가 친구인 '교토저축은행의 타니무라谷村 씨'와 술을 마시면서 히라노신사平野神社는 간무천황桓武天皇의 모친이 백제의 신을 제사지낸 곳이라든가, 쇼토쿠태자聖德太子의 스승이 고구려의 혜자와 백제의 혜총이었다는 등의 이야기를 하고 있는 모습을 묘사했다. 일본과 조선의 동조론同祖論을 역이용하여 조선의 문화적 우월성을 태연히 주장하는 이 모티프를 그는 이후에 쓴 기행문과 소설 속에 몇 번인가 사용하는데, 이런 미묘한 기술을 할 때는 '타니무라'라는 이름을 들먹여 정보의 출처를 넌지시 비추고 있다. 요컨대 아베는 일종의 방어막 역할을 하고 있었던 것이다.[12] 아베는 그런 식으로 이용당한다 해도 불평할 사람이 아닌 것을 이광수는 잘 알고 있었을 테지만, 당자가 살아있는 동안은 사용하기 어려운 테크닉이다. 그러고 보면 이광수는 아베의 사후에도 그를 '이용'했다고 할 수 있다. 그들의 우정은 제국과 식민지의 인간 사이에 가능한 최대 선상에서 성립했던 것이다.

12 예컨대 기행문 「삼경인상기」(『文學界』, 1942.1)에서도 '타니무라 씨'의 이름이 당돌하게 등장하고(p.82), 단편 「소녀의 고백」(『新太陽』, 1944.10)에서 주인공에게 이런 말을 해주는 인물도 '타니무라 노인'이다.

3. 나카무라 켄타로—『무정』의 실무 담당자가 남긴 것

『무정』이 연재되던 무렵 『매일신보』에는 나카무라 켄타로라는 인물이 '편집국장격'이었다고 이광수는 회상하고 있다.[13] 나카무라 켄타로는 토쿠토미 소호, 아베 미츠이에와 같은 구마모토현熊本縣 출신으로, 일러전쟁 전 구마모토현 유학생으로 조선에 왔다. 그 후 이언어二言語 신문인 『한성신보』의 조선어판 주간 및 통감부의 검열관을 지냈고, 경성일보사가 생기자 조선어 실력을 인정받아 소호에게 발탁되어 입사했다.[14] 이광수에게 집필을 의뢰하는 건에 대해 아베는 현장의 책임자인 나카무라에게 맡겼을 것이다. 이광수는 나카무라의 자택을 방문하고 「증삼소거사贈三笑居士—동상도중東上途中에서」(三笑는 나카무라의 호)라는 한시를 쓴다. 9월 8일 자 『매일신보』에 발표된 이 한시는 이광수가 『매일신보』에 쓴 첫 문장이다. 그 후 나카무라는 이광수와 연락을 취하게 되고 집필 의뢰 등의 실무를 담당했다.

『매일신보』에 『무정』을 쓰게 된 경위에 대해서 이광수는 "조선에서 신문에 창작소설을 연재하기를 처음 단행하는 데는 많은 주저가 있었으리라고 생각하고, 아마 내 학비 보태는 것을 주된 목적으로 이 모험

---

13 「다난한 반생의 도정」(『조광』, 1936.6), 『전집』 14, 401쪽. 이 시기 『경성일보』 편집국에는 마츠오(松尾)라는 편집국장이 있었지만, 『매일신보』 편집국에는 정식 편집국장이 없었다(『社史で見る日本經濟史 植民地篇 第二卷—京城日報社史』, ゆまに書房, 2001, p.10). 나카무라는 현지에서 고용된 학력이 없는 사람이니까 편집국장이 될 수는 없었을 것이다. 나카무라 자신은 자서에서 『매일신보』를 '주재(主宰)'했다고 회상하고 있다(中村健太郎, 『朝鮮生活五十年』, 青潮社, 1969, p.57).

14 위의 책, pp.9~50. 또 『매일신보』의 1938년 5월 5일 자 특집기사 「좌담회—창간 이래 34년 本報 成長의 回顧」에서 나카무라는 통감부에서 검열관을 지낸 일을 회고하고 있다.

을 감행한 것이 아닌가"[15]라고 겸손어린 회상을 하고 있다. 그러나 조선어에 능숙하여 조선인 독자의 동향을 파악하고 있던 나카무라는 이광수의 논설에 열광하는 젊은 지식인을 신문 구독자로 얻으려는 기대에서 굳이 '모험을 감행'했다고 생각된다. 물론 이광수 측에서도 자기는 논설만 아니라 소설도 쓸 수 있다고 어필하며 원고의 일부를 보여주는 등의 액션을 취했을 것이다. 그렇지 않고서는 나카무라도 책임자로서 무모한 모험은 하지 않았을 것이다.

나카무라와 이광수의 관계는 1916년부터 2년간 사무적인 접촉에 지나지 않았다. 그러나 그동안 나카무라는 한국의 근대문학사상 중요한 사건을 일으켰을 가능성이 있다. 한국문학사에서 『무정』이 근대장편의 효시로 평가받는 이유에는 내용의 근대성 외에 표기의 근대성, 즉 순한글문으로 쓰여진 것도 포함되어 있다. 19세기 말 조선에 나타난 국한문은 1세기 만에 거의 자취를 감췄다. 21세기에 들어서 한국의 지면은 거의 완전히 한글로 채워졌고, 한편 북한에서는 해방 후 곧 한글 전용 정책을 취한 까닭에 한자가 사라진 지 오래이다. 이런 흐름을 선취한 한글소설 『무정』은 표기의 근대성이라는 의미에서도 평가의 대상으로 간주되는 것이다. 그런데 저자의 조사에 의하면, 이광수는 『무정』을 처음에는 국한문으로 썼고, 그 원고를 나카무라가 현장의 책임자로서 한글 표기로 바꾸었을 가능성이 농후하다. 이 문제에 대해서는 『조선학보』에 발표한 논문들이 있으므로[16] 자세한 것은 생략한다.

---

15 「다난한 반생의 도정」, 『전집』 14, 401쪽. 이광수는 『무정』이 『매일신보』 최초의 창작소설이라고 회상하고 있지만, 그 이전에 이해조나 이인직의 신소설이 연재되었다.

16 波田野節子, 「『無情』の表記と文體」, 『朝鮮學報』, 朝鮮學會, 236, 2015, pp.1~27; 波田野節子, 「『無情』から「嘉実」へ－上海体験を越えて」, 『朝鮮学報』, 朝鮮學會, 249・250, 2019,

이광수가 국한문으로 『무정』을 썼다고 추측하는 근거는 다음의 세 가지이다. 첫째, 이 무렵 이광수가 국한문으로만 소설을 썼다는 점, 둘째, 상하이 망명에서 귀국한 후 간행한 책의 서문에서 자신이 한글로만 소설을 쓰겠다고 결심한 것은 이 무렵에 쓴 단편 「가실」부터라고 서술하고 있는 점, 셋째, 『무정』의 연재가 시작되기 이틀 전까지 『매일신보』에 『무정』은 국한문소설이라는 예고문이 나가고 있는 점이 그것이다. 이 예고문을 발견한 김영민은 표기의 변경이 이광수 자신의 의지에 서였다고 주장하고 있지만,[17] 현장에 있는 사람이 아니고는 섣달 그믐 이틀만에 표기 변경의 결단 내리고 실행하는 것은 불가능했으리라는 것이 저자의 판단이다.

조선시대에 양반은 한문, 서민은 언문을 사용하던 문자의 이중 상황을 계승하여 개화기 조선에는 지식인은 국한문, 서민은 국문을 사용하는 표기의 이중 상황이 존재했고, 지식인인 이광수도 당연히 잡지에 소설을 국한문으로 썼다. 그러나 신문에서 소설은 여자와 아이들의 읽을거리로 간주되어 항상 한글로 표기되었다. 나카무라는 지식인 독자를 얻기 위해 이광수에게 국한문 소설을 쓰게 했지만, 한글밖에 읽지 못하는 대중 독자에게 외면당할 것을 걱정하여 연재 개시 직전에 『무정』의 표기를 바꾼 것이 아닐까 추측된다.

표기의 이중 상황이 계속되고 있던 당시의 조선에서 『무정』이 한글로 표기된 것은 큰 의미를 가졌다. 덕분에 『무정』은 대중들에게도 읽히

---

pp.85~110.

17 김영민, 『한국 근대소설사』, 솔, 1997, 446~465쪽; 김영민, 『한국 근대소설의 형성과정』, 소명출판, 2005, 168~172쪽; 김영민, 「한국 근대문체의 형성 과정」, 『한국소설연구』 65, 한국현대소설학회, 2017, 60쪽.

고, 동시에 내용의 근대성으로 인해 지식인에게도 읽혀 양쪽에서 인기를 얻었다. 조선에서 두 계층에게 동시에 읽힌 소설은 『무정』이 처음으로, 이것은 "참된 근대 민족어문학의 성공"이었다고 김영민은 평가한다.[18] 나카무라가 표기를 바꾸었다는 저자의 추측이 옳다면, 신문 구독자를 얻고 싶다는 현장 책임자의 욕망이 우연하게도 한국 근대문학사에 커다란 사건을 일으킨 셈이 된다.

소호와 아베가 경성일보사에서 물러나고 4년 후, 나카무라는 이유 없이 해고되었다. 그때 그가 사이토 총독에 취직 알선을 부탁해 달라고 아베에게 의뢰한 편지가 사이토 관계문서에 남아 있다.[19] 그것이 주효했는지 나카무라는 총독부의 촉탁 검열관이 되었다. 그리고 내선융화를 목적으로 하는 재조선 일본인 단체인 동민회同民會 및 조선불교단이라는 단체를 만들어 활동했다.[20] 해방 후에는 전 재산을 잃고 구마모토로 돌아가 빈궁하게 지냈다. 척수 카리에스 휴유증으로 몸이 부자유했던 나카무라는 생활보호를 받으며 차茶 행상에 나섰다고 한다.[21] 조선 체류 시절의 지인들에게서 기부금을 모아[22] 1969년 『조선생활 50년朝鮮生活五十年』이라는 책을 출판하고는 그해에 사망했다. 이 책은 재조선

18 김영민, 『한국 근대소설의 형성 과정』, 168쪽.

19 1922년 8월 29일 자 아베 서한에 같은 해 8월 23일 자 나카무라의 편지가 동봉되어 있다. 해고에 대하여 나카무라는 "다만 회사의 형편에 의한 것으로 어떤 이유가 있는지 확실히 모른다"고 쓰고 있다.

20 孫知慧, 「植民地朝鮮における中村健太郎と朝鮮佛教團の活動とその意義」, 『東アジア文化交涉研究』 9, 関西大学大学院東アジア文化研究科, 2016, pp.283~303.

21 나카무라 켄타로의 만년의 상황에 대해서는 다음의 자료가 있다. 浜田正雄, 「中村健太郎さとんを悼む」, 『親和』 200, 日韓親和会, 1970.8, pp.60~61.

22 소호의 비서였던 시오자키 히코이치(塩崎彦一) 앞으로 보낸 기부 의뢰의 편지(1969.2.9)가 토쿠토미 소호기념관에 보관되어 있다.

일본인이 쓴 기록으로서 귀중한 자료이다. 그러나 그 책에는 조선인에 관한 기술이 거의 발견되지 않는데, 이는 조선에 살았던 일본인의 생활 방식을 상징적으로 보여주고 있는 듯하다.[23]

4. 토쿠토미 소호—14통의 편지

초대 조선총독인 테라우치 마사타케寺內正毅는 『고쿠민신문』 사장이었던 토쿠토미 소호에게 경성일보사의 운영을 의뢰했다.[24] 조선에 상주하는 것이 어려웠던 소호는 심복인 아베 미츠이에를 경성일보사의 사장으로 보내고 자신은 이따금 조선에 와서 감독을 했는데, 테라우치와의 관계가 점차 악화하여 1918년에는 아베를 데리고 경성일보사를 그만뒀다.[25] 1917년 여름 오도답파 여행길에 오른 이광수는 여행 도중 부산에

---

23 현재 확인되는 바 나카무라가 이광수에 대해 언급한 자료는 각주 14에서 언급한 1938년 5월 5일 자 『매일신보』 특집기사 「좌담회—창간 이래 34년 本報 成長의 回顧」뿐이다. 이 좌담회에서 나카무라는 이광수가 『경성일보』에 일본어로 쓴 최초의 조선인이었다는 것, 기행문의 평판이 좋았다는 것 등을 회상하고 있는데, 『무정』에 대해서는 언급이 없다.

24 토쿠토미 소호와 경성일보사의 관계에 대해서는 다음의 논문을 참고했다. 咸苔英, 「1910年代 朝鮮總督府機關紙と德富蘇峰」, 『アジア文化研究』 37, 国際基督教大学アジア文化研究所, 2011; 李錬, 「朝鮮總督府の機關紙『京城日報』の創刊背景とその役割について」, 『メディア史研究』 21, ゆまに書房, 2006; 柴崎力榮, 「德富蘇峰と京城日報」, 『日本歴史』 425, 吉川弘文館, 1983.

25 그동안의 사정에 대해서는 토쿠토미의 회상기 『德富蘇峰終戰後日記』 IV(講談社, 2007)에 다음의 세 장이 있다. 「나와 조선의 관계」, 「경성일보의 경영과 테라우치 백작」, 「만년 조선에서 노년을 지낼 뜻 결국 수포로 돌아감」. 소호는 처음 요시노 타자에몬(吉野太

서 아베와 만나 소호를 소개받았다. 그 후 이광수는 그다지 소호와 접촉하려 하지 않았지만,[26] 1930년대 후반부터 그에게 접근해 간다.

카나가와현神奈縣 니노미야二宮에 있는 토쿠토미 소호 기념관에는 이광수가 소호에게 보낸 12통의 편지가 보관되어 있다. 이외에 한국의 연구서에 수록되어 있는 복사본 2통과 아울러 현재 14통의 편지가 확인된다.[27] 1935년 10월 9일 자 편지가 시기적으로 가장 빠르고, 마지막 편지는 1943년 12월 4일 자로, 이광수가 학도병 지원 권유를 마치고 귀국할 때 쓴 편지이다.

첫 번째 편지는 도쿄에 갈 예정이었는데 도항渡航 제한 때문에 갈 수 없게 된 일을 보고하는 내용이다. 이해에 이광수의 아내 허영숙이 도쿄의 닛세키병원日赤病院에서 연수하게 되어 아이 셋을 데리고 도쿄에서 살기 시작했다. 아베 미츠이에는 이듬해 정월 초하루에 사망하는 것으로 보아 이미 병상에 있었을 것으로 생각된다. 현실적인 문제로서 이광수는 가능한 한 유력한 일본인 지인을 가질 필요가 있었다. 나중에 그는 그때 도쿄에서 집을 얻느라 고생한 일을 회상하고 있고,[28] 보증인을 구해야

左衛門)이라는 인물을 보냈고, 그의 병사 후 아베를 보냈다. 테라우치와는 처음부터 마음이 맞지 않았던 듯 그의 성격에 대해서 소호는 혹평하고 있다.

26 1939년 3월 『경성일보』에 연재한 「무부츠 옹의 추억」 마지막회에 의하면, 이광수는 소호와 만나는 것을 "꺼리는 경향이 있었"기 때문에 아베가 소호와 만나라고 권했다고 한다.

27 김원모의 『영마루의 구름－춘원 이광수의 친일과 민족보존론』(단국대 출판부, 2009, 965~972쪽)에는 1940년 2월에 이광수가 소호에게 보낸 창씨개명을 보고하는 편지와 그것을 축하하여 소호가 보낸 글에 대한 답장 2통의 편지 복사본이 실려 있다. 저자에게 물었더니 원본의 소재는 불분명하다고 한다. 모두 14통의 편지에 대해서는 최주한의 「토쿠토미 소호와 이광수－이광수가 소호에게 보낸 14편의 서간을 중심으로」(『춘원연구학보』 9, 춘원연구학회, 2016, 257~300쪽)가 있다.

28 이때 조선인에게는 집을 빌려주지 않는다는 집주인 때문에 고생한 일화에 대해서는 이광수, 「信信 論」(『매일신보』, 1940.3.12) 참조.

하는 문제도 있었을 것이다. 특히 도항 증명 문제로는 곤란을 겪었다. 실은 소호에게 편지를 쓸 때 이광수는 가족을 부산에서 전송하여 보내고 혼자 조선에 남지 않을 수 없었던 것이다. 편지에는 거기까지 쓰고 있지 않지만, 문면은 분통한 마음으로 넘치고 있다. 가까스로 연말에 도쿄에 갈 수 있었던 이광수는 도항 증명을 얻는 것이 얼마나 어려운지, 도항 도중의 엄격한 검사 때문에 얼마나 고생했는지 잡지에 썼다.[29]

이광수에게는 또 도쿄의 저명 인사와 만나기 위한 소개자도 필요했다. 1936년 5월과 6월에 도쿄의 집에 장기 체류한 이광수는 그동안 야스오카 마사히로安岡正篤와 만나 그의 농사학교를 방문하고 귀국 후 잡지에 「방문기」를 쓰고 있다.[30] 야스오카를 소개한 것이 소호였는지는 분명하지 않지만, 소호의 소개로 같은 시기에 하야시 센주로林銑十郎와 만난 사실은 편지로 확인된다.[31] 아베를 대신하여 이런 편의를 제공해 줄 존재를 이광수는 필요로 하고 있었다. 아베의 장례식 후 그가 소호를 방문한 것은 이런 기대가 있었던 것이라고 추측된다. 그들의 교제는 그 후 얼마간은 저서의 증정 정도에 그쳤지만,[32] 동우회 사건이 일어나 재판이 시작되자 달라진다.

1939년 3월에 『경성일보』에 연재한 「무부츠 옹의 추억」 마지막회에서 이광수는 아베의 장례식 후 소호를 방문한 일에 대해 쓰고, 자기와 소호의 깊은 관계를 강조했다. 차에 동승하여 고쿠민신문사 앞을 지날

---

29 이광수, 「동경구경기」(『조광』, 1936.9), 『전집』 18, 283~388쪽.

30 이광수, 「농사학교와 고려신사」(『조광』, 1937.1), 위의 책, 294~299쪽.

31 1936년 6월 3일 자 편지. 이광수는 이 만남에 대해서 잡지 등에 쓰지 않았던 듯하다.

32 1937년 4월 11일에 이광수가 소호에게 『이차돈의 사』를 보냈고, 이에 소호는 『蘇翁言志錄』을 보냈다. 같은 달 28일 자에 이광수가 편지를 쓰고 있다.

때 소호는 이렇게 말했다고 한다.

"저것이 『고쿠민신문』이네. 『고쿠민신문』에서 손을 뗄 때는 울었지. 해군 중좌(中佐)였던 자식을 잃었을 때처럼 슬펐다네. 『고쿠민신문』까지 죽었으니 내겐 이제 자식이 없는 셈이지"

라며 하하, 하고 소리 높여 웃었지만 비창(悲愴)한 감이 있었다.

나는 갑자기 위로한 말이 궁하여

"일본 청년 모두가 선생의 자식이 아닙니까"

라고 말했더니, 선생은 내 어깨를 끌어안으며

"자네도 내 자식이 되어 주게. 조선의 내 아들이 되어 주게. 일본과 조선은 하나가 되지 않으면 안 된다. 열심히 해 주게."[33]

전년 여름 동우회 사건 재판이 시작되어 그해 11월에 이광수는 동우회 회원들과 함께 전향을 표명했다. 소호라는 인물과 이렇게 깊은 신뢰 관계가 있음을 신문에 공개하는 것은 자신들의 전향이 위장이 아님을 당국에 보이는 데 유익했을 것이다. 그러나 신문만이 아니라 편지에도, 또 재판이 끝난 후에도 이광수는 이 자세를 관철했다.

이듬해 1940년 2월에 카야마 미츠로香山光郎로 창씨개명한 이광수는 이 일을 소호에게 보고하면서 "언젠가 도쿄니치니치東京日日신문사에서 함께 자동차를 타고 고쿠민신문사 앞을 지날 때 '내 자식이 되어 다오' 하는 말씀을 들은 지 5년의 세월이 지나 오늘에야 선생의 부탁을 따르

33 「그 후 소호 옹을 둘러싼 감개」, 『京城日報』, 1939.3.17.

게 되었습니다"[34]라고 쓰고, 이듬해 『동포에게 보냄同胞に寄す』을 간행할 때는 "선생의 자식으로서 쓴 셈입니다"[35]라고 편지를 써 보내고 있다. 이해 11월 동우회 사건은 이광수들의 승소로 끝났다.

불가사의한 것은 재판이 끝나고 2년 가까이 지난 1943년 9월에 소호에게 한시를 보내 "선생의 자식이 되기 위해 끊임없이 노력하겠습니다"[36]라고 쓰고 있는 점이다. 그는 이해 아들의 학업을 핑계로 강서江西의 시골에 은둔했으나 병 때문에 경성으로 돌아오지 않을 수 없었고, 이를 계기로 본격적인 대일협력에 나서고 있다. 편지를 쓴 것은 이광수가 그 각오로써 일본어 소설 「파리」를 쓰고 있던 시기이다.[37] 어쩌면 대일협력에의 결의를 북돋기 위해서도 이런 편지를 쓰는 것이 필요했는지도 모른다. 언행일치는 이광수라는 인간의 철학이었지만, 그렇다 해도 광적인 데가 있다. 이들 편지는 현재는 이광수의 대일협력을 부정할 수 없는 증거가 되어 있다.

이광수는 어떤 편지든 소화해내는 데 달인이었다. 『춘원서간문범』(1939)이라는 책에는 온갖 종류의 편지 견본이 수록되어 있다. 편지의 달인인 이광수가 소호에게 보낸 미려한 필적의 편지는 그러나 미사여구의 공소함을 느끼게 한다. 토쿠토미 소호가 이광수에게 존경할 수 있는 인간의 범주에 속했다고 생각하기는 어렵다. 조선 회상기에 토지 구입이나 시세 오름에 관한 이야기 등을 쓴 소호는[38] 청빈 속에서 죽은 아베와는 전혀 다른 인상을

---

34 1940년 2월 12일 자 편지. 각주 27에 쓴 것처럼 이 서간은 소호 기념관에 없다.

35 1941년 4월 29일 자 편지. 편지에는 『同胞に告ぐ』라고 되어 있지만, 이 책은 1941년 1월 박문서관에서 간행된 『同胞に寄す』라고 생각된다.

36 1934년 9월 14일 자 편지.

37 이 책 제 4부 제2장 「카가와 교장」과 「파리」 참조.

준다. 물욕이 없는 점에서 아베와 통하는 이광수는 이 두 사람의 인간성의 차이를 느끼지 않을 수 없었을 것이다.

5. 마치며

이상 이광수가 만난 세 명의 일본인을 살펴 보았다. 식민지 조선을 사랑하여 제국인으로서의 한계에 맞닥뜨렸던 아베 미츠이에, 『무정』 연재 당시의 실무 담당자로서 자신도 모르는 사이에 조선문학사에 커다란 영향을 끼친 것으로 생각되는 나카무라 켄타로, 아베의 사후 이광수가 편의를 위해 교유를 계속했던 토쿠토미 소호. 이들 세 명의 일본인과 이광수의 교류에 대해 쓰면서 느낀 것은 차별을 초래한 식민지라는 제도 아래서는 제국인과 식민지인이 진짜 마음을 나누는 일은 불가능에 가까운 것이 아닐까 하는 점이었다.

---

38 앞서 언급한 『終戰後日記』 IV(講談社, 2007)에서 소호는 경성에서 구입한 북문 근처의 자택을 팔았을 때 꽤 지가가 올랐다는 이야기를 회상하고 있다.

제3장

사이토 마코토에게 보내는 건의서

1. 사이토 문서에 대하여

사이토 마코토齋藤實(1858~1936)는 해군대신, 조선총독, 내각총리대신, 문부대신, 내무대신을 역임하다 2·26사건(1936년 2월 26일, 일본 육군의 황도파 청년 장교들이 쇼와유신을 명분으로 일으킨 쿠데타—역자)으로 흉탄에 쓰러진 정치가이다. 3·1운동이 일어난 1919년부터 1929년까지, 그리고 1929년부터 1931년까지 10여 년 이상 조선총독으로서 조선의 이른바 '문화통치'를 수행했다. 그는 생전에 주고받은 서한, 집무상의 서류, 일기, 스크랩 및 팜플렛 자료까지 포함하여 1만 건 이상의 방대한 자료를 남겼는데, 이는 현재 『사이토 마코토 관계문서齋藤實關係文書』로서 일본 국회도서관의 헌정자료실에 보관되어 귀중한 역사 자료가 되어 있다.[1] 사이토 문서 안에는 아베 미츠이에阿部充家(1862~1936)가 사이토에게 보낸 편지도 들어 있다. 구마모토熊本현 출신인 아베는 동향同鄉인 토쿠토미 소호德富蘇峰의 고쿠민신문사國民新聞社에 들어가 부사장을 역임하고 있던 1915년 토쿠토미의 의뢰로 경성일보사 사장으로 취임하여 1918년까지 근무했다. 그는 이 기간 동안 이광수를 발탁하여 『매일신보』에 논설과 장편 『무정』을 쓰게 하고, 그를 조선 언론계의 총아로 만드는 데 중요한 역할을 했다. 아베는 귀국 후에도 조선에 지속적인 관심을 갖고 사이토 총독에게 조선 통치에 대해 조언을 했다.[2] 그가 사이토에게 보낸 225통의 편지는 '아베 미츠이에 서한阿部充家書翰'으로 분류되어 사이토 문서에 수록되어 있다.[3]

사이토 문서에는 이광수가 쓴 것으로 보이는 문서 2건도 수록되어 있다. 140자 분량의 원고 용지 14매에 쓰여진 「건의서」와 12매에 쓰여진 「수양동맹회규약」(이하 「규약」)이 그것이다. 같은 정리용 봉투에 수록되어 있고 날짜도 서명도 없지만, 목록에는 '李光洙カ(이광수가 아닐까라는 의미—인용자)'라고 적혀 있다. 미루어 생각건대, 목록 작성자는 「규약」이 이광수의 수양동맹회 규약(안)이라 생각하여 이렇게 적고, 「건의

---

1 목록으로서 단행본 『사이토 마코토 관계문서 목록(斎藤實關係文書目錄)』(國立國會圖書館專門資料部 編)이 있고, 인터넷으로도 검색할 수 있다(http://rnavi.ndl.go.jp/kensei/entry/saitoumakoto1.php).

2 아베 미츠이에에 관해서는 다음을 참조. 심원섭, 『아베 미츠이에와 조선』, 소명출판, 2017; 이형식, 「경성일보·매일신보 사장(1914.8~1918.6) 시절의 아베 미츠이게」, 『史叢』 87, 역사학연구회, 2016; 이형식 편저, 『齋藤實·阿部充家왕복서한집』, 아연출판부, 2018.

3 사이토 문서는 '서한 부문'과 '서류 부문'으로 나뉘어 있는데, 아베 미츠이에의 서한 225통은 '서한 부문' 1의 No.228에 들어 있다(http://rnavi.ndl.go.jp/kensei/tmp/index_saitoumakoto_shokan1.pdf). 아베가 주고받은 서한과 서류는 별도의 '아베 미츠이에 문서'로서 헌정자료실에 보관되어 있다.

서」도 같은 종류의 원고 용지에 같은 필적으로 쓰여져 있어서 역시 이광수의 것이라고 추정했을 것이다. 「규약」과 「건의서」는 아베 서한과는 별도로 분류되어 있어 그것이 어떤 경로로 사이토에게 제출되었는지는 분명하지 않다.

이 자료의 존재를 처음 밝힌 것은 한국 근대사 연구자인 강동진이다. 1971년 도쿄대학 문학부 외국인 연구원이 된 강동진은 헌정자료실에 있던 '화물차 한 대 분량'이라고도 불리우는 방대한 사이토 문서를 연구하여 박사논문을 쓰고, 1979년 도쿄대학 출판회에서 『일본의 조선 지배 정책사 연구—1920년대를 중심으로日本の朝鮮支配政策史研究—1920年代を中心として』를 출판한다. 이 책은 이듬해 한국의 한길사에서 『일제의 한국 침략 정책사』라는 제목으로 간행되었다. 일본어 판의 서문에 의하면, 강동진이 사이토 문서 연구에 착수했을 무렵 이 자료는 아직 임시번호로 분류되어 있는 상태여서 독해 작업이 극히 곤란했다고 한다. 그는 보통학교와 중학교를 일본 통치하에서 보낸 일본어 세대였지만, 그래도 서한의 초서 문자를 대할 때는 몹시 난처했다고 회상하고 있다. 실제로 특히 아베 미츠이에의 편지들은 악필이라고 해도 좋을 정도로 해독하기 쉽지 않다. 이 방대하고 난해한 자료에 도전한 강동진의 노력에는 고개가 숙여진다. 그러나 그가 「건의서」와 「규약」을 자료로서 제시한 방식에는 부정확한 점이 있다. 이 글에서는 이를 지적하고, 아울러 그가 부분적으로 소개했던 「건의서」의 전문을 이 글 뒤에 소개하기로 한다.

2. 「건의서」와 「규약」의 자료 소개 방식에 대하여

강동진은 앞서 언급한 『일본의 조선지배 정책사 연구』(한국어판 제목은 『일제의 한국 침략 정책사』) 제4장의 제1절 제1항 '민족주의자의 동요와 좌우의 분화'에서 3·1운동 후 국내외 민족주의자에 대한 일본의 분열 공작과 그것이 일으킨 민족주의자의 동향에 대해 서술하고 있다. 그리고 금후 이동휘를 중심으로 하는 시베리아 세력이 일본에 위협이 될 것이라고 경고하는 1921년 4월 10일(4월 1일의 잘못이다)[4] 자 아베 미츠이에 서한을 인용한 후, "당시 만주·시베리아에서 활약하고 있던 독립운동자가 얼마나 강력한 존재였던가는 이광수가 아베 미츠이에를 통해서 총독에게 제출한 「재외 조선인에 대한 긴급책으로서 다음의 1건을 건의함」이라는 건의서를 보기만 해도 알 수 있다"[5]고 서술하면서 이 「건의서」를 소개했다.

그런데 이러한 자료 소개 방식에는 문제가 있다. 첫째, 「건의서」가 아베의 이 편지에 동봉되어 사이토 총독에게 제출된 것처럼 쓰고 있는 점, 둘째, 뒤에 서술하겠지만 건의서의 제목 「재외 조선인에 대한 긴급책으로서 다음의 2건을 건의함」에서 '2건'을 '1건'으로 잘못 표기하고 「건의서」의 전반부만 소개하고 있는 점이 그것이다.

첫 번째 사실이 문제가 되는 것은 이 문장이 오해를 불러일으키기 쉽

---

4 書翰 部2 No.2166, 「朝鮮總督時代－朝鮮・統治 一般－意見書類」. 실제로 서한을 확인해봤더니 4월 1일 자였다.

5 姜東鎮, 『日本の朝鮮支配政策史研究』, 東京大学出版会, 1979, p.398.

다는 점이다. "「건의서」를 보기만 해도 알 수 있다"[6]고 쓰고 나서 「건의서」를 소개하면, 독자는 아베의 이 편지에 「건의서」가 첨부되어 있는 것 같은 인상을 받게 된다. 실제로 그렇게 받아들인 김윤식은 『이광수와 그의 시대』에서 "아베가 사이토 마코토 총독에게 보낸 건의서(1921.4.10) 속에는 다음과 같은 이광수의 건의문"이 있다고 적고 이 「건의서」를 재인용하고 있다.[7] 더구나 강동진은 이 책에서 이광수가 상하이에서 귀국한 시기를 5월이라고 추정하고 있기 때문에(실제는 3월이다),[8·9] 이 대목은 이광수가 상하이에 있으면서 아베를 경유하여 「건의서」를 총독에게 제출했다고 읽힐 위험조차 있다. 이광수의 귀국은 많은 파문을 일으켰던 만큼, 이 시기의 자료 제시에는 특히 정확성이 요구된다.

잘 들여다 보면, 「건의서」에는 "사이토 마코토 문서, 사이토-아베 미츠이에 서한(년월일 불명) 가운데 동봉"이라는 주석이 붙어 있다.[10] 어느 아베 서한에 동봉되어 있었는지 알 수 없는 셈이다. 앞서 언급한 것처럼, 국회도서관의 목록에 「건의서」와 「규약」은 아베 서한과는 별도로 분류되어 있다. 애초에 아베 서한에 동봉되어 있던 것이 우연히 분

6 강동진, 『일제의 한국침략정책사』, 한길사, 381・398쪽.

7 김윤식, 『이광수와 그의 시대』 1, 솔, 1999, 735쪽.

8 강동진은 총독부가 "1921년 중반쯤 이광수를 중국에서 회유・귀국시키고(5월), 복역 중인 최린・최남선을 가출옥(6월)"시켰다고 쓰고 있다(강동진, 앞의 책, 403・411쪽. 411・94쪽에도 같은 내용이 쓰여 있다). 그러나 이광수의 귀국은 김윤식이 『이광수와 그의 시대』에서 4월 4일 자 가람 이병기의 일기에 나오는 『조선일보』 기사를 근거로 추정하고 있는 것처럼 3월의 일이며(김윤식, 『이광수와 그의 시대』 2, 솔, 17쪽), 최린과 최남선의 가출옥은 10월이다.

9 【역주】: 당시 이광수의 귀국을 보도했던 4월 3일 자 『조선일보』의 기사는 다음과 같다. "전일의 情意를 更續하여 그리함이든지, 혹은 어떤 곳의 부탁하는 무거운 사명을 받아가지고 그리함이든지, 허영숙이는 모처의 양해를 얻어 가지고 돌연히 상해로 건너가서 이광수를 데리고 본국으로 돌아오기로 하고 갔던 바 (…하략…)" 『조선일보』, 1921.4.3.

10 강동진, 앞의 책, 416쪽, 각주 6.

리되어 버린 것인지, 편지 이외의 경로로 사이토의 손에 건네진 것인지, 아니면 이광수가 왜성대倭城臺 관사에서 사이토와 면담하던 당시 직접 건넸을 가능성도 생각해 보아야 할 것이다.[11] 이에 대해서는 역사 연구자가 아베의 서한에 대한 독해와 조사를 진행하여 사실이 밝혀지기를 기대하는 수밖에 없다.

저자는 4월 1일 자 아베의 편지가 이광수와 관계가 없다고 말하고 있는 것이 아니다. 오히려 그 반대이다. 아베의 편지에서 정보의 원천은 "그 자의 시찰담"으로 되어 있는데, 편지 속에서 당돌하게 '그 자'라고 쓰고 있는 것은 사이토가 '그 자'가 누구인지 알고 있음을 전제로 한다. 그것은 3월 상하이에서 귀국한 이광수일 가능성이 높다. 반년 후 아베 서한에 "언젠가 상하이에서 귀국한 자의 이야기와 결부하여 생각하건대"라는 문구가 있는데,[12] 이광수의 이름이 밝혀져 있지 않은 것이 오히려 이광수라는 존재가 아베와 사이토에게 자명한 사항이었음을 보여준다. 1921년 1월 5일 자 서한에서 아베는 토쿠토미의 양해를 얻어 '지시貴命'에 응할 수 있게 되었으니 언제든 기다리겠다고 쓰고 있고, 그 후 3월 20일까지 사이토에게 보낸 서한이 없다. 이 사이 경성에 가서 사이토와 면담했을 가능성이 크다.[13]

---

11 1922년 9월 30일 자 『사이토 일기』에 "저녁, 이광수와 회견"이라고 되어 있다(『斎藤實文書』 書類 部2−No.208(日記類 63 日記 大正 11.4.21~10.21). 이것은 조성구, 『朝鮮民族運動と副島道正』(研文出版, 1998)의 제2부 각주 67(250쪽) 덕분에 발견했다. 그 외에도 이광수가 사이토와 회견했을 가능성은 있다.

12 9월 20일 자 서한(No.27)에서 아베는 간도에서 온 서신의 일부를 사이토에게 보내고, "언젠가 상하이에서 귀국한 자의 이야기와 결부하여 생각하건대, 이동휘 일파의 浦塩 방면 운동의 一端으로도 확인할 만한 자료이기도 합니다"라고 쓰고 있다.

13 1921년 1월 5일 자 아베 서한(No.18)에는 "지난번 편지에서 말씀드린 대로 토쿠토미의 양해를 얻었으니 언제든 지시(貴命)에 응할 수 있습니다. 필요하실 때 언제든 알려주시기

한편 강동진은 그의 저서에서 「규약」의 전문을 소개하고 있는데, 이것도 약간 부정확한 점이 있다. 그는 「규약」은 아베 서한에 동봉되었다고 쓰고,[14] 각주에서 "1921년 11월 29일 자의 이 서한에 동봉해서, 이광수의 자필로 보이는(원고용지 사용) 수양동맹회의 규약이 사이토 마코토에게 제출됐다"고 쓰고 나서 「규약」의 전문을 소개하고 있다.[15] 사이토 문서 안에는 11월 29일 자 아베의 서한이 없으니 이것은 12월 29일 자를 잘못 표기한 것이라 생각되는데, 이 편지에는 「규약」을 동봉한다는 언급이 없다.[16] 아베 서한에서 이광수의 이름이 나오는 것은 이 편지가 처음이지만, "앞서 이광수라는 자의 안案을 보여드렸던 조선인 개조의 문화운동화"라는 언급에서 만약 '보여드렸던' 것이 「규약」을 지칭하는 것이라면, 사이토는 이 편지를 받기 전에 벌써 「규약」을 보았다는 얘기가 되므로 모순이다.

이로부터 「건의서」와 「규약」이 사이토의 손에 건네진 시기와 경로는 현재로서는 분명하지 않은 것으로 해두는 것이 정확할 것이다.

바랍니다"라는 언급이 있다. 다음의 3월 20일 자 서한(No.19)에는 "지난번 잠깐 말씀하신 중추원 의원 임명"이라는 언급이 있어, 아베가 사이토와 면담한 사실을 엿볼 수 있다. 이 무렵 허영숙은 총독부가 파견한 '의료시찰단'의 일원으로 베이징에 갔던 길에 상하이로 가서 2월 18일 이광수와 함께 안창호를 만난다. 여행 허가는 총독부 경찰의 관할이었기 때문에 총독부는 허영숙의 움직임을 파악하고 있었다. 이 일과 이광수의 귀국 및 사이토 총독이 아베를 불러낸 것에 관계가 있는 가능성이 높다. 주요한, 『안도산전서』(상)—전기편, 범양사, 1990, 353쪽; 박계주·곽학송, 『춘원 이광수』, 삼중당, 1962, 284쪽.

14 강동진, 앞의 책, 422~423쪽.

15 위의 책, 443~446쪽, 각주 10.

16 편지를 독해하는 데 조언해 준 당시 서울대 외교학과 박사 수료생인 이경미 씨에게 이 자리를 빌려 감사의 뜻을 전한다.

3. 「건의서」에 대하여

「건의서, 재외 조선인에 대한 긴급책에 대하여 다음의 2건을 건의함」은 국회도서관 헌정자료실 사이토 문서의 서한 부문 No.2166 「조선총독시대－조선 · 통치 일반－의견서류」에 「규약」과 함께 보관되어 있다. '다음의 2건'을 강동진이 '1건'으로 잘못 표기한 것은 글자가 알아보기 어려웠던 탓이었을 것이다. 처음에는 '1. 유랑 조선청년 구제선도의 건'과 '2. 재외 조선인 교육선도의 건', '3. 적임자의 자격'이라는 3건의 건의로 되어 있었던 것을 '3' 자를 '덧붙임附'으로 고치고, 아울러 제목이 '3건'을 '2건'으로 수정한 흔적을 볼 수 있다.[17]

첫 번째 건의는 중국과 시베리아를 유랑하고 있는 다수의 지식청년들에 관한 것이다. 이광수는 건의하는 '이유'로서 재외 조선인들에게 커다란 영향력을 가진 그들이 러시아의 수중에 들어가 과격화되면 일본에 위협이 될 것을 들고 있다. 강동진은 이 부분을 이동휘 등 과격파의 위협을 경고하는 아베 서한의 방증으로서 인용하고 있다.[18] 그러나 이는 이광수가 건의의 필요성을 당국에 호소하기 위해 쓴 부분으로, 진짜 '이유'는 강동진이 인용한 다음에 나오는 부분이라고 생각된다. 이광수는 '이유'의 마지막으로 교육 및 산업 활동을 위해 쓸모있는 인재가 될 수 있을

---

17 이 부분은 먹물이 번져서 읽기 어렵고, 국회도서관 목록에도 '1건'으로 되어 있다. 그래서 니가타현립대 도서관을 통하여 국회도서관 참고문헌 서비스에 조회했더니, 본문의 내용과 마찬가지의 회답을 얻었다.

18 앞서 언급했듯이, 아베의 편지에 나오는 이런 경고 자체는 이광수의 정보로부터 얻었을 가능성이 높다.

그들을 선도하지 않고 방치하는 것은 국가로서도 인류로서도 참기 어려운 일이라고 쓰고 있다. 그리고 그들을 구제하기 위해 다음의 '구제책'으로 길림이나 봉천에 토지를 구입하여 기숙사가 딸린 학교를 짓고, 청년 500명을 모아 농업과 산업 기술을 습득시킬 것을 제안하고 있다. 필요 경비는 첫해 10만 엔이며, 2년째부터는 토지에서 나오는 수익으로 유지할 수 있을 것이라고 썼다. 이 계획은 이 무렵 안창호가 중국 대륙에서 건설하려다가 좌절했던 이상촌 기지 건설을 떠올리게 한다.[19]

두 번째 건의는 간도와 서간도에 거주하는 조선인들에 관한 것이다. 이광수는 건의 '이유'로서 문화와 격리되어 원시적인 생활을 하고 있는 그들을 방랑청년들의 영향하에 방치하여 두는 것은 위험하며, 일본은 통치자로서 그들을 선도 계발해야 함을 서술하고 있다. 이어서 '교육 선도안'으로 재외 조선인이 거주하는 마을에 기숙사가 있는 소학교와 강습소를 지을 것, 산업・위생 등에 관한 계몽 활동을 벌일 것, 계몽 출판물을 배포할 것 등을 제안하고 있다.[20] 그런데 이러한 시책은 이 무렵 총독부에서도 행하고 있던 것으로,[21] 이광수의 역점은 첫 번째 건의

---

19 이광수, 『도산 안창호』, 『이광수 전집』 13, 삼중당, 1962, 155~157쪽.

20 이광수의 건의서 내용과 필요 경비 견적이 1920년대 초반 조선에서 어느 정도의 현실성을 갖고 있었는지 판단하는 데는 사이토 문서에 있는 「만주 및 시베리아 거주 조선인 무육(撫育)에 관한 10년도(1921) 계획」(서류 부문 96, 재만 조선인 4)가 참고가 된다. 이광수의 두 번째 건의와 매우 유사한 내용이 조선총독부에 의해 계획된 예산에 계상(計上)되어 있기 때문이다. 또 같은 분류 번호 7 (1)~(5)에는 용정에서 광명회를 설립한 히다카 헤이고로(日高丙子郎)라는 인물이 일본・조선・중국인으로 '이상향'과 같은 것을 건설하는 안을 상세한 경비 견적과 함께 사이토 총독에게 제출한 간도 계획안이 채용되어 매년 8,840엔을 받게 되었다는 자료가 들어 있다. 이 시기에 이 지역에서 총독부가 뭔가 부득이 대책을 필요로 하여 이러한 안건을 환영하고 있었던 사실을 엿볼 수 있다.

21 앞서 언급한 「만주 및 시베리아 거주 조선인 무육(撫育)에 관한 10년도(1921) 계획」의 경비 내역에는 보통학교 경비 보조 및 건축비 보조(2건) 외에도 순회 강연 및 활동 사진 등의 경비가 계상되어 있다.

쪽에 놓여 있었다고 보는 것이 좋을 것이다.

건의 후에는 '적임자의 자격'과 '실행시의 주의'라는 2개의 안건이 덧붙어 있다. 명망, 사무적 수완, 강고한 의지, 급진적 사상이 없을 것 등과 나란히 조선인에게 친일파로 간주되지 않을 것이 '적임자의 자격'으로 거론되어 있는 것은 당시 간도의 조선인 사회가 어떤 분위기를 갖고 있었는지 잘 전해 준다. 여기서는 또 이 방책을 실행할 경우에는 "절대 비밀을 지키는 것이 좋다"는 주의도 이어진다. 이광수는 총독부의 돈으로 이러한 사업을 시행하는 것이 동포들의 눈에 어떻게 비칠지 잘 알고 있었다. 또한 그 나름의 각오를 갖고 이 건의서를 제출했던 것이다.[22] 그러나 지식 조선 청년 500명이 모이는 마을은 한 걸음만 엇나가면 반란의 거점이 될 위험을 감추고 있다. 당연한 일이지만, 이 건의는 사이토 총독이 받아들이지 않았다.

---

22 앞서 언급한 간도 계획 「내선인 융합기관 설립 비견(內鮮人融合機關設立卑見)」(분류 번호 7(2))에서 히다카는 최근 간도에서 기독교 관계자 사이에 실력양성의 경향이 생겨 일본과의 관계 개선의 분위기가 있는데, 이를 조장하기 위해서도 "실행하는 데 있어서는 배후에 관헌의 힘이 있다는 사실은 내선인 어느 쪽에도 절대 비밀이 필요하다고 생각한다"고 적고 있다.

건의서

(齋藤實文書 書簡, 분류번호, 2166, 일본국회도서관)

재외 조선인에 대한 긴급책으로서 다음의 2건을 건의한다.

1. 방랑 조선청년 구제 선도의 건
2. 재외 조선인 교육 선도의 건

'덧붙임(附)' 적임자의 자격
실행상의 주의

1. 방랑조선청년 구제 선도의 건

이유

1919년(大正 8) 조선 독립운동 발발 이래 중등 정도 이상의 교육을 받은 자로서 지나(滿洲, 北京, 上海) 및 시베리아에 유랑하는 자 2천 이상에 달한다. 그리고 그들은 조선에 돌아갈 수 없는 자, 또는 돌아가고자 하지 않는 자이다. 지금 그들은 의식衣食이 곤궁하여 이번 겨울을 나는 것조차 곤란한 상태이다. 이러한 상태에 있는 그들로서는 취할 만한 길이 세 가지가 있다.

1) 독립운동을 표방하고 무기를 휴대하여 조선 내에 몰래 들어오는 것

2) 과격파 러시아의 선전자가 되는 것

3) 사기꾼 또는 절도, 강도가 되는 것

이 이것이다.

그들 2천 명은 조선인—특히 재외 조선인 사이에서는 지식계급이면서 동시에 애국지사로서 민심을 선동하는 데 막대한 세력을 가진다. 현재 그 지역에 있는 각종 독립단체의 여러 기관은 그들에 의해 굴러가고 있고, 여러 계획 및 실행은 그들의 손으로 이루어진다.

또 그들은 과격파의 사상에 기울고 있다. 소비에트 정부도 동양에서의 과격주의 선전자로서 조선의 불우청년 지식 계급을 이용하는 방책을 세우고, 현재 상하이 기타 등지에서 수백의 조선 청년을 부리고 있다. 이대로 두면 필시 그들 2천여 명은 전부 과격화될 것으로 보인다.

그리고 그들은 수적으로는 적은 것 같아도 사실 일본의 국방 및 사회의 안녕에 대하여 경시할 수 없는 관계를 갖고 있는 것이다.

게다가 그들은 선도하면 재외 조선인, 나아가서는 전 조선인의 교육 및 산업적 활동에 쓸모있는 인재가 될 수 있고, 또 인도상으로 보더라도 2천 여 쓸모 있는 청년을 도랑과 골짜기에 구르게 하는 것은 국가로서도 인류로서도 참을 수 없을 것이라고 믿는다.

구제책

그 구제책은 그들에게 우선 의식衣食을 주고, 다음으로 교육을 주어

건실한 직업을 누릴 수 있는 능력을 주는 데 있다.

길림성 또는 봉천성에 적당한 토지를 구매하고, 조선인 가운데서 적절한 인재를 구하여 이곳에 농촌과 학교를 경영케 한다. 거기서 그들 유랑의 무리를 모아 한편으로 농공업에 종사하여 의식衣食의 밑천을 얻게 하고, 다른 한편으로 농업과 공업 등 만주의 조선인 산업에 필요한 학술 또는 기예, 또는 사범교육을 받게 한다. 사범교육을 하는 것은 재외 조선인(백만을 넘는다고 한다)의 교육을 진흥케 하는 자극이 되고 실력을 갖추게 하기 위함이고, 실업교육을 베푸는 것은 첫째, 그들 자신에게 건전한 직업에 종사하는 능력을 전수하고, 둘째, 재외 조선인의 산업을 진흥시키기 위함이다.

이상에서 언급한 사업의 시도로서, 우선 500명을 수용하기 위한 경비를 대강 셈하면 다음과 같다.

1) 토지구입비(1인 경작분 50엔으로 견적)	2만 5천 엔
2) 개간비(기계 구입비 포함)	2만 엔
3) 기숙사 건설비(1실 평균 4인으로 125실, 및 부속 건물)	2만 엔
4) 교사 및 공장 건설비	2만 엔
5) 5백명 최초 1년 생활비	2만 엔
6) 공공비 및 잡비	1만 엔
합계금	10만 엔

일단 이러한 설비가 마련되면 이듬해부터의 해당 토지의 수입으로 유지할 수 있을 것.

2. 재외 조선인 교육 선도에 관한 건

이유

국외에 거주하는 조선인이 2백만이라고 한다. 그 가운데 가장 밀집도가 높은 거주지는 러시아령 연해주 및 만주 지역이다. 특히 저 간도 및 서간도도 통칭되는 지역은 거의 조선 내지와 다르지 않고, 주민이 백만에 달한다. 그런데 그들에게는 정치가 없고 법률이 없고 종교가 없고 교육도, 예술도 없다. 거의 만민蠻民으로 퇴화하고 있다. 더구나 이러한 인민은 해마다 급증가하여 매년 이주하는 자가 만 명을 헤아린다. 그리고 그들을 지배하는 유일한 주권은 위의 항목에 서술한 유랑 청년이 있을 뿐이다. 따라서 그들 백만의 인민은 일본의 국방상 간과할 수 없는 위험으로서, 또한 그들을 계발하는 것은 조선 통치자로서 일본이 등한시할 수 없는 문제이다.

교육 선도안

그 교육 선도책은 학교의 설립, 강습소 및 순회 강습의 시설, 또 값싼 출판물을 발행하는 것이다.

1) 적당한 곳에 기숙사가 딸린 소학교를 세울 것

2) 강습소를 마련하여 산업에 관한 지식을 줄 것

3) 강연을 통해 위생 기타 필요한 사상을 고취할 것

4) 값싸고 또 그 목적에 맞는 출판물로써 도덕과 지식과 위안을 줄 것

상술한 사업은 아래 항목에 언급한 사업 경영자에게 위임하면 가장 편리하다. 경비는 일정해야 하는 것은 아니고, 다만 이로써 시험적으로 전진하는 것이 좋다.

적임자의 자격

이러한 사업에는 적임자를 얻는 것이 가장 긴요한 조건이다. 그 적임자는 다음의 자격을 가질 필요가 있다.

1) 조선인, 특히 조선 청년 사이에 명망 있는 자일 것
2) 조선인으로서 친일파로 지목되지 않을 것
3) 교육에 관한 식견이 있고 사무적 수완이 있을 것
4) 비록 일선동화(日鮮同化)를 외치지 않더라도, 급진적 사상이 아니라 조선인에게 교육과 산업을 전수하는 것을 조선인의 유일한 구제책이라고 믿는 자
5) 거짓말하지 않고, 의지 강고하여 주의를 굽히지 않는 자

이러한 인물이라면 신임해도 좋을 것이다. 이것은 일선동화를 외치지 않더라도 재외 조선인의 망령된 움직임을 견제하고, 그들에게 지식과 부를 주어 생활의 안정을 얻게 하는 효력을 얻을 수 있다.

실행 시의 주의

상술한 사업을 진행하는 데는 절대 비밀을 지키는 것이 좋다.

제4장

동아시아 근대문학과 일본어 소설*

1. 시작하며

서양의 충격은 문학에도 미쳤다. 동아시아에서 최초로 근대화를 이룬 일본은 언어를 통해 서양과 만나 근대문학을 낳고, 일본의 식민지였던 타이완과 조선은 종주국의 언어인 일본어를 통해 서양문학과 만나 근대문학을 산출하게 된다.

식민통치 말기의 타이완과 조선에서 대량으로 쓰여진 일본어 소설에 대해서는 1990년대부터 연구가 시작되었다. 그러나 통치 초기부터 통치의 종식 이후까지를 시야에 넣고 장기적인 시간의 폭을 고려하여 식민

* 이 글은 JSPS의 과제 연구비(16K02605)를 받았다.

지의 문학과 일본어의 관계를 다룬 연구는 아직 없다. 그러한 연구를 지향하며 그 일환으로 이 글에서는 조선과 타이완 초기의 일본어 소설을 고찰한다. 구체적으로는 조선 근대문학의 아버지로 불리는 이광수(1892~1950?)가 대표작『무정』을 쓰기 8년 전에 쓴「사랑인가愛か」와 타이완 문학사에서 최초의 근대소설로 간주되는 셰춘무謝春木(1902~1969)의「그녀는 어디로彼女は何處へ」(1922)라는 두 편의 일본어 소설을 통해 동아시아 근대문학의 맹아의 양상을 고찰한다. 제2절에서는 일본이 서양문학과 조우한 여명기를 3인의 작가를 통해 개관하고, 제3절과 제4절에서 두 편의 일본어 소설이 쓰여진 경위를 특히 당시의 언어 상황을 시야에 넣고 고찰한다. 그리고 마지막으로 앞으로의 과제를 서술하고자 한다.

2. 일본–'식민지적' 문학

육군사관학교 시험에 계속해서 세 번 실패한 17세의 후타바테이 시메이二葉亭四迷(1864~1909)가 장래의 일본에 위협이 될 러시아에 대비하기 위해 러시아어를 배우고자 도쿄외국어학교 러시아어과에 입학한 것은 1881년(明治 14)이었다. 그곳에서는 물리, 수학에서 러시아문학사까지 모든 과목을 러시아인 교사가 러시아 학교의 교과서를 가지고 러시아어로 가르친다는 철저한 직접 교수법 교육이 실시되었다. 이윽고 그는 교사가 낭독하는 러시아 소설에 심취하여 근대문학에 눈을 뜬다.

나카무라 미츠오中村光夫는 『후타바테이 시메이 전기二葉亭四迷傳』(1958)에서 후타바테이가 도쿄외국어학교에서 받은 교육을 소개하면서 이를 '식민지적인 성격'의 교육이라고 부르고 있다. 그러나 그것은 일본이 그 무렵 직전까지 타이완과 조선에서 행한 교육을 가리키는 것이 아니다. 전후戰後 '이방인' 논쟁을 일으킨 불문학자 나카무라에게 '식민지의 교육'이란 알베르 카뮈가 알제리아에서 받은 프랑스 본국 방식의 교육이었다.[1] 아시아에 대한 이렇게까지 엄청난 무관심은 메이지 이래 일본 문학자들의 서양 지향성을 응축적으로 드러낸다. 메이지 일본은 스스로 서양문화에 동화되는 것을 바라고 근대화의 길로 돌진했다. 일본은 식민지가 되지 않았지만 일본의 근대문학은 이런 의미에서 '식민지적' 이었다고 할 수 있을 것이다.

후타바테이가 외국어학교에 입학한 해, 고용 외국인 교사에게서 직접 영어로 강의를 받았던 도쿄대학 문학부 학생 츠보우치 소요坪内逍遙(1859~1935)는 학기 말 시험에서 "햄릿에서 왕비 거트루드의 성격을 비평하라"는 문제를 받았다. 성격을 도의적으로 논한 답안을 내고 낮은 점수밖에 받지 못한 이후 그는 서양과 동양 문학의 차이를 깨닫고 서양 문학이론 연구와 셰익스피어의 번역으로 나아가게 된다. 츠보우치의 저서 『소설신수小說神髓』를 가지고 그의 자택을 찾아간 후타바테이가 그의 권유로 『뜬구름浮雲』을 간행한 것은 1887년(明治 20), 츠보우치가

---

1 나카무라는 『후타바테이 시메이 전기』를 1936년 『분가쿠카이(文學界)』에 3회 연재하고 전후(戰後) 『전망(展望)』과 『군상(群像)』에 연재하여 1957년에 완성시켰다. 그동안 알베르 카뮈의 『이방인』을 번역하고 히로츠 카즈오(廣津和郎)와의 사이에 '이방인' 논쟁을 일으켰다. 1970년에 나카무라는 『후타바테이 시메이 전기』를 연재했던 무렵을 회상하면서 『부운(浮雲)』의 분조(文三)와 『이방인』의 뫼르소를 비교하고 있다. 中村光夫, 『今はむかし』, 中央文庫, 1981, pp.139~140.

28세, 후타바테이가 23세 때의 일이다. 입신출세에서 낙오된 주변인 청년을 형상화하는 한편, 후타바테이는 「밀회あいびき」, 「해후めぐりあい」 등의 번역을 통해 일본어의 문학적 영역을 확장시켜 간다.

직접 교수법의 으뜸은 현지 유학이다. 전의典醫 집안에서 태어나 유소년기부터 독일어를 배운 모리 오가이森鷗外(1862~1922)는 도쿄제국대학 의학부를 졸업하고 해군에 봉직했고, 1884년(明治 17) 22세에 육군 위생제도와 위생학 연구를 위한 독일 유학을 명받았다. 그는 독일에서 서양문학과 만나고 4년 후 귀국할 때는 군의軍醫 겸 문학자가 되었다. 사토 하루오佐藤春夫는 오가이의 서양행이야말로 '근대 일본문학의 기원'이라고 생각한다고 쓰고 있다.[2] 1890년(明治 23), 오가이는 이국 문화와의 만남 속에서 싹튼 지식인의 자아를 그린 「무희舞姬」를 발표했고, 그도 또한 창작과 함께 번역에 나섰다.

서양의 언어를 통하여 근대문학과 만난 그들의 과제는 문학적인 정감을 독자에게 전할 수 있는 문체의 창출이었다. 이 메이지 20년대, 메이지 초기에 존재했던 대신문大新聞의 한문체와 소신문小新聞의 이야기체라는 문어의 이중 상황은 중신문中新聞의 출현으로 해소되어 가고, 『코쿠민노토모國民之友』를 주재한 토쿠토미 소호德富蘇峰의 한문훈독체가 유행하는 한편 속기술의 발명이 재판기록과 연설에서 강담講談까지 활자화하여 문체에 대혁명을 일으켰다. 이러한 언어 상황 속에서 그들과 뒤이은 작가들은 '언문일치'라 불리는 새로운 문체의 시행착오를 거치고,[3] 그동안

2 佐藤春夫, 「森鷗外のロマンティシズム」, 『森鷗外集』 2, 筑摩書房, 1956, p.415.

3 小森陽一, 『日本の近代』, 岩波書店, 2000; 清水賢一郎, 「梁啓超と'帝国漢文'—'新文体'の誕生と明治東京のメディア文化」, 『アジア遊学』, 勉誠出版, 2000 참조.

일본은 타이완과 조선을 식민지로 삼아 제국이 되며, 이윽고 이들 식민지에도 근대문학이 발생하게 된다.

3. 조선 – 한글 표기의 길

1) 이광수의 「사랑인가」

1905년(明治 38)에 열세 살 이광수가 천도교 유학생으로 일본에 갔을 때 조선은 아직 식민지가 아니었다. 학비 문제로 일시 귀국한 그는 대한제국의 관비 유학생이 되어 1907년 가을 메이지학원 보통학부 3학년에 편입한다. 그리고 졸업까지의 2년 반 동안 기독교를 알게 되고 문학을 탐독하며 마침내 창작을 시작했다. 졸업을 앞두고 동료들과 낸 등사판 비밀 회람잡지 『신한자유종』에 그는 일본어로 이렇게 썼다. "아! 비참이라고도 행복이라고도 할 수 있는 잊을 수 없는 시로가네白金의 생활."[4]

키무라 타카타로木村鷹太郎가 번역한 바이런의 시에서 받은 충격은 독립의 위기에 놓인 조국의 현실과 겹쳐 그의 창작의 기폭제가 되었다. 어느 유학생이 『신한자유종』에 안중근 처형 당일에 쓴 격앙된 문장이 당시 그들의 분위기를 전해주고 있는데, 이광수 또한 이토 히로부미 암살 사건의 충격 속에서 사건 3주 뒤 일본어 소설 「사랑인가愛か」를 탈고

4 이 책 제1부 제2장 참조. 「君は何處へ」, 최주한 · 하타노 세츠코 편, 『이광수 초기 문장집』 I, 소나무, 2015, 389쪽.

하고는 일주일 뒤 조선어 시 「옥중호걸」을 완성했다. 이것이 그의 최초의 소설과 시이다. 후배 '미사오操'가 자기를 피하게 되고부터 그의 사랑을 의심하고 마침내 자살을 시도하는 중학생 '문길'을 그린 학원소설 「사랑인가」와 우리에 갇힌 호랑이를 향해 노예가 되느니 철창을 들이받고 죽으라고 절규하는, 필시 안중근을 염두에 둔 「옥중호걸」은 쓰여진 언어가 다른 만큼 격차가 있어 보인다. 그러나 이 두 작품에 드러나는 것은 동일한 절박함이다.

1909년 12월 교지 『시로가네학보白金學報』에 게재된 「사랑인가」는 동성 간의 사랑을 그린 작품인데, 같은 해 『묘성スバル』에 발표되어 발매금지 된 오가이의 「위타・섹슈얼리스ヰタ・セクスアリス(性的 生活)」를 보면 학교의 선배와 후배 사이에 이런 정도의 사귐은 그다지 이상하지 않다. 오히려 주목해야 할 것은 조선인 소년이 일본인 소년을 사랑하는 이민족 간의 사랑을 그리고 있는 점이다. '미사오'의 모델은 4학년 봄 메이지학원에 편입해 온 야마사키 토시오山崎俊夫라는 실재 인물이다.[5] 이광수를 집에 부르고 가족에게 소개하는 경건한 기독교도로 당시 아시아인 차별의 풍조 속에서는 예외적인 인물이었지만, 신앙에서 멀어지면서 이광수와도 거리를 두게 된다. 학내 조선인 유학생 차별에 동조했을 가능성이 높다. 이광수가 「사랑인가」에서 그것을 다루지 않은 것은 민족적 자존심이라는 이유 외에도 친구의 이반離反을 민족차별 탓으로 삼아 자기 자신의 마음에 벽을 만들고 싶지 않아서였을 것이다. 자기를 피하게 된 친구에게 슬픔을 전한다는 극히 개인적인 이유로 이광

5 이 책 제1부 제1장 참조.

수는 일본어 소설 「사랑인가」를 썼다. 중학 시절 그가 일본어로 쓴 소설은 이 1편뿐이고 이후 20년 이상 일본어 소설은 쓰지 않는다.

「사랑인가」의 2개월 뒤 이광수는 조선어 단편 「무정」(『대한흥학보』, 1910.2~3)을 발표한다. 남편에게 버림받고 자살하는 주인공의 슬픔, 배신당한 노여움, 임신한 아이가 남자인지 어떤지에 대한 불안 등 조선어로 표현된 적이 없는 내면의 움직임을 묘사하는 데 일본어로 「사랑인가」를 썼던 경험이 큰 도움이 되었을 것이다. 조선의 시인이자 평론가인 임화는 조선어의 언문일치가 형성되는 과정에 메이지문학의 문장이 조선에 이식되어 일본어 교육과 아울러 그 생성에 심각한 영향을 주었다고 지적하고 있다.[6]

2) 언어 상황

그러면 이광수를 둘러싸고 있던 당시의 언어 상황을 보도록 하자. 잘 알려져 있다시피, 15세기 세종대왕이 한글을 창제한 이후의 조선에는 한자를 고집하는 양반과 한글을 사용하는 여성 및 서민층 사이에 문자에 의한 사회 계층의 이분화가 발생했다. 1894년의 갑오개혁으로 고종이 한글에 '국문國文'의 위상을 부여하고 공문서를 한글로 쓰도록 명문화하자 이는 지식인은 국한문, 서민은 한글이라는 표기의 이분화로 바뀐다. 국한문이란 의미 기능을 갖는 단어는 한자를, 문법 기능을 갖는 그밖의

6 임화, 「조선문학 연구의 일 과제」, 임규찬 · 한진일 편, 『林和 新文学史』, 한길사, 1993, 379쪽.

요소는 한글로 표기하는 것으로, 일본어의 한자와 가나가 섞인 문장과 같은 것이다. 1896년에 순한글의 『독립신문』이 창간되지만, 2년 뒤에는 '숫신문'이라 불린 국한문신문 『황성신문』과 '암신문'이라 불린 한글신문 『제국신문』이 등장하고, 1904년에 순한글로 창간된 『대한매일신보』는 이듬해에는 국한문판을 내지 않으면 안 되었다. 메이지 초기에 일본에 있던 '대신문'과 '소신문'과 유사한 이중 상태가 개화기의 한국에도 존재했던 것이다.

『대한매일신보』를 강제 매수한 총독부의 기관지 『매일신보』는 1912년에 국한문판과 국문판을 합쳐서 국한문과 순한글문, 한문까지 공존시킨 대담한 지면을 구성했다. 무단통치기의 유일한 조선어 신문이었던 『매일신보』는 서민층 구독자를 끌어들이기 위해 오자키 코요尾崎紅葉의 『금색야차金色夜叉』, 쿠로이와 루이코黒岩涙香의 『암굴왕』 등의 번안을 순한글문으로 잇달아 연재했고, 이는 커다란 인기를 끌었다. '번역과 번안의 시대'로도 불리는 이 시기가 『무정』의 새로운 문체가 받아들여지는 토대를 준비했다고 할 수 있다.

한편 지식인의 매체인 잡지는 항상 국한문이나 한문으로 표기되었다. 이광수는 중학 4학년 때 「국문과 한문의 과도시대」(『태극학보』, 1908.5)라는 논설을 써서 국민의 정수精髓인 국어를 타국의 문자인 한자로 표기한 것이 당대 대한제국의 참상을 일으킨 원인의 하나이므로 한문을 전폐하고 한글을 전용하자고 주장했다. 당시 이광수는 아직 창작활동을 시작하기 전이므로 이 논설은 주위의 영향에 의한 것이었겠지만, 한글로 쓰자는 주장을 국한문으로 쓰지 않으면 안 되었던 사실에 당시의 문장 사정이 드러나 있다. 한글만으로 의미전달이 충분하지 않아 한자의 의미 기능이 필요했던 것이다.

그 후 창작을 시작한 그는 1910년 7월 『황성신문』에 발표한 논설 「금일 아한용문我韓用文에 대하여」에서 훨씬 구체적인 의견을 내놓고 있다. 즉 당대의 시점에서 당장 순한글문으로 쓰는 것은 현실적인 곤란이 많은데다 "신지식 수입을 저해"하기 때문에 일단은 국한문으로 쓰자고 주장하면서 "궁여지책"으로 "한글로 쓸 수 없는 것만을 한자로 쓴 국한문"을 쓸 것을 호소하고 있는 것이다. 신지식의 수입을 위한 일본제 한자어의 필요성을 인정하고 그 방법의 하나로 한자어는 최소한으로 남기고 고유어를 사용하자는 주장이다.

한 연구자의 분석에 따르면, 당시의 국한문에는 한문을 문장 단위로 삼은 '한문 문장체', 구절의 단위로 삼은 '한문 구절체', 단어의 단위로 삼은 '한문 단어체'의 세 유형과 그밖에 "국문화의 정도가 더욱 진전된" 잡지 『소년』의 국한문이 있었다.[7] 『소년』은 한글문의 창출에 진력한 최남선이 1908년에 창간한 잡지이다. 이광수가 이 잡지에 연재한 서양영화의 번역 「어린 희생」(『소년』, 1910.2~5)은 바로 "한글로 쓸 수 없는 것만 한자로 쓴 국한문"이라는 주장의 실천이었다. 그 후 그는 고향에서 교사로 활동하면서 『엉클톰스 캐빈』의 일본어 번역서 2편을 토대로 한 『검둥의 설움』(1913)을 간행하는 등 번역을 통해 문장 표현 창출의 노력을 계속해 간다.[8]

---

7 임상석, 『20세기 국한문체의 형성과정』, 지식산업사, 2008 참조.

8 波田野節子, 「李光洙と翻訳」, 『東京大学 韓国朝鮮文化研究』 13, 東京大 大学院人文社会学研究科, 2014 참조.

3) 한글소설 『무정』

1916년 말 와세다대학의 학생이었던 이광수는 『매일신보』에 논설을 발표하여 인기를 얻고 신년소설의 연재를 의뢰받았다. 신문사의 목적은 유교를 비판하는 논설에 열광하는 젊은 지식인들을 구독자로 삼는 데 있었고, 이 때문에 『무정』은 "교육 있는 청년"을 위한 국한문으로 쓰여진다는 예고가 나갔다. 그럼에도 불구하고 1917년 1월 1일 연재가 시작된 『무정』이 한글로 쓰여진 것은 한국문학사의 한 가지 수수께끼로 논쟁의 와중에 있다.[9] 그러나 중요한 것은 한글로 표기된 『무정』을 독자가 아무런 문제없이 읽고 감동했다는 사실이다. 이때 이미 이광수는 한자에 의지하지 않고 읽을 수 있는 문체를 완성시켰던 것이다.

서민의 문자인 한글로 표기된 지식인 소설 『무정』은 서민층과 지식인층 양쪽에게 읽히고 공감을 얻었다. 이들 두 계층이 같은 작품을 읽고 함께 감동한 것은 조선의 역사상 처음이며, "근대 민족어문학의 참된 성공"이었다고 김영민은 평가하고 있다.[10] 21세기에 들어서 북한뿐 아니라 한국에서도 한글은 한자를 거의 완전히 몰아내는 데 이르렀다. 한글소설 『무정』의 성공은 그 첫걸음이었던 것이다.

---

9 김영민은 이광수가 『무정』을 국한문으로 쓰고 나서 자신의 의지로 한글로 변경시켰다고 추론했다(김영민, 『한국 근대소설사』, 솔, 1997, 446~451쪽; 김영민, 『한국 근대소설의 형성 과정』, 소명출판, 2005, 168~172쪽). 저자는 시간적으로 보아 표기 변경을 할 수 있었던 사람은 신문사의 현장 담당자이며 당시 『매일신보』에 있던 나카무라가 표기를 변경했다고 추론했다(波田野節子, 「『無情』の表記と文体」, 『朝鮮学報』, 朝鮮學會, 236, 2015; 이 책 제5부 제2장 3 참조). 이에 대해 김영민은 최근 발표한 논문에서 반론하고 있다(김영민, 「한국 근대문체의 형성 과정」, 『현대소설연구』 65, 한국현대소설학회, 2017).

10 김영민, 『한국 근대소설사』, 솔, 1997, 168쪽.

4. 타이완 – 다양한 언어

1) 셰춘무의 「그녀는 어디로 – 번민하는 젊은 자매에게彼女は何處へ―惱める若き姉妹へ」

타이완이 일본의 식민지가 된 것은 조선보다 15년 이르지만, 근대적 문학이 출현한 것은 1920년대이다. 여기에는 타이완의 언어사정이 자리하고 있다. 셰춘무謝春木가 태어난 4년 전인 1898년에는 타이완에 공학교公學校(조선의 보통학교) 제도가 실시되어 일본어 교육 체제가 착착 정비되었다. 전통적인 글방에서 배운 후 공학교에 다닌 그는 『무정』이 발표된 해인 1917년에 타이완 총독부 국어학교에 합격한다.[11] 국어학교는 1919년 타이페이臺北 사범학교로 바뀐다. 바로 조선의 3・1운동, 중국의 5・4운동이 일어난 해이다. 제2차 세계대전이 끝나고 세계적으로 식민지의 독립이 절규되는 풍조 속에서 일본어 교육을 받은 새로운 세대는 "피가 달라서 받는 차별대우"[12]를 거부하고 일본의 식민통치에 반항하게 된다. 이 무렵 타이완에는 일본인이 경영하는 신문밖에 없었고, 1920년 유학생들은 타이완인에 의한 최초의 잡지 『타이완청년臺灣青年』을 도쿄에서 창간한다. 타이완에서 금서였던 이 잡지를 사범학교 학생들은 기숙사의 각 방에 배포하고 몰래 돌려 읽었다고 한다.[13]

---

11 何義麟, 「台湾知識人における植民地解放と祖国復帰」, 東京大学修士論文, 1993.
12 謝春木, 「序」, 『棘の道』, 久保庄書店, 1931.
13 謝春木, 『台湾人の要求』, 台湾新民社, 1931, pp.14~15.

사범학교 시절의 셰춘무는 일본에 대한 반항심을 불태우면서도 일본어를 통해 문학 작품을 탐독했던 듯하다. 1921년 봄 수석으로 졸업하고 총독부의 장학금으로 도쿄고등사범학교에 유학한 이듬해에 일본어로 「그녀는 어디로―번민하는 젊은 자매에게彼女は何處へ―悩める若き姉妹へ」(이하 「그녀는 어디로」)를 발표한다. 기숙사에서 잡지를 돌려 읽고 있는 후배들을 생각하면서 그는 이 소설을 썼을 것이다. 구식 결혼제도에 번민하는 타이완의 젊은이를 위해 쓰여진 계몽소설 「그녀는 어디로」는 『타이완청년』에서 명칭이 변경된 잡지 『타이완臺灣』에 1922년 7월부터 10월까지 쭈이펑追風이라는 필명으로 연재되었다.

간단히 줄거리를 소개한다. 도쿄 유학생인 칭펑淸風과 중매약혼한 여학생 귀화桂花는 약혼자가 고향에 돌아올 것을 기대하고 있지만, 칭펑에게는 이미 유학생 연인이 있다. 칭펑의 편지에서 사실을 알게 되어 충격으로 쓰러진 귀화는 전통적인 중매제도가 자신의 비극의 원인임을 깨닫고 개혁을 결심하고 도쿄로 유학을 떠난다. 4개월 후 귀화의 약혼파기 스캔들과 그것에 당당히 반론하는 칭펑의 편지가 실린 신문기사를 모친이 보내오지만, "한층 커다란 문제"에 마음을 두고 있는 그녀에게 칭펑의 일은 이미 "사소한 일"에 지나지 않았다는 내용이다.

혼담에 부친이 등장하지 않는 부자연스러움과 여성의 언어와 행동 표현에 미숙한 점이 보이는 것 외에 모친이 지나치게 이해심이 많고 귀화의 마음의 정리가 지나치게 빠른 등 계몽소설다운 문제도 있지만, 심리나 정경 묘사의 수준은 꽤 높다. 그러나 이 소설의 최대 결점은 절망에서 벗어나는 귀화의 내면이 묘사되어 있지 않은 점이다. 작자에게 중요했던 것은 귀화의 연애를 그리는 것이 아니라 도쿄에 가서 "커다란 문제"에 눈을 뜬 그녀의 성장을 그리는 데 있었던 것으로 보인다. 셰춘무는 도쿄에 가서 곧 유학생 단체와 타이완문화협회의 회원으로 활동했다. 그의 마음은 식민지 타이완을 위해 무엇을 할 것인가라는 귀화와 동일한 "커다란 문제"로 가득차 있었을 것이다.[14]

셰춘무는 1924년 『타이완』 4월호에 타이완 최초의 시로 간주되는 일본어 시 「시를 흉내냄詩の眞似する」을 발표하고 곧 문학에서 멀어지고 만다. 다음달 5월호에 게재한 「보내지 않은 편지出さなかった手紙」라는 일본어 소설의 작자 'SB生'은 여러 가지 점에서 보아 '슌보쿠春木'였다고 추정되는데, 이것이 그의 마지막 문학 작품이다. 주인공 S가 드나드는 '신여성' 자매의 집에는 부친이 보이지 않는다. 그 누이에게서 혼담 상담을 받은 S는 그녀에게 아련한 마음을 품고 러브레터를 쓰지만 보내지 않고 나중에 이 생각을 "연애의 유희"였다고 결론짓는다. 이는 가난한 부모 때문에 창녀가 된 여성이 자살하려다가 저지당한 것을 조롱하는 신문기사를 읽은 충격 때문이었다.[15] S는 "잔혹이 굳어져 제도가 되자 슬픈 일조차도 그렇게 사람의 마음을 움직이지 않게 된다"고 일기에 쓰고, 연애 같은 "사치한 유희"는 그만두겠다고 선언한다. 이 결말은 이후 저널리스트로서 사회운동과 항일의 길을 걷게 되는 셰춘무의 모습을 예고한다. 사회에 존재하는 부정의 앞에서 연애와 창작이 "사치한 유희"로밖에 보이지 않았을 때 문학을 버리고 사회운동의 길을 택했던 것이다. 『타이완민보臺灣民報』의 편집인이 된 그는 타이완에서 노동쟁

---

14 波田野節子, 「謝春木の日本語創作—「彼女は何処へ」(1922)から「硝子越に見た南朝鮮」(1924)まで」, 『植民地文化研究』 16, 植民地文化学会, 2017 참조.

15 셰춘무는 한문으로 쓴 논설 「내가 이해하는 인격주의(我解的人格主義)」(『臺灣』 4-3)에서도 가족을 위해 창기가 된 여성의 예를 들고 있다.

의가 격렬해지자 타이페이 지국으로 전근하여 사회운동에 뛰어든다. 1932년 대륙으로 건너간 그는 이윽고 충칭重慶에서 항일운동에 종사하고 전후戰後에는 대륙을 조국으로 간주하여 일・중 우호를 위해 일본어를 사용했다.

2) 언어 상황

셰춘무가 문학에서 멀어진 것은 그를 둘러싸고 있던 언어 상황도 관련이 있다. 애초에 고향의 후배들을 위해 쓴 계몽소설 「그녀는 어디로」를 그는 왜 일본어로 쓰지 않으면 안 되었을까. 모국어로 쓸 수 없었기 때문이다. 일본어로 「사랑인가」를 쓴 이광수가 이어서 조선어로 단편 「무정」을 쓸 수 있었던 것은 모국어를 옮겨 적을 수 있는 한글이 있었기 때문이다. 그런데 셰춘무의 모국어인 민난어閩南語는 옮겨 적을 문자를 갖고 있지 않았다. 셰춘무와 후배들은 학교에서는 일본어로 이야기하고 일본어로 썼고, 학교 바깥에서는 민난어로 이야기하고 그 내용을 한문이나 일본어로 고쳐 썼을 것이다.

『타이완청년』(나중에 『타이완』으로 명칭이 바뀜)에는 일문란日文欄과 한문란이 있었지만, 유학생들에게는 일본어 쪽이 편했을 듯하고 양적으로나 내용적으로도 일문란에 역점이 두어져 있다. 그러나 종주국의 언어에 의지하는 이런 태도에 대해 반성과 비판이 일어난다. 「그녀는 어디로」가 게재된 1922년, 첸뤼밍陳瑞明의 「일용문 고취론日用文鼓吹論」을 비롯하여 체페이후어蔡培火, 황차오친黃朝琴, 황첸송黃呈聰 등이 잇달아 언어 개혁을 주장하는 논설을 『타이완』에 발표하고 중국 백화문白話文에 합류하는 운동이 고조되었다. 그것은 언어운동을 넘어서 일본의 국어 교육에 대항하는 반反식민지운동의 색채를 띠었다.[16]

이듬해 1923년 4월에 『타이완』지의 한문란이 독립하여 '손쉬운 한문'을 표방하는 『타이완민보』가 되고, 유학처인 베이징에 있으면서 신구문학논쟁을 일으킨 중국 백화문의 기수 장워쥔張我軍이 귀국하여 입사한다. 『타이완민보』는 창립 2년 만에 발행부수 1만 부에 달하고 1927년 타이완으로 본거지를 옮겨 1932년에는 마침내 일간신문이 된다.

한편 한문란이 없어진 『타이완』은 간토 대지진으로 인해 일시 휴간한 뒤 1924년 4월에 본격적인 일본문 전용지로 복간하지만, 5월호로 아무런 언급 없이 종간되고 만다. 셰춘무는 이 마지막호에 「유리문 너머로 본 남조선硝子越しに見た南朝鮮」과 앞서 언급한 단편 「보내지 않은 편지」를 발표하고 문학활동을 그만뒀다. 그러고 보면 셰춘무의 일본어 창작은 『타이완』과 운명을 함께 한 셈이 된다. 나중의 궤적이 보여주듯 그는 대륙을 조국으로 간주하는 이른바 '조국파'였다. 중국 백화문운동의 기운을 해칠 것이 두려워 일본문 전용지가 된 『타이완』을 스스로 없앴을 가능성이 농후하다. 4월에 조선을 방문하고 조선의 항일정신에 자극받은 것도 이런 결정을 떠밀었을지도 모른다.

그건 그렇다 해도 이광수가 「사랑인가」 이후에 조선어로 단편 「무정」을 쓴 것처럼 셰춘무도 중국 백화문 창작으로 전환할 수는 없었던 것일까 하는 의문이 떠오른다. 그러나 평소 말하는 언어를 그대로 한글

16 陳培豊, 『日本統治と植民地漢文』, 三元社, 2012, p.102.

로 쓸 수 있었던 이광수와 달리 셰춘무는 베이징 말부터 시작할 필요가 있었다. 일본어 창작을 그만두는 것은 그에게는 문학과의 결별을 의미했던 것이다. 그러나 사회의 부정의와 싸우는 것을 우선시했던 셰춘무는 문학에 집착하지 않았을 것이다.

셰춘무의 일본어 창작이 끝난 뒤 언어 개혁운동은 라이허賴和의 백화소설을 낳았고, 이어서 1930년대에는 향토문학논쟁이 일어나 타이완 백화문의 창출을 지향하는 시행착오를 거쳤다. 그러나 제도적인 뒷받침을 갖지 못한 식민지에서의 언어개혁에는 한계가 있었다. 그동안에도 일본어교육은 새로운 세대에게 침투해 가고 1933년에는 도쿄 유학생들에 의해 일본어 문학잡지 『포르모사フォルモサ』[17]가 창간된다. 이듬해 타이완에 대규모 문학단체가 생겨 본격적인 잡지도 간행되었지만, 일중전쟁이 시작되는 1937년 한문란이 금지되고 신문학운동도 언어개혁도 동결되었다. 그리고 1940년대에는 일본어에 의한 황민문학皇民文學이 맹위를 떨치게 된다.

17 'Formosa'는 대만의 별칭으로, 처음 대만을 본 포르투갈인이 이렇게 외쳤다는 이야기에 유래한다. 동인으로 장웬후안(張文環), 우쿤후안(吳坤煌), 우영후(巫永福) 등이 있다.

5. 마치며

이 글에서는 조선의 이광수와 타이완의 셰춘무가 쓴 최초의 일본어 소설을 중심으로 제국과 식민지의 근대문학 여명기의 양상을 특히 언어 상황을 시야에 넣고 살펴보았다. 마지막으로 식민지 시대의 문학 연구에서 앞으로의 과제에 대해 생각해 보고 싶다.

작가의 길을 걷지 않은 셰춘무의 「그녀는 어디로」는 지금은 타이완 신문학건설에 선편을 쥔 최초의 근대소설이라는 평가를 받고 있다.[18] 반대로 이광수의 「사랑인가」는 한국문학사에서 평가의 대상으로 간주되지 않는다. 「사랑인가」만이 아니다. 식민지 말기에 이광수를 비롯한 많은 작가들이 쓴 일본어 작품이 동일한 처우를 받고 있다. 작가 전집에는 반드시 일본어 작품과 그 번역이 수록되어 있고 문학사에도 편입되어 있는 타이완과는 대조적이다. 여기에는 한글을 가지고 있던 한국과 문자를 갖고 있지 못한 타이완의 차이가 드러나 있다고 생각한다.

민난, 하카, 원주민족 외에도 광복 후의 외성인外省人이라는 복잡한 종족 집단과 언어를 가진 타이완은 다양성을 받아들이지 않으면 국가 자체가 성립 불가능하고, 문학사에도 속인주의屬人主義와 속지주의屬地主義를 취할 필요가 있다. 앞서 언급했듯이, 1930년대의 타이완에서는 민난어의 백화문 창출의 시도도 있었으나 제도의 뒷받침과 시간이 없어 그대로 좌절되었다. 식민통치가 끝난 후에는 중국 국민정부에 의한

---

18 彭瑞金著, 中島利郎・澤井律之訳,『台湾新文学運動四〇年』, 東方書店, 2005, p.14; 陳芳明, 下村作次郎他訳,『台湾新文学史』上, 東方書店, 2015, p.65.

가혹한 중국어정책이 시행되고 타이완 백화문 창출의 과제는 현재도 해결되지 않고 있다. 한편 한국에서는 한글이 민족의식과 결부되어 식민지 시대의 문단에서조차 조선어로 쓴 것 이외에는 조선문학으로 인정할 수 없다는 사고가 지배적이었다.[19] 그것이 현재 일본어 소설에 대한 거부감으로 이어지고 있다. 또 앞서 언급한 것처럼 한글의 한자로부터의 이탈은 21세기에 들어 거의 완성된 듯한데, 여기에는 한국어에 정착해버린 한자는 한글로 써도 부자연스럽지 않은 한글이 가진 특질[20] 외에 한자에 대한 거부감이 자리하고 있는 듯하다.

이러한 현재의 상황까지를 더듬고 식민지기를 되돌아보면, 그 시대만 보아서는 알아차릴 수 없는 방향성 같은 것이 보인다. 앞으로는 식민지 시대의 문학을 장기적인 시간 폭을 염두에 두고 연구하는 것이 필요하다. 임화는 동양의 근대문학은 일본을 통해 서양에서 이식된 환경에 대응하여 발전했다는 '이식문학론'을 주장했는데,[21] 언어는 환경 가운데서도 커다란 부분을 차지한다. 인공적으로 성분이 변화된 토양이 쉽게 원상회복될 수 없듯이 일본어교육을 받은 세대는 타이완에서도 한국에서도 식민지에서 해방된 후 신체에 각인된 언어 때문에 고생하지 않으면 안 되었다.[22] 각 지역에 남아 있는 이러한 흔적까지 시야에

---

19 김철은 1936년 『삼천리』가 실시한 질문조사의 예를 제시한다. 「식민지의 복화술사들 ―조선 작가의 일본어 소설 쓰기」, 『복화술사들』, 문학과지성사, 2008, 166쪽.

20 イ・ヨンスク, 『'ことば'という幻影―近代日本の言語イデオロギー』, 明石書店, 2009, p.49.

21 林和, 「新文学史の方法」(1940), 李光鎬 編, 尹相仁・渡辺直 紀訳, 『韓国の近代文学』, 法政大学出版局, 2001, pp.288~290.

22 대만에서는 2・28사건, 1950년대 백색테러, 그리고 가혹한 국어정책 때문에 식민지 시대 작가의 대부분이 창작하지 못하게 되었다. 한국 작가들의 경우에 대해서는 한수영의 『전후문학을 다시 읽는다』(소명출판, 2005) 참조..

넣고 하나씩 하나씩 해결해가는 연구가 앞으로의 과제라 할 것이다.

다음으로 동일하게 서양에서 이식되었으면서도 제국과 식민지의 문학에는 결정적인 차이가 있다. 제국의 지배가 산출하는 차별을 하는 측의 문학과 받는 측의 문학이라는 차이가 그것이다. 식민지인은 제국인에게서 구조적으로 차별받는다. 차별하는 측으로 돌아선 친구에 대한 사랑에 괴로워했던 이광수는 안중근 사건의 충격 속에서 「사랑인가」를 쓰고, 「그녀는 어디로」를 쓴 세춘무는 '피의 차이로 받는 차별대우'라는 부정의와 싸우기 위해 문학을 그만두었다. 메이지의 작가들은 서구의 식민지가 될지도 모른다는 사실에 대한 강박관념에 가위눌렸고, 이 때문에 그들의 서구문화에의 동화 원망願望은 한층 강했다. 그러나 제국의 주민이 된 그들의 눈에 식민지인의 마음은 보이지 않았다. 나카무라 미츠오가 『이방인』의 주인공 뫼르소에게 사살된 알제리인의 마음을 의식에 떠올리지 않은 것은 그가 제국의 주민이었기 때문이다. 차별하는 측은 항상 무의식적이고, 반대로 식민지의 문학에는 차별에 저항하고 규탄하면서도 무의식 속에 그 구조를 받아들인 흔적이 있다. 그리고 트라우마가 남는 것이다.

제국이 붕괴하고 시간이 지나 새로운 기억이 잇달아 생겨나는 가운데, 식민지 문학연구의 앞으로의 과제는 문학 텍스트를 실증적으로 검증하고 거기에 잠재하는 무의식을 드러내는 것일 것이다. 그것이 현재까지 이어지는 트라우마의 치유로 연결될 것이다.

초출 일람

제1부

「山崎俊夫という〈異郷〉」, 『〈異郷〉としての日本』, 勉誠出版社, 2017.

「『극비 신한자유종 제1권 제3호』의 이광수 관련 자료에 대하여」, 『근대서지』 5, 근대서지학회.

제2부

「일본어판 오도답파 여행을 쓴 것은 누구인가」, 『상허학보』 42, 상허학회, 2014.

제3부

「李光洙の日本語創作と日本文壇」, 『朝鮮学報』 223, 2012.

제4부

「李光洙の日本語小説と同友会事件－「萬爺の死」から「心相觸れてこそ」へ」, 『朝鮮学報』 232, 2014.

「李光洙の日本語小説「加川校長」と「蠅」」, 『朝鮮学報』 238, 2016.

「李光洙の日本語小説〈大東亜〉－アジアの共同体のために」, 『歴史文化から見る東アジア共同体』, 創土社, 2015.

제5부

「일본 잡지 『문장세계』에 게재된 홍명희의 일본어 단편 「유서(かきおき)」」, 『근대서지』 13, 근대서지학회, 2016.

「李光洙が出会った4人の日本人」, 『朝鮮史研究』 55, 2017.

「사이토 문서와 이광수의 「건의서」」, 『근대서지』 8, 근대서지학회, 2013.

「東アジアの近代文学と日本語小説」, 日本植民地研究会 編, 『日本植民地研究の論点』, 岩波書店, 2018.

역자 후기

하타노 세츠코의 『일본어라는 이향異鄕 — 이광수의 이언어 창작』은 책 제목에 명시되어 있듯이 이광수의 이언어 창작 가운데 일본어 창작에 주목한 연구서이다. 연구 논저만 해도 『『무정』을 읽는다』(2008), 『일본 유학생 작가 연구』(2010), 『이광수 일본을 만나다』(2016)에 이어 벌써 네 번째 책이다. 어느덧 칠순을 바라보고 있는 저자의 왕성한 연구열도 놀랍지만, 그동안 한국의 근대문학 연구사에서 거의 도외시되다시피 했던 이광수의 일본어 창작에 관한 연구만으로 한 권 분량의 묵직한 연구서를 내놓은 연구 역량에도 경의를 표하지 않을 수 없다.

이전의 논저들이 그러했듯 『일본어라는 이향異鄕 — 이광수의 이언어 창작』 역시 한국문학을 대하는 저자 특유의 접근법이 돋보이는 역저이다. 한국문학의 연구자들이 한동안 문화와 정치라는 거대 담론에 몰두하여 정작 문학 연구의 기초가 되는 작가론을 경시해 온 것이 사실이라면, 이 책은 작가론에 충실하는 것이야말로 작가와 그의 문학, 나아가 그의 시대를 객관적이고 입체적으로 이해하는 토대가 된다는 사실을 분명하게 보여준다. 더불어 새로운 자료의 발굴 및 꼼꼼한 해설 등은 이광수 연구자는 물론이고 한국의 연구자들에게 자료의 중요성을 일깨우는 지적 자극이 되어주기에 충분하다.

이광수 연구자로서 저자의 논저를 계속해서 번역할 수 있는 기회를 얻은 것은 역자에게도 행운이었다. 언제나 부족한 역자를 믿고 관심과 격려를 아끼지 않으셨던 선생님께 진심으로 감사드린다.

2019년 7월

한낮의 연구실에서 최주한